Anja Goerz, geboren 1968, ist gelernte Fotografin und seit 1989 Radiomoderatorin. Sie ist auf dem nordfriesischen Festland nahe Sylt aufgewachsen. Heute arbeitet sie beim Radiosender radioeins/rbb. Sie lebt mit Mann und Sohn wie ihre Protagonistin Ilse in Falkensee bei Berlin. Im Rowohlt Taschenbuch Verlag erschien von ihr «Herz auf Sendung» (rororo 25616).

Mehr über die Autorin unter:
www.facebook.com/anjagoerzautorin
www.anja-goerz.de

Stimmen zu «Herz auf Sendung»:

«Sylt im Sommer, Lust auf Liebe – da geht mein Herz doch gern auf Sendung! Ein tolles Debüt!»

Steffi von Wolff

«Eine humorvolle Lovestory – absolut ehrlich erzählt, mit spritziger Selbstironie und einer erfrischenden Meerprise zwischen Wellenrauschen, Sonnenaufgang und dem aktuellen Wetterbericht.» *Radio-Journal*

Anja Goerz

Mein Leben in 80 B

* * *

Roman

Rowohlt Taschenbuch Verlag

Originalausgabe
Veröffentlicht im Rowohlt Taschenbuch Verlag, Reinbek
bei Hamburg, September 2012

Die Rezepte auf S. 265–267, 272–273 wurden entnommen dem Buch
«Johannes King», Collection Rolf Heyne, 2007.
Das Rezept auf S. 268–271 wurde entnommen dem Buch
Rose Marie Donhauser, Danijel Kresovic: «Gewürze –
Das große Kochbuch», Neuer Umschau Buchverlag, 2010.
Die übrigen Rezepte wurden der Autorin direkt
zur Verfügung gestellt.

Umschlaggestaltung yellowfarm gmbh, Stefanie Freischem
(Foto: Ellen Beijers, Simon, makuba/Fotolia)
Typografie Farnschläder & Mahlstedt, Hamburg
Satz aus der Guardi
Druck und Bindung CPI – Clausen & Bosse, Leck
Printed in Germany
ISBN 978 3 499 25760 5

Für meine Mama,
die für ihren Grünkohl, ihr Gulasch und ihre Rouladen
mehr als einen Stern verdient.

Für meinen Papa,
der einmal den denkwürdigsten Pflaumenkuchen
aller Zeiten gebacken hat.

Und für alle die Menschen,
bei denen ich lecker gegessen habe …
oder es noch tun werde.

1. Kapitel

«Was meint ihr? Ist das sexy, oder ist das sexy?»

Sylvia hielt sich einen Seidenbody in Pink mit applizierten zart rosafarbenen Blumen von meinem mitgebrachten Kleiderständer an ihren mageren, fast schon unterernährten Oberkörper, der nur in einem schwarzen, tief ausgeschnittenen Satintop mit passendem Slip steckte. Sie drehte sich vor dem aufgestellten Spiegel hin und her.

«Doch, doch», nickte ich und gab mich begeistert. Ich stellte mich näher zur Gastgeberin der heutigen Dessous-Party. «Das ist wirklich ein tolles Teil, wunderbare Qualität, da hast du dir gleich genau das Richtige herausgegriffen. Gibt's übrigens auch in Braun und in Blau. Und durch die wattierten Körbchen und die eingearbeiteten Bügel formt und hebt der BH die Brüste und lässt sie glatt eine Nummer größer aussehen.»

Sylvia hob die Augenbrauen und bekam einen starren Blick, und ihre Freundinnen hielten erschrocken mit der Besichtigung der Unterwäsche inne.

«Nicht, dass du es nötig hättest, aber dieser Body macht ein wahnsinnig aufregendes Dekolleté», ergänzte ich deshalb lieber schnell.

Das reichte aus, um das debile Lächeln auf Sylvias Züge zurückzuzaubern. Ich versuchte, nicht zu sehr auf ihre aufgepumpten Brüste zu starren, die mich irgendwie an halbe Kokosnüsse erinnerten. In der Schule hatten wir Mrs. Super-Bubu «BMW» genannt, Brett-mit-Warzen, weil sie noch weniger Oberweite hatte als der dicke Sven. Dieser Ungerechtigkeit der Natur war sie mit dem Geld ihres Mannes aber kurz nach der Verlobung zu Leibe gerückt.

Die anderen schoben sich schon wieder entspannt gegenseitig durchsichtige Spitzen-BH-Sets mit Stringtanga, Hüftslip oder Hipster und biedere Bauch-weg-Schlüpfer zu. Wattierte Büstenhalter in der Farbe Plum, Miederslips in Burgunder, Baumwollbodys in Magnolia und Sport-BHs in Ecru. Die Gäste linsten nach den Preisschildern und schütteten sich zwischendurch immer wieder den billigen Prosecco in den Hals.

Zwei- bis dreimal in der Woche besuchte ich in meiner Stadt Falkensee, im benachbarten Potsdam und im angrenzenden Berlin gelangweilte, mehr oder weniger junge Damen, die hinter einem Abend als Gastgeberin einer Dessous-Party Aufregung und Abenteuer und einen Hauch Verruchtheit vermuteten. Letztendlich unterschieden sich die Abende aber kaum vom Heimverkauf von Plastikschüsseln. Wenn man davon absah, dass ich nicht in der Küche stand, sondern meinen Klapp-Kleiderständer und meine Warentischdecke im Wohnzimmer der Wohnungen und Häuser in und um Berlin ausbreitete. Und dass ich eben statt Plastikdosen, Trinkflaschen und Küchenhelfern gewagte Spitzentangas, Büstenhalter und Bodys und für die ganz Mutigen auch Ouvert-Slips im Angebot hatte. Alle Größen, alle Farben – wobei ein Großteil der Ware in 80B verkauft wurde, der gängigsten Größe in Deutschland, Durchschnitt eben.

Gewöhnlich liefen die Partys nach Schema F ab. Erst saßen die Mädels steif und verklemmt auf Sofas und Sesseln und ließen sich von mir die Geschichte von Lucinda-Dessous erklären: Vor gut dreißig Jahren hatte sich eine gelangweilte Hausfrau in Nordfriesland über die Auswahl der Unterwäsche im einzigen Fachgeschäft ihrer Kleinstadt so sehr geärgert, dass sie ihr Konto plünderte, mit der Bahn in die nächste Großstadt fuhr und dort in verschiedenen Läden einen Koffer voll Reizwäsche einkaufte, die sie dann mit Gewinn an ihre Freundinnen und Nachbarinnen weiterverkaufte. Die Idee war geboren, die Frau vom Land suchte sich Mitstreiterinnen und später sogar eine Produktionsfirma in Frankreich, die ihre eigenen Entwürfe umsetzen konnte. Zunächst betrieb sie eigene kleine Läden in großen Einkaufspassagen. Nach den ersten Erfolgen gründete sie dann Lucinda-Dessous für die Heimverkäufe. Die Firma, deren Ware ich nun schon seit fast zwei Jahren kreuz und quer durch das Land Brandenburg und alle Bezirke in Berlin kutschierte.

Nach zwei bis vier Gläsern billigem Schaumwein in scheußlichen Leonardo-Gläsern mit eingeritzten Blümchen oder goldenen Girlanden hatten die Ladys dann meistens genug Mut, um sich vor ihren Freundinnen richtig nackt zu machen und Dinge anzuprobieren, die garantiert nie wieder das Tageslicht sehen würden, nachdem sie erst einmal bei ihnen zu Hause im Schrank gelandet waren. Für mich einerlei – ich bekam meine Provision auf die verkaufte Ware, ganz egal, wie oft die Stücke später getragen wurden. Mit dem Job schlug ich zwei Fliegen mit einer Klappe: Ich kam ab und zu aus dem alltäglichen Familientrott heraus und verdiente mir zudem ein Taschengeld, das ich für Notfälle auf einem eigenen Konto bunkerte. Toni wollte nicht, dass ich vom «Wäsche-Geld», wie er es nannte, auch nur einen Cent für die Familie ausgab. Mit seiner Werbeagentur verdiente er so gut, dass wir zusammen mit unserem Sohn und unserer Tochter in einem schönen kleinen Häuschen am Rand von Berlin wohnen konnten, ohne dass ich wieder den ganzen Tag in einer Kaufhausabteilung für Damenoberbekleidung stehen oder in einer Boutique gelangweilten Neureichen dazu raten musste, doch lieber das T-Shirt für zweihundertfünfzig Euro zu kaufen, statt das Geld für ein einfaches Hundert-Euro-Teil auszugeben. Das hatte ich nach der Geburt meiner Tochter Hanna vor fünfzehn Jahren gemacht, um wieder unter Leute zu kommen. Schließlich hatte ich nichts Richtiges gelernt, mein Studium abgebrochen, als ich schwanger geworden war, und dann von Tonis Geld gelebt. Das zum Glück wegen einiger größerer Aufträge zu Beginn seiner Werber-Karriere schon sehr früh sehr reichhaltig gewesen war. Nachdem ich mich nach der Geburt unseres zweiten Kindes, Tom, einige Jahre ausschließlich um die Familie gekümmert hatte, wollte ich einfach mal wieder etwas anderes machen als Legosteine aufsammeln, Saftschorle mischen und Kekse backen. Deshalb hatte ich begeistert auf eine Kleinanzeige geantwortet, in der Frauen gesucht wurden, die sich «auf angenehme Art ein wenig Geld dazuverdienen» wollten. Ein wenig Erfahrung im Verkauf konnte ich schließlich schon vorweisen.

Also versuchte ich heute, meine ehemalige Klassenkameradin Sylvia, die mit ihrem Mann in einem schicken Haus in Potsdam wohnte, davon zu überzeugen, nicht nur den einen teuren Body zu kaufen (Modell *Chantal*, wattierte Cups ohne Bügel von A–C, Baumwoll-Kunstfaser-Mischung, mit eleganter Blütenstickerei auf zartem Tüll und verstärkter Bauchpartie für die perfekte Silhouette, sechs Farben zur Auswahl für 89,99 €). Denn mir war klar: Wenn ich die Bestellung von Sylvia erst einmal auf meinem Zettel hatte, dann würden die anderen nachziehen.

Das war schon in der Schule so gewesen. Wenn Sylvia damals, als wir noch im beschaulichen Flensburg nahe der dänischen Grenze wohnten, plötzlich rote Jeans trug, dann wollten alle rote Jeans haben. Hatte Sylvia Stress mit ihrem jeweiligen Freund, trafen sie und die Hofdamen sich ausdrücklich nur noch ohne Jungs im Eiscafé und feierten Mädchen-Pyjama-Partys. Und als Sylvia nicht mehr ohne Nagellack aus dem Haus ging, verabredeten sich die Klassenkameradinnen zu Lack-Sessions bei Yogi-Tee und Räucherstäbchen. Und das, obwohl Sylvia doof wie Brot war und sich in der Schule nur durch Spickzettel und Abschreiben von ihrer Gefolgschaft von Versetzung zu Versetzung rettete. Aber da ein tiefer Ausschnitt und ein knapper Minirock das ein oder andere Studiensemester wettmachten, hatte Sylvia während einer Wochenendreise nach Berlin einen knapp fünfzehn Jahre älteren Anwalt gefunden, der sie heiratete und aus Flensburg wegholte. Und dieser Anwalt war der Meinung, Ehefrauen sollten in erster Linie hübsch sein und ihren Gatten dekorieren. Daher verbrachte meine kinderlose ehemalige Klassenkameradin ihre Tage mit Besuchen beim Friseur und bei der Kosmetikerin, in Einkaufszentren und im Fitnessstudio – ach ja, und beim Schönheitschirurgen natürlich. Brüste größer, Nase gerader, Botox in die Stirn, Fett raus aus dem Hintern und rein in die Lachfältchen. Meine beste Freundin Elissa hätte auf ihre direkte Art sicher festgestellt, dass die Bezeichnung «Arschgesicht» so eine ganz neue Bedeutung bekam.

Heute hatte Sylvia ihre Nachbarinnen um sich versammelt, denn als Gastgeberin glänzte sie für ihr Leben gern. Klotzen, nicht Kleckern war ihre Devise. Außerdem hatte sie einige unserer alten Klassenkameradinnen eingeladen, die ebenfalls in Berlin oder Potsdam lebten. Berlin war schon in den letzten

Jahren unserer Schulzeit das Wunschziel Nummer eins gewesen. In der Hauptstadt spielte sich das wirkliche Leben ab, da waren wir sicher. Hier musste man hin, wenn man mitreden wollte, wenn man sich eine aufregende Zukunft versprach. Tatsächlich unterschied sich Berlin nicht wesentlich von den anderen Großstädten, aber das stellten die meisten erst mitten im Studium fest oder wenn sie bereits schwanger waren. Mittlerweile waren wir um die vierzig, und trotzdem hatten sich einige seit der Schulzeit wenig verändert. Da gab es die Streberin, die Dicke und die Unscheinbare. Ich war auch früher schon eher der Kategorie «ganz nett» zugeordnet worden. Das reichte, um zu einigen Geburtstagspartys eingeladen zu werden, reichte aber nicht, um im Freibad mit den coolen Mädels abzuhängen, in deren Nähe die Jungs aus den höheren Klassenstufen ihre Handtücher ausrollten.

Heute war mir Sylvias Fankreis natürlich ganz recht. Die Königin hatte gerufen, und elf Freundinnen, wenn man sie denn so nennen konnte, waren gekommen. Alle Körbchen- und Konfektionsgrößen vorhanden. Die dicke Birte, die in der Schule konsequent als Letzte in die Sportmannschaften gewählt worden war, hing immer noch an Sylvias Lippen, als würde diese gleich das Geheimnis des ewigen Lebens verraten. Sie hatte sich ebenfalls den Body Modell *Chantal* in Blau herausgesucht.

«Birte, das ist nun wirklich nichts für dich, guck dir mal den hohen Beinausschnitt und diese schmalen Trägerchen an! Das verlangt nach einer trainierten Figur, meine Liebe. Ilse, sag doch auch mal was. Du bist doch hier die Fachfrau.» Feingefühl war noch nie Sylvias Stärke gewesen.

Die moppelige Birte lief rot an und hängte Modell *Chantal*

wieder auf die Kleiderstange. Katrin und Susanne, die Sylvia vermutlich bei der Kosmetikerin oder auf einer Botox-Party kennengelernt hatte (beide ebenfalls Marke Hungerhaken mit dicken Lippen und ohne Mimik), kicherten und schenkten sich von dem billigen Prosecco nach.

«Ach, das würde ich so nicht sagen», versuchte ich gegenzusteuern. «In einer dunklen Farbe streckt der Body ja auch. Am Bauch ist der Stoff etwas verstärkt, das formt außerdem ein wenig. Aber vielleicht willst du das hier mal anprobieren?» Ich zog für Birte das Ensemble *Monique* (beim Top betont ein Spitzeneinsatz das Dekolleté, und 88 % Nylon und 12 % Elasthan sorgen für einen hervorragenden Tragekomfort) von der Stange. Ein schlichtes schwarzes Hemdchen mit breiten Trägern und tiefem Ausschnitt und einem dazu passenden Hüftslip. «Ganz tolles Material und gerade im Angebot, weil das Modell durch ein anderes abgelöst werden soll.»

«Zeig mal her, was soll das denn kosten?» Noch bevor meine ausgestreckte Hand mit Modell *Monique* auch nur in Birtes Nähe kam, grabschte Sylvia dazwischen. «Ach nee, das ist nichts für mich, da sauf ich ja drin ab, viel zu weit geschnitten.» Sie reichte das Set an Birte weiter, die schweigsam damit in Richtung Schlafzimmer taperte, das wegen des großen Spiegels an der Einbauschrankwand heute zum Umkleidezimmer erkoren worden war.

Birte tat mir leid. In der Schule war sie als Klassenbeste – und mit ihren strohigen, kurzen braunen Haaren gleichzeitig Unattraktivste – immer Außenseiterin gewesen. Jetzt war sie mit Heiko verheiratet und Mutter dreier Söhne. Heiko war auch in unserer Klasse und schon damals ein echter Nerd gewesen, zu dem alle nur nett waren, wenn sie ein Problem mit ihrem Atari-

Computer hatten. Inzwischen leitete er die Entwicklungsabteilung eines Handy-Herstellers in Berlin und verdiente mehr Geld als mein lieber Gatte und Sylvias Mann zusammen. Ihre drei Jungs zwischen elf und fünfzehn Jahren gingen alle aufs Gymnasium und hatten neben Birtes Intelligenz auch ihre strubbeligen braunen Haare geerbt. Und einmal in der Woche ging Birte mit Sylvia und einigen anderen Ehemaligen zur Gymnastik im Sportverein.

Ich hielt mich von derartigen Aktivitäten seit jeher fern. Ein echter Albtraum: Erst zusammen in einer Schulklasse, im Konfirmandenunterricht und in der Jugend-Volleyballmannschaft, dann alle gemeinsam an der Uni. Dieselben Gesichter später im Geburtsvorbereitungskursus, beim Mutter-und-Kind-Turnen und beim Kindergarten. So würde es dann weitergehen, über den Kegelclub bis zum Seniorenskat. Herzlichen Dank, ohne mich. Genau weil ich das nicht wollte, war ich ja aus Flensburg weggegangen, damals zunächst nach Hamburg. Inzwischen hatte mich dieser erste Schritt nach Falkensee gebracht, also fast nach Berlin.

Toni und ich hatten in unserer Nachbarschaft neue Freundschaften geschlossen, auch mit Menschen außerhalb von Berlin oder Brandenburg. Wir trafen uns mit seinen Kunden und Kollegen und waren auch mal zu zweit zufrieden. Denn Abende, an denen wir ganz unter uns waren, gab es ohnehin nur selten.

Aus meiner alten Schulklasse existierte nur eine, die wirklich für mich zählte: meine Freundin Elissa. Schon vor dreißig Jahren waren wir unzertrennlich gewesen, und noch heute tauschten wir uns fast täglich über alle wichtigen und unwichtigen Dinge des Lebens aus. Früher redeten wir über Hausaufgaben und Jungs, heute ging es um unsere Jobs, gemeinsame Bekannte und Männer. Nach außen versuchte meine beste Freundin immer, stark zu wirken, als könnte sie nichts erschüttern. Aber im Kern war sie weicher als Butter in der Sonne. Inzwischen kommunizierten wir vor allem per E-Mail, weil Elissa als Restauranttesterin in Westerland auf Sylt arbeitete. Sie bezeichnete sich selbst als zufriedene Ein-Personen-Familie und versicherte mir immer wieder, dass sie weder Kinder noch einen Mann dauerhaft in ihrem Leben brauche.

Und wenn ich Antonio nicht getroffen hätte, befände ich mich heute vielleicht ebenfalls als Single auf Sylt oder in Hamburg oder vielleicht sogar in London und nicht im ehemaligen Osten zwischen Dessous und Gartenarbeit. Aber das Leben hatte mit mir etwas anderes vorgehabt und mich hier glücklich gemacht.

«Also, mir gefällt das hier. Gibt's das auch in Schwarz?» Man sah Susanne auf drei Kilometer Entfernung an, dass sie eher zur schlichten und konventionellen Sorte gehörte. Dementsprechend hatte sie sich einen einfachen, sandfarbenen Baumwoll-BH mit passendem Schlüpfer herausgesucht (Modell *Susanne*, leichte, in sich gestreifte Mikrofaser mit zarter Picotkante für einen eleganten Look, wahlweise mit Hüftstring, Hüftslip oder Panty ab 39,90 € pro Kombination). Ein Set, das ich meiner Mutter letztes Jahr zu Weihnachten geschenkt hatte. In Susannes Schlafzimmer musste es ja richtig abgehen. Die hatte wahrscheinlich auch Biberbettwäsche mit Feen-Bildern, Engelchen-Drucke an der Wand und ein Frottéhandtuch auf dem Nachtschrank, um Flecken auf dem Laken zu vermeiden.

«Ja, das gibt es in Schwarz, Weiß und Creme. In den Größen siebzig bis neunzig, Körbchen Doppel-A bis Doppel-D, mit

Schalen-BH oder mit Bügel. Ein echter Klassiker. Und heißt wie du: Modell Susi.»

Susanne verschwand mit ihrer Abtörn-Garderobe ebenfalls in Richtung Schlafzimmer zur Anprobe.

«Sag mal, habe ich dir eigentlich schon erzählt, dass mein Männe mich zu einem vorweihnachtlichen Einkaufsbummel und Wellness-Weekend nach Westerland eingeladen hat? Er hat da geschäftlich zu tun und nimmt mich einfach mit. Schickes Hotel am Strand, tolle Suite mit Blick aufs Meer, da werde ich es mir mal so richtig gut gehen lassen. Ein bisschen Wellness, die Nordsee und die gute Luft da oben, da perlt der ganze Vorweihnachtsstress förmlich von einem ab.»

Sylvia hatte es gerade nötig, über Stress zu klagen. Keine Kinder, keinen Job, aber dafür eine Haushälterin, die das Essen kochte, sowie eine Putzfrau, die jeden zweiten Tag antrabte. Und einen Gärtner, der jetzt im Winter in aller Herrgottsfrühe auf der Matte stand, um die Gehwege vor dem Monster aus Glas und Beton, genannt «Häuschen», vom Schnee zu befreien.

«Ach, tatsächlich? Sylt ist ja wirklich ein Traum in der Vorweihnachtszeit, sagt Elissa jedenfalls. In welchem Hotel seid ihr denn untergebracht?» Nicht dass es mich interessierte, in welches Bett Sylvia ihren designten Popo legen würde, aber Konversation war alles bei diesen Dessous-Events. Vor allem bei Sylvia funktionierte es glänzend. Ich musste nur aufpassen, dass ich im Laufe des Abends auf der gelegten Schleimspur nicht ausrutschte.

«Wir sind natürlich im Mirabell. Das liegt ganz wunderbar, wenn man shoppen und gleichzeitig die Natur genießen will. Gleich um die Ecke befinden sich die besten Restaurants und die Fußgängerzone von Westerland, und zum Strand sind es nur ein paar Stufen. Einfach perfekt. Ich freue mich schon wahnsinnig, auch wenn mein Männe sicher nicht so viel Zeit für mich hat, der ist dann ja den ganzen Tag in Meetings. Aber er hat mir versprochen, dass er mindestens einen ausgiebigen Einkaufsbummel mit mir macht. Also, ich nehme das hier, und dann suche ich noch etwas in Rot, darf ruhig etwas schärfer ausfallen, das gefällt meinem Männe.» Sylvia hob vielsagend die Augenbrauen und wedelte mit Modell *Doreen* vor meiner Nase herum (zarte hellrosa Spitze mit kleinen Röschen in Creme, anschmiegsame Mikrofaser und sehr weicher Tüll mit feinen Guipure-Motiven, trägerloser Bügel-BH ab 73,90 €, passender String 44,95 €). Zielsicher hatte die Gastgeberin eines der teuersten Modelle herausgegriffen, die ich heute mitgebracht hatte.

Ganz im Ernst: Ich konnte mir schon nicht vorstellen, dass es irgendwo auf der Welt einen Mann gab, der sich gern «Männe» nennen ließ. Und ich konnte mir noch weniger vorstellen, dass ein Tanga und wattierte Körbchen über den knochigen Körperbau dieser Frau hinwegtäuschen konnten. Aber bitte, der Kunde ist König. Wie immer würde ich mich bemühen, den Damen das Gefühl zu geben, in Lucinda-Dessous begehrenswert und einzigartig zu sein. Das wünschten wir uns doch schließlich alle. Also machte ich mich auf die Suche nach dem gewünschten Antörner-Modell für Männe. Irgendwo musste doch noch dieses unglaublich teure Teil sein, das wegen seines Preises seit Monaten wie Beton in meinen Regalen lag (heißes rot-schwarzes Torselett, im Mittelteil mit vier Stützstäben unter der Jacquard-Spitze, die Seiten wie der Rückenteil aus transparentem Tüllstoff. Abnehmbare Träger und Strumpfbänder. Highlight waren die Satinbänder an den Trägern, die zu kleinen Schleifen gebunden werden konnten, um den Chiffon zu plissieren oder sich auf Haut und Schultern zauberhaft zu entfalten, ab 179,00 €, passender String ab 49,00 €). Das schien mir genau das Richtige für den gewünschten Anlass. Und Sylvia schien mir genau die Richtige, um diesen Ladenhüter endlich loszuwerden. Der Preis war ihr schließlich gleichgültig, wenn nur Männe glücklich war.

Einige Stunden später saß ich in meinem Auto auf dem Weg nach Hause. Es war spät geworden, die Bundesstraße von Potsdam nach Falkensee lag wie ausgestorben vor mir. Die Seen, an denen ich vorbeikam, wirkten wie schwarze Löcher, und im Mondlicht konnte ich einige schwimmende Eisschollen ausmachen. Heute Nacht fuhr ich notgedrungen langsamer als gewohnt, um auf der glatten Straße nicht ins Rutschen zu geraten. Kurz nach ein Uhr am Samstagmorgen war auf der Strecke zwischen Neu Fahrland und Groß Glienicke niemand mehr unterwegs. Hier gab es keine Großraumdiscos oder Nachtclubs, die mit denen in Berlin konkurrieren konnten. Die Laternen in den Seitenstraßen waren bereits ausgeschaltet, und hinter den Fenstern der niedrigen Wohnblöcke und Häuser brannte nur ganz vereinzelt noch Licht. Brandenburg war eben nicht Berlin. Im Sommer fuhr ich diese Strecke gern mit meinem Sohn, der jedes kleine Boot mit einem «Mama, guck mal da» kommentierte und sich am Wasser gar nicht sattsehen konnte. Kaum zu glauben, wie ruhig es hier jetzt war. Nur wenige Kilometer von der Hauptstadt entfernt, erschien es mir dennoch wie eine ganz eigene Welt. Die meisten Menschen lebten hier in kleinen Häuschen, viele davon standen auf ehemaligen Datschen-Grundstücken, die nach der Wende an Zugezogene verkauft worden waren. Zum Shoppen fuhr man nach Berlin oder Potsdam oder zu einem der großen Einkaufszentren an der Bundesstraße, in denen es alles unter einem Dach gab, vom Schuhgeschäft bis zum Schreibwarenladen. Die Ostdeutschen hatten sich daran gewöhnt, dass immer mehr junge Berliner Familien hierherzogen, weil man sich am Stadtrand die Grundstücke noch leisten konnte, viel Natur und trotzdem eine gute Infrastruktur hatte. Wie überall in Deutschlands eher ländlichen Regionen fand der Alltag zwischen Kegelclub, Fußballverein und freiwilliger Feuerwehr, zwischen Bastelabenden im Kindergarten und Frauenturnen statt. Im Urlaub fuhr man an die Ostsee oder mit der Gymnastik-Gruppe für ein Wochenende nach Hamburg, um ohne die Männer mal lustig einen draufzumachen. Wer etwas auf sich hielt, flog übers Wochenende nach Sylt. Das Leben im Land Brandenburg war überschaubar, unaufregend und gerade deshalb sehr gemütlich.

Der Abend hatte sich finanziell für mich gelohnt. «Dafür gibt's sicher ein Fleißbienchen von deiner Chefin, was?», hatte Sylvia zum Abschied noch krakeelt. Ich hatte Tangaslips und Büstenhalter in allen Farben und Formen verkauft und überlegte, ob ich zum bald startenden Weihnachtsgeschäft vielleicht Vibratoren ins Programm nehmen sollte. Heute wäre der Prosecco-Pegel jedenfalls hoch genug gewesen, um auch Sexspielzeug unters Volk zu bringen. Bisher hatte ich mich auf Wäsche und Nachthemden beschränkt, weil die verklemmten Muttis, bei denen ich zu Gast war, meistens schon rot anliefen, wenn ich rückenfreie Bodys und schwarze Spitzentangas auspackte. «Weißt du, Ilse, das ist nicht das Richtige für meine Freundinnen, ich fände es besser, wenn du heute Abend eher die bequemen Baumwolltrends vorführst.» So oder so ähnlich wurde das Sortiment gleich zu Beginn des Abends meist auf ein Minimum reduziert. Dieser Typ Frau veranstaltete Dessous-Partys, um sich nicht von irgendeiner Miederwaren-Fachverkäuferin an die Brust greifen zu lassen oder Unterwäsche in einer Kabine anprobieren zu müssen, die wie für eine Operation am offenen Herzen beleuchtet war.

Ich stellte mir vor, was Toni wohl dazu sagen würde, wenn ich eine Pimmel-Kopie mit Batteriebetrieb mit nach Hause brächte. «Hast du Verspannungen in der Schulter?» vielleicht oder etwas ähnlich bemüht Witziges. Nicht, dass wir extra Schwung nötig hätten. Schließlich hatten wir nach zwei Kindern und mehr als fünfzehn Jahren Ehe immer noch Sex. Gut, sicher nicht so oft wie während unserer ersten Verliebtheit. Aber wenn ich nicht zu einer Verkaufsparty unterwegs war und Toni rechtzeitig aus der Agentur nach Hause kam und die Kinder früh genug einschliefen und wir nicht zu müde waren und nicht zu viel Knoblauch gegessen hatten, dann hatten wir schon noch Sex.

Selbstverständlich kannte ich die ganzen schlechten Witze über die Ehen, in denen der Beischlaf nur noch an Geburts- und hohen Feiertagen stattfand. Aber darüber waren Toni und ich nun wirklich erhaben. Zugegeben, es kam schon ab und zu vor, dass ich bei seinen rhythmischen Stößen darüber nachdachte, ob ich am nächsten Tag zur Reinigung musste, ob die Sportsachen von Hanna gewaschen waren oder ob ich den abgelaufenen Joghurt in den Müll geworfen hatte. Manchmal stellte ich mir bei geschlossenen Augen das Gesicht von George Clooney oder eine aufregende Nummer in einem Swimmingpool oder Fahrstuhl vor. Über wildes Vögeln auf dem Teppichboden im Arbeitszimmer waren wir nie hinausgekommen. Das war ohnehin eine einmalige Aktion gewesen, bei der wir die Gunst der kinderfreien Stunde genutzt hatten, als Hanna noch sehr klein gewesen war und bei ihrer Oma übernachtet hatte. Aber ich fand sowieso, dass Sex außerhalb des Betts überschätzt wurde. Nach der Nummer auf dem Fußboden hatte ich tagelang Rückenschmerzen und einen riesigen blauen Fleck kurz über dem Steißbein gehabt. Da Toni ein sehr liebevoller und ausdauernder Liebhaber war, war ich bisher meistens trotzdem auf meine Kosten gekommen und hatte es nur selten für nötig befunden, ihm einen Orgasmus vorzuspielen, damit ich endlich schlafen konnte.

Kennengelernt hatten wir uns auf der Party einer Studienfreundin in Hamburg. Ich wollte Fotografin werden, träumte von einer Karriere à la Herlinde Kölbl oder Jim Rakete. Meine Bilder stellte ich mir als schwarz-weiße Kunstwerke vor. Ich hatte eine Mappe mit Fotografien von Gesichtern, die Geschichten erzählten: alte Männer mit Falten wie alte Ledertaschen, Babys mit Augen so weise wie die von Senioren. Eine Gruppe lachender junger Frauen Arm in Arm, weinende Fußballspieler nach einer Niederlage. Meine Grundlage für ein Studium an der Hochschule für bildende Künste in Hamburg. Ich hoffte auf entscheidende Impulse für meine spätere Karriere als Promi- und Gesellschaftsfotografin, lebte in einer kleinen Wohnung zusammen mit Elissa, die auf die Journalistenschule ging, und träumte von der großen weiten Welt. Und dann traf ich Toni auf dieser Party.

Ich hätte meine gesamte schweineteure Kameraausrüstung darauf verwettet, dass Antonio Romagnolo ein Künstlername war. Nie im Leben wäre ich darauf gekommen, dass dieser blasse rothaarige Typ mit der Sehschwäche und dem norddeutschen Zungenschlag der Sohn einer Deutschen und eines Italieners war. Seine Eltern waren vor Jahren aus Venedig nach Deutschland gezogen, hatten mit einem Restaurant das große Geld gemacht und den Betrieb daraufhin gewinnträchtig verkauft. Dann waren sie in die Heimat seines Vaters zurückgekehrt. Aber für Toni, der als Baby nach Hamburg gekommen war, löste der Anblick der großen Fontäne in der Alster mehr heimatliche Gefühle aus als eine Gondelfahrt in Venedig.

Er berichtete mir von seiner großen Familie in Italien, seinen Ideen als junger Produktmanager in einer kleinen Werbeagentur, seiner heimlichen Leidenschaft für spanischen Rotwein und aufgewärmte Tiefkühlpizza.

«Ich weiß, ein Italiener mit roten Haaren ist so ungewöhnlich wie ein Schwede mit schwarzen Locken, aber das sind die starken Gene meiner Mutter», hatte er lachend erklärt, als ich meine Verwunderung über seine Herkunft nicht verbergen konnte.

Und all das erzählte er, als wäre ich der letzte Mensch auf der Welt, als hätte er diese Dinge nur in seinem Herzen bewahrt, um mich daran teilhaben zu lassen. Während ich in seine blauen Augen sah und mich weiter über seinen Rotschopf freute, mit ihm aus einem großen Wasserglas Rotwein trank und mich von ihm mit Fertig-Nudelsalat füttern ließ, verliebte ich mich in ihn. Später behauptete Antonio, er hätte schon als ich zur Tür hereinkam gewusst, dass ich die Frau seines Lebens sei. Diejenige, die er heiraten und mit der er Kinder haben würde. Genau so war es dann ja auch gekommen. Und es gab kaum einen Tag, an dem mir das leidtat.

Als ich nach Hause kam, parkte ich meinen Wagen in der Garage und ließ die Ware im Kofferraum. Da morgen früh, am Sonnabend, keine Kinder in die Schule gefahren werden mussten, konnte ich die Wäsche in aller Ruhe am Morgen ausräumen.

In der Küche schenkte ich mir ein Glas aus der offenen Weinflasche ein, die auf der Anrichte stand, und schlich leise die Treppe nach oben, um noch einmal nach den Kindern zu sehen.

Hanna schlief auf dem Rücken. Aus den Kopfhörern des MP3-Players, die ihr aus den Ohren gerutscht waren, tönte leise Musik. Wahrscheinlich *Die Atzen* oder *Tokio Hotel* oder irgendetwas in dieser Richtung. Die Pferdeposter an ihren Zimmerwänden waren längst gegen Bilder britischer Bands ausgetauscht worden – bei denen sich nur selten Schnittpunkte zu meinen Vorlieben in Sachen Musik fanden – und gegen ein großes Foto von diesem Jungen, der in einem Film einen sexy Vampir spielte. Ich stellte mein Weinglas ab, schaltete den Player aus, legte ihn auf Hannas Nachtschrank und nahm beim Verlassen des Zimmers die Schmutzwäsche mit hinaus, die zusammengeknüllt auf dem Fußboden vor dem Bett lag.

Im Zimmer nebenan musste ich aufpassen, nicht bei jedem Schritt auf ein kleines Lego *Star Wars*-Männchen zu treten. Die Figuren lieferten sich Schlachten zwischen *Pokemon*-Karten und *Harry Potter*-Büchern. Tom hatte sich wieder einmal komplett die Decke von den Beinen gestrampelt und lag auf dem Bauch, beide Hände unter dem Gesicht, und schnarchte wie der Weihnachtsmann am ersten Feiertag. Ich deckte ihn zu, gab ihm einen Kuss auf die Haare und sog seinen wunderbaren Duft ein: eine Mischung aus Kuchenteig und Kindershampoo.

Schließlich kam ich in unser Schafzimmer, einen großen Raum mit einem Doppelfenster und einer Glastür zu einem kleinen Balkon in Richtung Garten. Statt eines wuchtigen Schranks hatten wir uns für einen begehbaren Kleiderschrank entschieden und links und rechts davon wandhohe Spiegel mit antik wirkenden Rahmen anbringen lassen. Auf dem Boden verströmten weiße Kugeln unterschiedlicher Größen warmes Licht. In unserem hohen amerikanischen Bett schlief Toni wie eine große Kopie seines Sohnes. Die Bettdecke lag am Fußende, und er hatte beide Hände unter sein Gesicht geschoben. Die einzigen Unterschiede zwischen Vater und Sohn waren die Lautstärke der Schnarchgeräusche und die Motive auf den Schlafanzügen. Tom schlief mit Spiderman auf dem Bauch, Toni mit dem Bild von SpongeBobs Freund Patrick. Wann hatte er eigentlich damit angefangen, diese Nicki-Zweiteiler zu tragen und nicht mehr nackt ins Bett zu steigen? Ich nahm meinen Wein mit ins angrenzende Badezimmer, in dem es durch die Fußbodenheizung immer schön warm und wegen der dunkelbraunen Dielen sehr behaglich war, um mich dort auszuziehen und abzuschminken.

2. Kapitel

«Ey, Mama, und weißt du, was dann passiert ist?» Tom schaute mich mit weit aufgerissenen Augen an.

Wir saßen am Esstisch, der an einer Seite an die Kochinsel angrenzte und Platz für sechs Personen bot. Die weiß glänzenden Küchenschränke hatte ich beim Bau des Hauses ausgesucht, weil mir irgendjemand erzählt hatte, je glänzender die Oberflächen, desto weniger müsste ich putzen. Der totale Quatsch. Wenn meine Kinder sich selber Brote schmierten, konnte ich an allen Türen und Handgriffen den Weg der Herstellung verfolgen. Egal, zwei- bis dreimal in der Woche kam Alma, unsere Perle. Toni hatte während meiner Schwangerschaft mit Hanna darauf bestanden, Hilfe ins Haus zu holen, und Alma von einem begeisterten Freund «übernommen», der nach Amerika ausgewandert war. Alma war bei uns angetreten und hatte vom ersten Tag an das Zepter in der Hand gehalten – sie kümmerte sich um alles: Hausputz, Wäsche, erledigte den Einkauf, als ich zu unförmig dafür war, kochte, als ich Hanna noch stillte, später hütete sie die Kinder, wenn Toni und ich mal wieder etwas allein unternehmen wollten. Und wenn im Garten etwas zu tun war, brachte Alma ihren Mann Sönke mit. Beide weit über sechzig Jahre alt, steckten sie an Energie und Elan sogar meinen Marathon-erprobten Ehemann in die Tasche. Auch aufgrund der allgegenwärtigen Alma hatte ich mir den Job bei Lucinda-Dessous gesucht, um mich nicht zu Tode zu langweilen. Wieder als Verkäuferin auszuhelfen, hatte ich keine Lust gehabt. Hätte ich als Fotografin arbeiten wollen, hätte ich erst meinen Meister nachholen müssen. Aber ich wollte etwas machen, bei dem ich mir aussuchen konnte, wie viel und vor allem wann ich arbeitete. Und im Gegensatz zu einigen Freundinnen kam ich mir als Nur-Hausfrau-und-Mutter auch nicht schäbig vor und hatte nie das Gefühl, mich dafür rechtfertigen zu müssen.

Heute hatte Toni mich lange schlafen lassen, war bereits seine große Runde durch den Wald gejoggt, hatte dann mit Tom Brötchen geholt, den Tisch gedeckt und Kaffee gekocht. Wenn er das tat, konnte ich fast sicher sein, dass er trotz des Wochenendes später noch ins Büro fahren würde. Im Moment aber saß er gelassen in Jeans und langärmeligem Poloshirt am Tisch und nippte an seinem Kaffee.

Hanna hatte gestern eindeutig zu lange ferngesehen, so übermüdet und lustlos, wie sie über ihrem Teller hing. Vor schulfreien Tagen ließ Toni den Kindern vieles durchgehen, was sie bei mir nicht durften. Meine Tochter würde sich ganz sicher, wenn sie ihr kleines Vollkornbrötchen mit hauchdünner Marmeladenschicht («Mama, bitte nicht so viel Fett, in meinem Alter verwertet man das nicht so gut, und ich will auf keinen Fall so dick werden wie du») gegessen hatte, wieder ins Bett legen, den ganzen Tag eine SMS nach der anderen an ihre Freundinnen schreiben und Vampirromane lesen.

Aber zunächst musste sie sich wie wir alle die Erlebnisse von Toms aufregender Schulwoche anhören. Mein Sohn liebte es, am Wochenende der ganzen Familie zu berichten, was in seiner vierten Klasse wieder Weltbewegendes geschehen war. So hatte ich seit meinem ersten Kaffee schon erfahren, dass er im Werkunterricht einen Höhleneingang in einen Ytong-Stein gemeißelt hatte, dass die Sportlehrerin wieder voll fies gemeckert hatte, weil er wegen eines verknoteten Schnürbands an seinem Turnschuh zwei Minuten zu spät zum Unterricht erschienen war, und dass alle in der Klasse ihre November-Gedichte aufsagen mussten. Inzwischen war ich bei der dritten Tasse Kaffee angelangt, Tom bei der Schilderung der Mitschüler-Gedichte von gestern Morgen.

«Also, Chris, den kennst du ja, Mama, der lernt ja immer sehr lange Gedichte auswendig, und dieses Mal hatte er wirklich ein ganz trauriges. Es ging um einen Mann, der lange auf einem Pferd unterwegs war, und dann ist er noch ein Stückchen weiter gereitet ...», erklärte Tom mit roten Wangen.

«*Geritten* heißt das, du Doofkopp.» Immerhin war Hanna noch zu Reaktionen fähig und nicht gleich am Tisch wieder eingeschlafen.

Ich zog die Augenbrauen hoch, um ihr zu signalisieren, dass sie ihrem kleinen Bruder gegenüber etwas nachsichtiger sein sollte. Sie verdrehte die Augen und stand auf, um sich am Küchentresen ein Glas Mineralwasser einzuschenken.

Tom ließ sich nicht aus der Ruhe bringen. «Und dann ist er eeendlich angekommen, der arme Mann. Er war sehr müde, und Hunger hatte er auch, denn als der da langgereitet ist, da gab es zum Beispiel noch gar keinen McDonald's unterwegs, wo der sich mal einen Hamburger und Pommes kaufen konnte.» Eine Tatsache, die für seinen kleinen Kinderkopf geradezu unvorstellbar schien. Toni hatte Mühe, sich ein Grinsen zu verkneifen.

«Und dahann, Mama, weißt du, was dann passiert ist?» Tom machte eine bedeutungsschwere Pause, bevor er zum Ende seiner Geschichte kam. «Mit Müh und Not hat er den Bauernhof erreicht. Aber dann ist der Mann fast vom Pferd gefallen, und alle haben gesehen, dass das Baby auf seinem Arm einfach tot war. Am Ende waren Carina und Inken so traurig, dass sie weinen mussten. Aber die sind sowieso Babys und heulen immer gleich los. Kann ich noch ein Brötchen mit Nutella haben?» Er lächelte mich an und griff nach dem Korb mit den Backwaren. Schön, wenn das Leben noch so einfach ist – Goethes Erlkönig und Nuss-Nougat-Creme.

«Kann ich aufstehen? Ich würde im Bett gern noch etwas lesen», leitete Hanna ihren Rückzug ein.

Toni nickte, da konnte ich schlecht nein sagen. Hanna zog ab in Richtung Treppe zu ihrem Zimmer, aus dem sie vermutlich erst bei Einbruch der Dunkelheit wieder auftauchen würde.

«Was machen wir denn heute? Immerhin regnet es nicht. Wir könnten nach Berlin fahren, ein wenig bummeln und dann später bei Luigi essen gehen», schlug ich vor.

«Och nöö, Bummeln ist scheiße-langweilig. Dann muss ich wieder rumsitzen, wenn du Kleider anprobierst, hab ich keinen Bock drauf. Ich will lieber Fahrrad fahren oder skaten.» Tom zählte heute schon mal nicht zu meinen Verbündeten.

Toni setzte sein Es-tut-mir-so-leid-Gesicht auf und stellte seinen Kaffee ab. «Tut mir leid, Bella. Ich kann heute auch nicht. Ich muss unbedingt noch mal ins Büro. Am Montag ist das Pitching für den Porsche-Spot, da müssen wir die endgültige Fassung verabschieden. Das dauert sicher eine Weile, keine Ahnung, wann ich zurück sein werde. Aber ruf doch Alma an, vielleicht kann die ein Auge auf Tom und Hanna haben, und du machst dir allein einen schönen Tag in der Stadt.» Er lächelte mich an und versuchte, so etwas wie Bedauern auf sein Gesicht zu zaubern.

Ich wusste, wie sehr Toni seinen Beruf liebte. Und wenn es stressig war, wenn von jetzt auf gleich neue und einzigartige Ideen für Werbespots oder Zeitungsanzeigen gesucht wurden, wenn es darum ging, Konkurrenten auszustechen, dann war er ganz in seinem Element. Am Wochenende ins Büro zu fahren war für ihn doppelt so schön, weil dann keine Telefonate oder ungebetenen Besucher den Ideenfluss störten.

Ich nahm mir etwas lustlos noch ein Brötchen aus dem Korb. «Ach nein. Alleine mag ich auch nicht.»

«Vielleicht dauert es ja bei mir doch nicht so lange, und wir können heute Abend noch schön etwas zusammen essen?», machte Toni einen weiteren Versuch in Sachen Beschäftigungstherapie. «Ich könnte Sushi mitbringen.»

«Au ja, Schuschi, ich nehm die mit ohne das scharfe Weiße und mit Gurken drin und viele.»

«Tom, Sssuhhschieee», versuchte Toni es ganz langsam.

«Ja, sag ich doch, Mensch. Kann ich auch die kleinen Frühlingsrollen mit Hähnchen und der roten scharfen Soße haben?»

«Klar, wenn Mami auch einverstanden ist?»

«Ja, Mami ist auch einverstanden.» Mir war jetzt schon klar, worauf es hinauslaufen würde. Toni fuhr ins Büro, rief irgendwann an, dass es doch später werden könnte, rief dann noch einmal an, um zu sagen, dass es tatsächlich sehr spät werden würde, und am Ende saß ich mit den Kindern vor einem Disney-Zeichentrickfilm und futterte mit ihnen Pizza vom Lieferservice. Wäre nicht das erste Mal. Aber ich versuchte, Tom nicht den Spaß zu verderben. «Lass uns doch erst einmal abwarten, wie es bei euch in der Agentur läuft. Fährst du jetzt gleich los?»

Toni stand auf, stellte seinen Teller und den Kaffeebecher ins Spülbecken und nickte. «Ja, je eher ich anfange, desto eher bin ich vielleicht wieder zu Hause.» Er strich Tom über den roten Schopf, stellte sich hinter mich und küsste meinen Nacken.

«Iiihhgitti, Elternsex. Muss das sein, ich esse noch!» Tom machte Würgegeräusche und verdrehte genervt die Augen. Nicht einmal Hanna – geschweige denn sein Papa, Opi oder Sönke – durfte sich in meinen Arm kuscheln, ohne dass er dabei war. Aber da Hanna ihre Kuschelzeit mit den Eltern inzwischen weitgehend für beendet erklärt hatte und nun stramm auf die Kuschelzeit mit Jungs zusteuerte, drohte von der Seite für ihn kaum noch Gefahr.

Toni trat einen Schritt zurück, gab mir einen Kuss auf den Scheitel, einen auf die Wange und warf eine Kusshand in den Raum. «Bis später, Amore. Ich hab dich lieb.» Ich hörte, wie er im Hausflur ein «Ciao, Hanna, bis heute Abend» die Treppe hinaufrief, ohne eine Antwort zu bekommen. Wenige Sekunden später startete er knatternd seinen Porsche.

Gut, also ein Tag zu Hause mit den Kindern.

«Ich geh dann mal raus, Mami, ich fahr mit dem Rad durch die Gegend, vielleicht ist Matthie zu Hause, ist das okay für dich?» Tom versuchte, sich mit einer Papierserviette die Nutellareste von den Fingern und aus dem Gesicht zu wischen. So viel zum Thema ein Tag mit den Kindern.

«Zuerst putzt du dir die Zähne und wäschst dir gründlich Gesicht und Hände. Danach kannst du gern zu Matthias fahren. Aber ruf mich bitte an, wenn du zum Spielen dort bleibst, damit ich dich nicht suchen muss, okay? Und zieh dir Handschuhe an und nimm eine Mütze mit, es ist kalt draußen!»

Tom warf die zerknautschte Serviette auf den Tisch und

schob geräuschvoll seinen Stuhl zurück. Auf meiner Höhe stoppte er kurz, küsste mich mit seiner Schokoschnute auf die Wange und rief: «Ich hab dich so lieb, Mami», bevor er nach oben verschwand.

Ich machte mich daran, den Tisch abzuräumen. Danach würde ich meine Ware aus dem Auto ausladen und dann vielleicht schon mal die Party-Termine für die nächsten Wochen planen. Vielleicht war noch Zeit für einen Plausch am Telefon mit Elissa. So langsam begann das Weihnachtsgeschäft, da musste ich dringend neue Ware ordern.

3. Kapitel

Das Wochenende war genau so verlaufen, wie ich es vorausgesehen hatte. Toni hatte die meiste Zeit in der Agentur verbracht, Hanna wollte bei einer Freundin übernachten und war erst am Sonntagabend wieder aufgetaucht, Tom hatte sich die Zeit damit vertrieben, auf seinem Fahrrad von einem Freund in der Nachbarschaft zum nächsten zu düsen, und ich hatte mich mit verschiedenen Kleinigkeiten aufgehalten. In einer Familie mit zwei Kindern gab es ja immer etwas zu erledigen. Ich hatte eine Liste gemacht, auf der ich abhaken konnte, was vor unserem alljährlichen nachweihnachtlichen Skiurlaub mit Freunden noch zu erledigen war. Auf einer weiteren Liste hatte ich meine Ideen für Weihnachtsgeschenke notiert, und in den Kochbüchern hatte ich mit Klebezetteln ein paar Menüideen für die Feiertage markiert. Vielleicht würde ich in diesem Jahr von der klassischen Pute abweichen und etwas Neues ausprobieren. Vielleicht wenigstens einen anderen Nachtisch als immer Vanilleeis mit heißen Himbeeren? Ich hatte die Ware aus dem Auto geräumt, Inventur gemacht, Hemden in die Reinigung gebracht, Brote für Tom geschmiert und abends bei einem Glas Wein irgendwelchen Zeichentrick-Abenteuern zugesehen und meinen Gedanken nachgehangen.

Jetzt, am späten Montagmorgen, saß ich mit der dritten Tasse Kaffee am Schreibtisch meines winzigen Arbeitszimmers. Im ersten Stock hatte Toni mir einen eigentlich als Abstellkammer gedachten Raum zu einem gemütlichen Zimmer umgestalten lassen. Direkt vor dem Fenster stand ein kleiner weißer Schreibtisch mit meinem Laptop darauf und einem Drucker darunter. Rechts davon ein Regal mit eingeschobenen Kästen, in denen ich die Warenmuster unterbringen konnte. In der anderen Ecke des Zimmers ein gemütlicher Sessel mit Fußhocker, in den ich mich kuschelte, um zu lesen, Musik zu hören oder einfach nur für mich zu sein. Der ganze Raum war in Braun- und Sandtönen gehalten und strahlte eine behagliche Atmosphäre aus. Und das Beste: Jedes meiner Familienmitglieder hatte begriffen, dass dieses Zimmer mein Reich war und ich hier nicht gestört werden durfte. Zu diesen Familienmitgliedern zählte auch Alma, die heute früh gekommen war, kurz nachdem Toni mit den Kindern in Richtung Schule und Büro aufgebrochen war, und die gerade die Betten im ganzen Haus neu bezog.

Beim Blick aus dem Fenster konnte ich Sönke sehen, der den kühlen, aber sonnigen Novembertag dazu nutzte, den Garten winterfest zu machen. Er harkte das letzte herabgefallene Laub zusammen und wickelte die Töpfe mit den Rosenbäumchen in Bastmatten, um sie vor dem harten Frost zu schützen. Bei jedem Atemzug schickte er kleine Wölkchen in die Luft.

Ich kuschelte mich tiefer in meine Fleecejacke und fuhr den Computer hoch, um meine E-Mails zu checken, die Abrechnung vom Freitagabend und die Bestellung der Ware an Lucinda-Dessous einzugeben.

Beim Sortieren der handgeschriebenen Listen fiel mir ein alter Zeitungsausschnitt in die Hände. Elissa hatte ihn vor etlichen Jahren aus einem Berliner Stadtmagazin herausgerissen und mir zur Erinnerung an einen winterlichen Abend mit meiner Freundin in Berlin geschickt. Er war mir im Gedächtnis geblieben, als wäre es gestern gewesen. Elissa war damals noch ganz frisch als Restaurantkritikerin bei der Stadtzeitung, lange vor ihrer Zeit auf Sylt, und es war einer ihrer ersten Test-Abende gewesen, der ihr den Weg in eine große Karriere an gedeckten Tischen in ganz Deutschland bereitete. Elissa wollte mich an ihrem neuen Leben in allen Facetten teilhaben lassen. Sie war stolz auf das, was sie geschafft hatte, und wollte mir zeigen, wie sie arbeitete. Ich war neugierig und aufgeregt. Natürlich hatte ich schon viel über ihre Arbeit und die Auswirkungen veröffentlichter Restaurantkritiken gehört, aber von Anfang bis Ende dabei gewesen war ich noch nie. Essen und Personal einmal aus einem neuen Blickwinkel zu betrachten, war für mich etwas ganz Besonderes. Ich fühlte mich beinahe wie am ersten Schultag.

Das zu besprechende, damals neu eröffnete Restaurant lag in der Köpenicker Straße direkt an der Spree. Links und rechts vom Eingang glitzerten kleine Tannenbäumchen mit elektrischen Lichterketten. Ein roter Teppich geleitete die Besucher hinein. Bereits im Eingangsbereich eilte eine Mitarbeiterin des Hauses auf uns zu und nahm uns Mäntel, Schals und Mützen ab. Das Restaurant war gut besucht. In der Mitte des Raumes befand sich ein langer Tisch, fast schon eine Tafel, an der anscheinend eine vorgezogene Firmen-Weihnachtsfeier stattfand. Von den hohen Decken baumelten moderne Kronleuchter, an den Wänden prangten riesengroße Fotos, wie ich sie immer hatte machen wollen, von gegerbten Gesichtern verbrauchter Männer und zahnlos lachenden alten Frauen. Kleine, in den Boden eingelassene Lichter zeigten den Weg wie im Flugzeug bei einer Notlandung. Am einen Ende des Saals prasselte ein Feuer im Kamin, am anderen sah man durch eine lange Fensterfront die Lichter der Stadt, die sich in der Spree spiegelten.

Die freundliche, mit einer schwarzen Hose, einer Bluse und darüber einer langen dunkelroten Kochschürze mit dem Logo des Restaurants bekleidete Servicekraft führte uns zu unserem Tisch am Fenster mit Blick aufs Wasser.

«Ach nein, am Fenster sitze ich nicht gern, wenn es so kalt ist. Da zieht es immer so. Könnten wir einen anderen Tisch bekommen?», fragte Elissa.

Die Kellnerin lächelte. «Selbstverständlich. Möchten Sie vielleicht in der Nähe unseres Kamins Platz nehmen?»

Elissa schüttelte unwillig den Kopf. «Bloß nicht, das kennt man ja, so eine Kamintemperatur lässt sich doch überhaupt nicht regeln. Da schwitzt man dann ganz fürchterlich und bekommt grässlichen Durst. Das hat sich der Wirt sicher extra so überlegt, damit man viel Wasser bestellt!»

Die Restaurant-Mitarbeiterin blieb geduldig: «Wie wäre es dann mit diesem Tisch?» Sie führte uns an den Fenstern vorbei in einen kleinen separaten Raum, in dem lediglich drei Tische standen. Sie zeigte auf den, der am weitesten vom Fenster entfernt war.

«Ja, das sieht nett aus.» Elissa marschierte auf den Platz zu, von dem aus sie das Restaurant gut überblicken konnte.

Sichtlich erleichtert zog die Kellnerin die Stühle zurück und reichte uns die Speisekarten. «Bitte schön. Darf es schon ein Getränk sein? Als Aperitif servieren wir heute einen Kir Breton aus Cidre und Creme de Cassis oder einen Prosecco mit Petersilien-Essenz.»

Sie stand abwartend da, während Elissa die Speise- und Getränkekarte ausführlich und ohne jeden Zeitdruck scannte. Ich konnte mir das Lachen kaum verkneifen, während die Minuten verstrichen und Elissa sich nicht regte. Aber die Abgesandte des Restaurants ließ sich nicht irritieren und wartete schweigend zwischen unseren Stühlen, beide Hände auf dem Rücken verschränkt. Ich wäre schon längst wahnsinnig geworden.

«Nein, Prosecco lieber nicht. Fürchterliches Zeug. Und diese gemischten Sachen mag ich auch nicht. Da hat man ja schon Kopfschmerzen, bevor das Dessert kommt. Bringen Sie uns doch bitte einfach zwei Champagner.»

«Sehr gern. Ich bin gleich zurück.»

Die Kellnerin war kaum drei Schritte von unserem Tisch entfernt, als ich losprustete: «Mensch, übertreib es nicht. Das arme Mädchen kann sein Studium nicht zu Ende bringen, wenn es den Job hier deinetwegen schmeißt. Mach es ihr doch nicht unnötig schwer, die ist wirklich nett.»

«Das mache ich ja gar nicht, im Gegenteil. Ich habe mich doch nun wirklich sehr schnell mit einem Tisch zufriedengegeben, noch dazu habe ich ein völlig simples Getränk zum Start ausgesucht. Die ersten Pluspunkte konnte das Mädel auch schon gewinnen. Gleichbleibend freundlich, ohne mit der Wimper zu zucken, so soll es sein. Und nun, meine Liebe, gucken wir mal, was der Koch so zu bieten hat.» Sie blätterte mit gerunzelter Stirn in der Speisekarte herum. «Nach was steht dir denn der Sinn? Eher Fisch oder Fleisch? Oder vegetarisch? Für Freunde des schlichten Gemüses ist die Auswahl eher gering, schade. Darf ich für dich mitbestellen? Ja, oder? Dann können wir gegenseitig probieren. Das macht es viel einfacher.»

«Merkst du dir eigentlich, was heute alles gut und nicht gut ist, oder schreibst du gleich noch etwas auf?»

Elissa grinste und deutete auf ihre geöffnete Handtasche auf dem Stuhl neben sich. «Profi-Equipment ist die halbe Miete, Schätzchen. Ich habe ein Diktiergerät und zeichne alles auf. So kann ich mich vollkommen auf das mehr oder weniger wunderbare Essen konzentrieren und vergesse nicht die klitzekleinste Kleinigkeit, sei es, was den Service betrifft, sei es ...» Sie unterbrach ihre Erklärungen, als die Kellnerin mit unseren Getränken kam.

«Zwei Champagner, bitte schön. Haben Sie schon gewählt?»

«Was können Sie denn empfehlen?»

Ich kam mir vor wie in einem Sketch mit Dieter Hallervorden. Dann hätte die Kellnerin aber so etwas sagen müssen wie: «Gar nichts.» Oder: «Ich kann Ihnen dringend empfehlen, ein anderes Restaurant aufzusuchen.» Aber Elissa hatte mit ihrer Einschätzung richtiggelegen. Das Personal hier war professionell und kompetent.

«Als Vorspeise bieten wir heute zusätzlich Rote-Bete-Suppe mit Räucherente oder Lachs-Ceviche, wahlweise auch Blutwurstsalat mit Wachtelei.»

«Ist die Wurst hausgemacht?»

«Nein, die kommt von unserer Hausschlachterei in Brandenburg, ist mit Majoran und Thymian gewürzt und leicht angeräuchert.»

Elissa vertiefte sich wieder in die Karte. Die Kellnerin gab so leicht nicht auf. «Für den Hauptgang empfiehlt der Küchenchef Miesmuscheln in Kokosbrühe mit hausgebackenem Brot oder Glattbutt mit Sahnewirsing und Speck.» Sie machte eine kurze Pause, um dann zu ergänzen: «Und als Dessert haben wir gebackene Nektarinen mit Amaretto-Sahne oder weiße Schokomousse mit Kirschen.» Sie hielt erneut inne, um die Bestellung abzuwarten. Ich wurde gar nicht beachtet. Die «Frau

Wirtschaft» hatte schon kapiert, dass ich lediglich Beiwerk war und die zickige Dame in Beige das Sagen hatte.

Und die hatte sich endlich entschieden. «Na, ländermäßig geht das aber bei Ihnen kreuz und quer, junge Frau. Norddeutschland, Peru, Italien, Brandenburg. Ist ja alles vertreten. Ist Ihr Koch so weit herumgekommen?»

«Das ist er allerdings. Unser Küchenchef hat in den vergangenen Jahren auf einem Kreuzfahrtschiff gekocht und überall auf der Welt die Inspirationen gesammelt, die Sie auf unserer Speisekarte wiederfinden.»

Elissa zog die Augenbrauen hoch. Sie schien tatsächlich beeindruckt zu sein. «Gut, dann wagen wir mal eine kleine kulinarische Weltreise: als Vorspeise bitte einmal die Rote-Bete-Suppe und einmal die Sardinen vom Grill mit Gremolata. Dann bitte einmal das Hirschsteak mit süßsaurer Paprika ...»

«Oh, das tut mir leid. Hirsch ist heute nicht auf der Karte.»

«Ach so? Na, dann das Rindersteak mit Steckrüben und einmal die Wachteln. Das Dessert suchen wir später aus, lassen Sie uns doch bitte eine Karte hier.»

«Haben Sie noch einen Getränkewunsch? Einen Wein? Eine große Flasche Wasser?» Die Kellnerin nahm mir meine Speisekarte wieder ab und sah Elissa fragend an.

«Ja, eine Flasche Wasser. Und dann schicken Sie uns doch bitte Ihren Sommelier.»

«Das tut mir leid, meine Dame. Wir haben keinen hauseigenen Sommelier. Aber im hinteren Teil der Speisekarte finden Sie die Weine, und ich schicke Ihnen gleich den Kollegen, der bei uns für den Wein-Einkauf zuständig ist, wenn Sie sich beraten lassen möchten.»

«Sehr gerne.»

Fast hätte ich mich an meinem letzten Schluck Champagner verschluckt, denn kaum hatte die Kellnerin sich umgedreht, legte Elissa richtig los. Sie schlug mit der flachen Hand auf den Tisch und lief vor Aufregung hellrot an.

«Ich glaube, ich spinne, das sah alles so gut aus, und nun haben die hier nicht mal jemanden für den Wein? Soll denn diese unterqualifizierte Studentin mir sagen, ob zu den Wachteln besser ein leichter Pinotage oder eine Riesling-Spätlese passt? Wie dumm, wie dumm. Da machen die sich die ganze schöne Kellnerarbeit gleich wieder kaputt.»

«Guten Abend, mein Name ist Jens. Meine Kollegin sagte mir, Sie wünschten Unterstützung bei der Wahl des richtigen Weins zu Ihrem Essen?»

Der herbeigeeilte Kollege lächelte mich verbindlich an. Der Altersdurchschnitt der Angestellten lag hier wohl deutlich unter dem der Weine. Nach meiner Einschätzung war der «Fachmann» für Spirituosen gerade erst in dem Alter angekommen, in dem man ungestraft Alkohol trinken durfte. Wie sollte so jemand Erfahrung in Sachen Wein mitbringen? Ich sah schwarz für diesen Laden. Aber Elissa war voll in ihrem Element.

«Das wäre wunderbar. Also, zum einen haben wir als Hauptgang die Muscheln, zum anderen Wachteln. Halbe Flaschen bieten Sie ja nicht an, haben Sie vielleicht eine Empfehlung, was zu allem passt?»

Der junge Weinkenner ließ sich so leicht nicht aus der Ruhe bringen. «Selbstverständlich. Da in Ihrem Menü auch Räucheraromen zu finden sind, rate ich zu einem Frühburgunder. Zum Beispiel kann ich Ihnen den Alpha & Omega vom Deutzerhof empfehlen. Oder Sie versuchen es mit dem Spätburgunder aus Baden, der hat leichten Fasseinsatz und würde sich aromatisch über alle Gerichte legen.»

Klang in meinen Ohren toll, aber das lag vielleicht auch daran, dass ich den ganzen Nachmittag Prosecco getrunken hatte und der Auskenner dem jungen Alain Delon ganz entfernt ähnlich sah. In meinem Zustand hätte ich dem Mann auch Sangria im Fünf-Liter-Tetrapak abgekauft.

«Gut, dann probieren wir den Spätburgunder. Vielen Dank.»

Das Helferlein machte sich mitsamt der Karte wieder unsichtbar.

Elissa ruckelte an ihrer Handtasche und prüfte, ob die Aufnahme noch lief. «Hätte ich dem Laden gar nicht zugetraut, dass die so gut sortiert sind. Ich bin mal ehrlich gespannt, wie der Wein schmeckt.»

Was für mich zu einem außergewöhnlichen Abend mit köstlichem Essen und phantastischen Weinen wurde, war für Elissa harte Arbeit gewesen:

Damit Ihr nicht brecht

Ein Test von Elissa Brecht – heute:
Restaurant Quartett

Seit einiger Zeit wird die Köpenicker Straße von der Berliner Clubszene in Beschlag genommen und macht das Leben dort zur Hölle. Anrainer sein ist dort nichts für zart Besaitete. Da die Clubber beizeiten Hunger haben, eröffnen Szeneclubbetreiber ein Restaurant nach dem anderen. Ansporn genug für die Macher des Sunshine und die Betreiber des Clubs deLuchs, nachzuziehen.

Ich bin misstrauisch, eigentlich eine Verfechterin des «Schuster bleib bei deinem Leisten». Doch kommt man in Berlin nicht um diesen Trend herum. Ich muss also hinsehen. Genauer … wie immer.

Unter der Lupe: der Architekt. Hat sich die Szene den guten Geschmack denn weggekokst? Natürlich steht ein Kamin in der Halle, die sich Restaurant nennt. Der ideale Sitzplatz befindet sich wohl irgendwo zwischen den zugigen Fenstern und der offenen Feuerstelle, die nicht die Steaks, sondern die Gäste grillt. Deutlich angenehmer dagegen das kleine Séparée, zum Glück bekommen wir dort noch einen Tisch.

Unter der Lupe: der Service. Mit der Geduld einer routinierten Altenpflegerin geht die studentische Aushilfskraft auf mich ein. Das schafft Sympathie und lässt die architektonischen Mängel ein bisschen in den Hintergrund rücken. Die Speisekarte kennt sie, doch vom Wein (wie sollte es auch anders sein, wenn man eigentlich Politologie studiert) hat sie keine Ahnung. Sie schickt uns einen Kollegen, der sich als Autodidakt mit dem Thema auseinandergesetzt hat und sich wohl um den Einkauf kümmert. Eigentlich wollte ich an dieser Stelle abbrechen und gehen. Liebe Gastronomen, Ihr macht Eure Gäste zu Biertrinkern. Sind die 60 € Aufpreis fürs Öffnen der Flasche? Aber nichts für ungut, der Mann müht sich redlich, die Weinempfehlung ist durchaus kompetent.

Unter der Lupe: der Koch. Ein Weltreisender. Auf dem Schiff war er. Der Aquavit wird zum «Linie», indem er den Äquator überquert. Der Koch hat offensichtlich seine «Linie» bei der Überquerung desselben verloren. Ein Sammelsurium an Gerichten aus aller Welt. Nur ein Land hat er vergessen zu bereisen, nämlich eines, in dem man sich vegetarisch ernährt.

Beim Lesen lief mir wieder das Wasser im Mund zusammen. Während Elissa Bedienung, Koch und Wein-Einkäufer gnadenlos durch den Abend scheuchte, ließen wir uns die Rote-Bete-Suppe mit Räucherente (4,90 €) munden sowie eine Portion beim Grillen mit Yak-Salz bestreuter Sardinen mit Gremolata (7,90 €, «die Tunke hat etwas viel Knoblauch abbekommen, dafür war der Fisch aber gut gegart», so Elissa in ihrem Artikel), ein deftiges Rindersteak mit Steckrüben (28,00 €) und eine Wachtel (25,90 €), die laut Elissa zwar für sich betrachtet gut gemacht waren, in ihrer Kombination aber keinen Sinn ergaben. Mit der Beurteilung des Desserts endete der Bericht:

Die Portionen waren mächtig, dennoch entschloss ich mich, noch eine weiße Schokomousse mit Kirschen zu probieren, um Ihnen, lieber Leser und liebe Leserin meiner Kolumne, einen allumfassenden Einblick geben zu können. Wir hätten es auch lassen können. Sie war nichtssagend.

Insgesamt also ein recht gemischtes Restauranterlebnis. Im Moment würde ich noch ins Zeugnis schreiben: «Sie bemühten sich stets …» Doch ist das Potenzial spürbar. Ich denke, nein, ich wünsche mir, dass aus dem «Quartett» etwas wird. Ich werde wiederkommen und erneut berichten.

Ihre E. Brecht

Es war ein wunderbarer Abend gewesen, und ich erinnerte mich, dass ich permanent Angst gehabt hatte, eine der Kellnerinnen könnte das Aufnahmegerät in Elissas Tasche entdecken. Auf dem Weg nach Hause hatten wir fast durchgehend gekichert, beschwipst vom Wein und beseelt vom guten Essen.

Zwei Jahre später war Elissa für kurze Zeit nach München gegangen, und nun arbeitete sie bereits seit gut fünf Jahren auf der Nordseeinsel Sylt. Die Gastroszene auf der Insel hatte sich in der letzten Zeit auf ein sehr hohes Niveau entwickelt, und ständig kamen neue Restaurants und Bistros hinzu. Anfangs hatte ich mich gefragt, ob es für eine umtriebige Restaurantkritikerin auf einer doch verhältnismäßig kleinen Insel überhaupt genug zu tun geben würde, aber Elissa war komplett ausgelastet. Sie schrieb Empfehlungen für verschiedene Wochenendbeilagen von Tageszeitungen aus Städten wie Berlin oder Düsseldorf, wo viele Sylt-Freunde lebten. Außerdem wurde sie häufig als Beraterin für Fernsehsendungen angefragt, in denen es um Küche und Kochen ging. Der allgemeine Trend, weniger Lebensmittel in der Mikrowelle aufzuwärmen und stattdessen gesundes Essen zu kochen, bescherte meiner Freundin volle Auftragsbücher.

Ich legte den Artikel zur Seite und machte mich gut gelaunt an meine Lucinda-Listen. Nachdem ich großzügig wattierte BHs, Minimizer, Strümpfe, Nachthemden, Bodys und einiges aus der Abteilung «Für den Mann» geordert hatte, widmete ich mich meiner elektronischen Post.

Neben Angeboten, mir den Penis vergrößern zu lassen, Probefahrten mit Kleinwagen zu unternehmen und günstige Omega-3-Pillen zu bestellen («Omega-3 ist so wichtig wie Vitamin C – pflegen Sie Körper und Geist mit unserem Kennenlernangebot»), gab es auch eine Nachricht von Elissa.

Von: brecht@sylt.de
An: roma@lucinda.net
Betreff: Einladung, und wehe, du kommst nicht
Gesendet: 24. November, 23:17 Uhr

Liebe Ilse,
meine Beste, ich hoffe, es geht dir gut und alle sind gesund. Ich hatte heute einen wunderbaren Abend in einem neuen Restaurant in Keitum. Das Essen war ganz großer Mist. Ich musste geschlagene zweiundzwanzig Minuten warten, bis ich an einen Tisch gesetzt wurde, nicht einmal ein Glas Leitungswasser wurde mir zur Überbrückung der Wartezeit angeboten. Der Rotwein war eiskalt, der Salat hätte im Dressing seinen Freischwimmer machen können, und die handgeschnitzten Fritten waren innen noch leicht gefroren! Die haben es nicht einmal hinbekommen, das Steak so zu braten, dass es noch als Rindfleisch erkennbar war. Ich werde gleich, wenn ich diese Nachricht an dich beendet habe, meine Kritik dazu schreiben. Das wird ein Fest!
Aber eigentlich melde ich mich, weil ich dich noch mal zu meinem Geburtstag einladen möchte. Die Location

steht: Ich werde in einem tollen Restaurant in Westerland feiern, ein schickes Hotel mit einem sehr jungen neuen Küchenchef. Fast noch ein Geheimtipp. Und der Koch macht nicht nur einzigartiges Essen, sondern sieht noch dazu großartig aus. Das Auge isst ja bekanntlich mit. Das wird grandios. Du MUSST MUSST MUSST kommen, auch wenn du am Samstag am Telefon gesagt hast, dass es nicht geht, weil Toni so viel zu tun hat und ihr kurz danach wieder eure Skireise macht. Ganz ehrlich: Die kannst du doch nächstes Jahr auch noch machen, wenn ich nicht vierzig werde. Natürlich schläfst du bei mir, und am besten holst du eure Oma Nudel und lässt sie bei euch einhüten, damit wir ein schönes Wochenende zusammen haben. Wir haben uns so lange nicht gesehen. Melde dich, so schnell es geht.
Ich drück dich
EB

Sich darüber zu freuen, dass ein Abend mit schlechtem Service und miesem Essen besonders gut geeignet für eine Restaurantkritik war, war typisch Elissa. Das Leben meiner Freundin bestand aus einer Aneinanderreihung von mehr oder weniger gutem Essen, begleitet von reichlich Wein. Allerdings war sie dazu übergegangen, hauptsächlich in der Mittagszeit Menüs zu testen. Zum einen war es preiswerter, sich bereits bei Tageslicht drei oder mehr Gänge einzufahren, schließlich mussten auch ihre Auftraggeber mittlerweile auf ihr Budget achten. Und zum anderen war der Küchenchef mittags meistens nicht im Restaurant, sodass die Wahrscheinlichkeit, einen Verriss zu landen, wesentlich größer war. Den konnte ganz Nordfriesland dann nachlesen in «Damit Ihr nicht brecht», ihrer Kolumne, die inzwischen in der größten Tageszeitung Schleswig-Holsteins erschien. Anschließend recycelte sie die Kolumnen in Reiseführern über die Insel.

Vielen Köchen und Kellnern war meine kleine Freundin inzwischen bekannt, sodass Elissa sich in den populäreren Läden verkleiden musste, wenn sie testen ging, damit sie keine Sonderbehandlung bekam. Daher versuchte sie mit kleinen Mitteln, ihre Optik zu verändern: eine dicke schwarze Brillenfassung hier, eine blondgelockte Perücke da oder ein unvorteilhaft geschnittenes Kleid, das sie geschätzte zehn Kilo dicker aussehen ließ. Ihre Verkleidungen sorgten immer für riesigen Spaß, wenn ich sie besuchte und zum Restauranttesten mitkam.

Kurz vor Weihnachten würde Elissa also ihren vierzigsten Geburtstag feiern, und seit Wochen nötigte sie mich, dabei zu sein. Ich hatte ihr mehrfach zu erklären versucht, dass ich Toni und die Kinder unmöglich allein lassen konnte, und nun kam sie mit einer neuen Idee. Oma Nudel hieß bei uns eigentlich Oma Etti – von Oma Spaghetti, weil sie immer Spaghetti in verschiedensten Variationen zubereitete, wenn sie bei uns war. Und Oma Etti kam gern für ein paar Tage zu uns nach Falkensee, um auf die Kinder aufzupassen, wenn ich Toni auf einer Reise begleitete. Meine Eltern waren für so etwas nicht zu haben. Sie hatten sich getrennt, als ich gerade achtzehn geworden war, und ich hatte so schnell wie möglich eine eigene Wohnung gesucht, um weder meiner Mutter noch meinem Vater weiteren Anlass für Streitereien zu bieten. Umso mehr freute ich mich über das enge und liebevolle Verhältnis zu Tonis Eltern, besonders zu Oma Etti. Allerdings hatte ich Elissa schon auf frühere

Mails geantwortet, dass die Omi aus Italien auch älter wurde und so kurz vor Weihnachten sicher keine Lust auf einen Trip ins kalte Norddeutschland hatte. Im Übrigen hatte ich selbst bestimmt zu viele Party-Termine in der Adventszeit, sodass mir wirklich die Ruhe fehlte, um zu einer Feier nach Sylt zu fahren. Aber je näher Elissas Geburtstag heranrückte, desto mehr verstärkte sie den Druck auf mich. Ich bräuchte Abwechslung und eine Pause vom Familienleben, eine Auszeit von den Kindern, und die Wäschepartys seien ja finanziell ohnehin nicht vonnöten. Außerdem war sie der Meinung, dass jede Ehe ab und zu etwas Abstand benötigte, um die Liebe frisch zu halten.

Dabei hatte meine Freundin von Ehe und Partnerschaft ungefähr so viel Ahnung wie ein Frosch vom Fliegen. Sie war nie verheiratet gewesen, hatte es nie länger als ein paar Monate in einer Beziehung ausgehalten, und schon als Schülerin war sie der Überzeugung gewesen, dass man ohne Kinder einfach besser dran sei. Mit Männern hielt sie es wie mit dem Essen: genießen und immer wieder neue Menüs und Zubereitungsarten probieren. Bewertet wurden die Herren ebenfalls nach dem Service, und wenn der dann aus Gewohnheit nachließ, war es nach Elissas Verständnis Zeit für einen Lokalwechsel.

Dennoch kam ich nach der erneuten Einladung ins Grübeln. Vielleicht war es ja tatsächlich eine gute Idee, an die Nordsee zu fahren und Elissa zu besuchen. Sich wieder einmal Westerland ansehen, frische klare Nordseeluft schnuppern, Strandspaziergänge machen, ein paar Weihnachtseinkäufe erledigen, über alte Zeiten plaudern und sich mal richtig gehen lassen. Früher war ich mit Elissa in den Ferien oft nach Sylt gefahren. Wir waren in der Jugendherberge in Rantum gewesen oder auf dem Campingplatz in Westerland gleich hinter den Dünen.

Dann hatten wir uns am Strand gegenseitig mit Sonnencreme eingerieben und dabei nach tollen Jungs Ausschau gehalten, die wir nach ihren Strandkorbnummern benannten. Dazu lief auf dem mitgebrachten Ghettoblaster die Neue Deutsche Welle rauf und runter. *Spliff*, Nena, Markus und Hubert Kah waren die musikalischen Helden dieser Sommer.

Die Vorstellung, für ein paar Tage so zu tun, als wären wir jugendliche Singles, hatte schon etwas für sich. Ausschlafen, ohne sich für den Schulanfang den Wecker zu stellen, nicht überlegen, was am Wochenende gekocht werden sollte, und nicht darauf achten, ob Tom sich die Zähne geputzt hatte. Andererseits war Tom doch noch so klein und schlief abends ohne mich schlecht ein. Und Hanna tat zwar immer so, als wäre ich ihr scheißegal, aber wenn ausgerechnet jetzt der erste Liebeskummer über sie hereinbräche, und ich wäre nicht zu Hause?

Nein, es ging einfach nicht. Toni hatte kurz vor dem Jahresende viel zu viel Arbeit in der Agentur, die zusätzliche Belastung der Kinderbetreuung konnte ich ihm auf keinen Fall zumuten. Und Oma Etti hatte sich schon für das Frühjahr angekündigt, vielleicht konnte ich dann ein paar Tage nach Nordfriesland fahren. Noch eine Reise durfte ich meiner Schwiegermutter in ihrem Alter wohl kaum zumuten. Jetzt nicht. Das würde ich Elissa sofort schreiben. Und mir danach überlegen, was ich ihr zum vierzigsten Geburtstag schenken sollte.

* * *

«Natürlich fährst du. Ich rufe meine Mutter an, die kommt gern ein paar Tage her, um auf die Kinder aufzupassen. Mein Vater ist sowieso bei einem Klassentreffen in Rom, und sie wäre ganz alleine. Das ist genau an dem Wochenende, an dem Elissa ihren Geburtstag feiern will. Genieß es und fahr doch von Donnerstag bis Montag. Dann lohnt sich der Aufwand wenigstens.»

Als wir nach dem Abendessen noch ein Glas Wein tranken, hatte ich Toni von Elissas Einladung erzählt.

«Siehst du, du bist auch der Meinung, dass es zu aufwendig ist.»

«Nein, bin ich nicht, ich meinte *deinen* Aufwand. Ich weiß doch, wie schwer du dich mit veränderten Tagesabläufen tust, deshalb wäre es vielleicht besser, wenn du nicht nur für eine Nacht zu Elissa fährst. Du bist ja bis Westerland mit der Bahn fast fünf Stunden unterwegs.»

«Aber Tom schläft schon immer so schlecht ein, wenn ich die Dessous-Partys gebe», ignorierte ich den Vorwurf und erklärte meine eigenen Überlegungen. «Wie soll das denn werden, wenn ich sogar vier Nächte nicht hier bin? Und Hanna ...»

«Hanna kommt ganz gut ein paar Tage ohne ihre Mama klar, ich bin doch auch noch da.» Er tat entrüstet. «Und wenn meine Mutter den ganzen Tag für Tom kocht und backt und ihn mit Leckereien vollstopft, hat er am Abend vor lauter Bauchschmerzen gar keine Zeit, sich nach dir zu sehnen.»

«Herzlichen Dank. Hört sich fast so an, als könntest du es kaum abwarten, dass ich endlich verschwinde», versuchte ich, beleidigt zu sein.

Toni schenkte mir Wein nach und grinste. «Unsinn. Aber du kümmerst dich hier immer um alles, kaufst ein, kochst für uns, machst deine Partys und kommst aus Brandenburg höchstens heraus, wenn ich dich auf eine Dienstreise mitnehme.» Er stellte die Flasche auf einen Untersetzer und prostete mir zu. «Ich finde es klasse, wenn du auch mal an dich denkst. Wir kriegen das hier schon für ein langes Wochenende geregelt. Falls meine Mutter aus irgendeinem Grund nicht kommen kann, können wir immer noch Alma fragen.»

«Ach, ich weiß nicht. So kurz vor Weihnachten muss ich mich eigentlich um die letzten Bestellungen für dieses Jahr kümmern und die Adventskalender für die Kinder basteln, und dann muss ich unsere Skiausrüstungen durchsehen und schauen, ob Tom und Hanna die Anzüge vom letzten Jahr noch passen, und …» Ich bekam keine Gelegenheit, noch mehr Gründe anzuführen.

«Ja, und wenn du weiter überlegst, dann fallen dir sicher noch mindestens hundert andere Ausreden ein. Vor was hast du denn Angst, mein Schatz?» Toni nahm noch einen Schluck Wein. «Du machst dir auf Sylt mit deiner Freundin eine schöne Zeit, und die Kinder und ich, wir können uns in diesem Jahr ganz heimlich ein ganz besonderes Weihnachtsgeschenk für dich überlegen und Pläne für *deinen* runden Geburtstag schmieden.» Er setzte sich neben mich auf das Sofa und sah mich an. «Es tut mir auch mal ganz gut, wenn ich gezwungen bin, mich mehr um die Kinder zu kümmern. Den Pitch für das Porsche-Projekt haben wir abgegeben. Der Banken-Spot ist morgen abgedreht, die Fotos dazu machen wir übermorgen, und dann wird es bei mir erst einmal ruhiger.»

«Das sagst du immer, und dann kommt plötzlich noch ein Pitch für irgendeine Kampagne, die ihr unbedingt gewinnen müsst, oder ein Etat wird bewilligt, von dem du schon so lange geträumt hast, oder das Kind in eurem Werbespot wird krank, und ihr müsst alles noch mal neu drehen, oder ...»

«Oder, oder, oder. Was soll ich tun? Beim Leben meiner Mutter schwören, dass ich mich gut um unsere Kinder kümmern werde? Ilse, ich krieg das hin. Hanna ist kein Baby mehr und kann mit anpacken, wenn es klemmt. Im allerschlimmsten Fall setzt du dich in Westerland in einen Flieger und bist eine Stunde später in Berlin. Mach dir eine tolle Zeit, und dann feiern wir Weihnachten, und danach machen wir unseren Familienurlaub im Schnee. Wie jedes Jahr.»

Jedes Jahr am zweiten Feiertag starteten wir in den Skiurlaub. Mit Freunden ging es über Silvester auf eine Hütte in Österreich. Toni tauschte für ein paar Tage seine geliebten Joggingschuhe gegen Langlaufskier, die Kinder sausten auf Snowboards und Schlitten die Berge herunter, und ich ging gemütlich spazieren oder saß in der Sonne und ließ es mir gut gehen. Skifahren hatte ich nie gelernt.

Mir war selbst nicht klar, wieso ich mich so gegen die Fahrt nach Sylt sperrte. Vielleicht wollte ich einfach unentbehrlich sein. Es wäre mir lieber gewesen, wenn Toni gebettelt hätte, dass ich nicht fahre, weil es ohne mich zu Hause nun mal nicht laufen würde. Natürlich erwartete ich nach fünfzehn Jahren Ehe nicht, dass er in Tränen ausbrach und mir erklärte, es breche ihm das Herz, wenn er in der Nacht meinen Herzschlag nicht an seinem spüre, dass es ihn vor Sehnsucht zerreiße, wenn er nur daran denke, dass ich mehr als vierhundert Kilometer von ihm entfernt wäre. Aber so ein bisschen angedeuteter Trennungsschmerz wäre auch ganz schön gewesen. Stattdessen drängte er mich förmlich aus dem Haus.

Gut, dann also ab an die Nordsee. Ich würde mein «Wäschegeld» nehmen und ein paar Tage so richtig auf die Pauke hauen. Ich würde die Nächte durchmachen und bis mittags schlafen, mich von den besten Köchen verwöhnen lassen statt Pfannkuchen zu braten und Nudeln zu garen. Und statt Lucinda-Dessous zu verkaufen würde ich sie nur tragen.

4. Kapitel

Von: brecht@sylt.de
An: roma@lucinda.net
Betreff: Re: Re: Einladung, und wehe, du kommst nicht
Gesendet: 29. November, 01:09 Uhr

Juhuuuuuu – Ilse, dass du kommst, ist das schönste Geschenk! Wir machen uns eine tolle Zeit mit Quatschen und Essen. Schreib mir, wenn ich irgendetwas Besonderes für dich besorgen soll. Das wird super. Ich freue mich wie verrückt auf dich und habe schon Champagner kalt gestellt und leckere Sachen eingekauft. Ich hole dich natürlich vom Bahnhof ab, mail mir deine Ankunftszeit, sobald du dein Ticket gebucht hast!!!! Und pack ein paar scharfe Klamotten ein und nicht diese praktischen Ich-habe-Kinder-Sachen, in denen du sonst den ganzen Tag herumläufst. Ich will hier richtig angeben mit meiner schönen Freundin aus dem Osten.
Allerliebste Grüße
EB

Das war ja fast wieder ein Grund, beleidigt zu sein: Das letzte Mal hatten Elissa und ich uns bei ihrem Besuch in Falkensee gesehen, kurz nachdem Toni und ich das Haus renoviert hatten. Ich trug gerne Jeans und eine Sweatjacke, wenn es tagsüber nichts weiter zu erledigen gab, als einzukaufen und die Kinder zum Sport und zu Schulfreunden zu shutteln. Pumps und das hiesige Kopfsteinpflaster waren einfach keine gute Kombination. Und im Minikleid zum Supermarkt zu fahren kam mir doch etwas overdressed vor. Daher holte ich die feine Garderobe nur aus dem Schrank, wenn Toni und ich abends eingeladen waren oder es einen anderen besonderen Anlass gab. Selbstverständlich würde ich für die Tage bei Elissa meine schönsten Sachen hervorkramen, aber für die Fahrt mussten Jeans und Turnschuhe ausreichen. Ich musste am Berliner Hauptbahnhof und in Hamburg-Altona umsteigen, da hatte ich keine Lust auf einen Spurt auf hohen Absätzen.

Nachdem ich endlich dem Drängen von Elissa und Toni nachgegeben, meine letzten Zweifel hinsichtlich der Kinderbetreuung über Bord geworfen, Toni mir eine Zweitkarte seiner Kreditkarte zugesteckt und Oma Etti sofort begeistert einen Flug gebucht hatte, weil ihr Mann tatsächlich genau an diesem Wochenende verreisen wollte, schlich sich bei mir ein Hauch von Vorfreude ein.

Vier Nächte würde ich bei Elissa bleiben, mit ihr und ihren Freunden den Geburtstag feiern, tolle neue Restaurants kennenlernen, mir die Insel ansehen, ins Kino gehen, durch die Geschäfte bummeln, nach Weihnachtsgeschenken Ausschau halten und planlos in den Tag leben. Ich musste mich weder darum kümmern, dass die Schulbrote mit den Kindern zusammen das Haus verließen, noch irgendwen zum Reiten oder Fußballtraining fahren. Toni checkte seinen privaten Terminkalender ein paar Tage lang allein, und um alles andere würden sich Oma Etti und Alma kümmern.

Der einzige kleine Wermutstropfen war die Reaktion von Tom gewesen. Mein Sohn hatte geschluchzt und gejammert, er würde es niemals so lange ohne die liebste Mami auf der

Welt aushalten. Er behauptete, er könnte keine Minute schlafen und würde nur traurig sein und sehr viel weinen. Weder die Aussicht auf den Besuch der Omi noch das Versprechen meinerseits, ein tolles Geschenk mitzubringen, konnten die dicken Tränen trocknen. Toni hatte daraufhin mich getröstet und zu Recht darauf hingewiesen, dass die kleine Heulboje schon fast zehn Jahre alt war und durchaus nicht in eine Drogenkarriere abrutschen oder sich vor einen Zug werfen würde, wenn ich aus dem Haus sei. Er riet mir einfach, nicht mehr über die Reise zu sprechen, mich schnell zu verabschieden, wenn es losging, und die Zeit auf Sylt ohne schlechtes Gewissen zu genießen. Und das hatte ich auch vor.

* * *

Der Berliner Hauptbahnhof kam mir wie immer gigantisch vor. Ich war von Falkensee mit der Regionalbahn hierhergefahren und musste nun in den Zug nach Hamburg umsteigen. Bevor dieses Monstrum gebaut wurde, war ich immer am Bahnhof Zoo ausgestiegen. Selbst dort hatte ich mich oft schon überfordert gefühlt, weil sich so unglaublich viele Menschen auf den wenigen Bahnsteigen drängten. Aus Hamburg war ich natürlich einiges gewöhnt, aber in Berlin hatte ich immer den Eindruck, die Uhren drehten sich schneller, die Menschen wären hektischer und ständig in Eile. Das Tempo der Stadt war höher, als ich es von den anderen deutschen Großstädten kannte. Der neue Hauptbahnhof machte mich fertig. Hätte ich doch bloß Tonis Angebot angenommen, mich direkt hierherzufahren, dann hätte er mir die Suche nach dem richtigen Bahnsteig abgenommen. Mit Hilfe eines freundlichen Mitreisenden hatte ich meine beiden Koffer aus dem Waggon geschafft und stand jetzt immer noch zwischen all den Menschen und versuchte, mich zu orientieren.

Bis zur Abfahrt nach Hamburg hatte ich noch etwas Zeit und überlegte, ob ich mir einen Kaffee kaufen sollte. Leichter gesagt als getan. Es gab hier die kleine digitale Anzeigentafel für die Reiseverbindungen, Bänke, Ticketautomaten und so viele Menschen wie am langen Sonnabend auf dem Ku'damm. Aber ich konnte weder ein Café oder einen Ausgang noch eine Treppe sehen – geschweige denn einen Fahrstuhl. Also schleppte ich mein Gepäck den Bahnsteig entlang, bis ich zu den Rolltreppen kam, die mich tatsächlich zu einer Ebene mit Geschäften, Kaffee-zum-Mitnehmen-Shops und Zeitschriftenläden brachten. Das Durcheinander wurde noch durch bunt dekorierte künstliche Tannenbäume und Mädchen in Engelskostümen verstärkt, die für eine Parfümerie-Kette Werbung machten. Endlich fand ich auch eine Bäckerei, in der ich mich mit Wegzehrung versorgte, bevor ich meinen Bahnsteig suchen ging. Den Kaffee verschob ich auf den Speisewagen im Zug, den hätte ich unmöglich noch tropffrei transportieren können.

Später, in Hamburg-Altona, war das Umsteigen Richtung Sylt wesentlich einfacher: übersichtliche Bahnsteige, deutlich durchnummeriert und alle auf einer Ebene. Die Nord-Ostsee-Bahn nach Westerland stand schon bereit, und ich suchte mir in dem türkisfarbenen Großraumwagen einen Fensterplatz, damit ich bei der Fahrt über den Nord-Ostsee-Kanal und über den Hindenburgdamm durchs Wattenmeer nach Sylt alles ganz genau sehen konnte.

Wir hielten in Niebüll, dann in Klanxbüll, der letzten Station auf dem nordfriesischen Festland. Und dann konnte ich links und rechts die Weite des Wattenmeers sehen. Im Steilflug zischten Möwen über die Nordsee, um sich dann von der Luft tragen zu lassen. Dieses Stück der Strecke genoss ich immer besonders. Bedauerlich nur, dass man das Fenster nicht weit aufreißen konnte, um die Salzluft auf den Lippen zu schmecken und sich richtig durchpusten zu lassen vom winterlichen Wind. Mir wäre danach gewesen, ein bisschen Seeluft zu schnuppern, auch wenn der graue Himmel mit den dicken Wolken nicht gerade zu einem ausdauernden Strandspaziergang einlud. Die Nordsee vermisste ich in Brandenburg am allermeisten, und ich freute mich darauf, in den kommenden Tagen die Salzluft und das Meer zu genießen.

Der Westerländer Bahnhof war ganz nach meinem Geschmack – nur zwei Bahnsteige, und jetzt im Winter stiegen höchstens zehn Menschen mit mir aus dem Zug, die wie ich nach Urlaub aussahen. Die anderen Mitreisenden arbeiteten vermutlich in Hotels oder Restaurants auf der Insel oder gingen Apartments putzen.

Es roch bereits hier nach Meer, und ein paar Möwen flogen kreischend über das Bahnhofsgebäude hinweg. Die weiß gefrorenen Zweige der Bäume hoben sich wie auf einer Postkarte von dem strahlend blauen Himmel ab. Schade, dass die Station nicht direkt ans Meer gebaut worden war, ich hätte gern einen Blick über die Nordsee geworfen. Stattdessen musste ich mit den hausgroßen grünen Männchen vorliebnehmen, die sich gegen den momentan kaum vorhandenen Wind stemmten. «Reisende Riesen» hatte der Künstler die Figuren genannt. Meine Sehnsucht nach dem Meer musste noch eine Weile warten.

Rechts vom Bahnhofsgebäude zwischen den wartenden Taxis stand wild winkend meine kleine, zarte Freundin Elissa neben ihrem schnittigen roten Cabriolet. Für mich immer wieder unglaublich, wie Elissa so dünn und drahtig bleiben konnte, bei dem ganzen wunderbaren Essen, das sie manchmal mehrmals täglich in sich hineinschaufelte. Aber da sie ständig in Bewegung und offensichtlich mit besten Genen gesegnet war, setzte auch die fetteste Nachspeise nicht bei ihr an. Jetzt sprang sie auf und ab wie ein Flummi, als sie mich kommen sah, lachte und verdrehte die Augen.

«Ach du liebes bisschen, ich dachte, du bleibst nur ein paar Tage, du hast ja Gepäck dabei als würde deine Brut mit der nächsten Bahn für eine Woche nachkommen. Lass dich drücken. Dann fahren wir jetzt erst zu mir und stoßen darauf an, dass wir uns endlich mal wiedersehen. Etwas essen musst du sicher auch, ich habe tolle Sachen eingekauft. Aber wie machen wir das mit den Koffern, mal sehen? Heh, könnten Sie wohl mit anpacken? Hallo, Entschuldigung? Ja, wenn Sie mal kurz hier helfen würden ...»

Elissa machte mich mit ihrem Begrüßungswortschwall erst einmal sprachlos. Sie nahm mich in den Arm, drückte mich fest und gab mir einen Kuss auf die Wange, schob mich auf den Beifahrersitz und baggerte dann mit ihrer tiefen, rauchigen Stimme einen vorbeigehenden Dressman an, der ihr nur zu gerne mit einigen Verrenkungen meine schweren Koffer über die Fahrerseite auf die kaum vorhandene Rückbank des Wagens schob. Als Dankeschön musste ihm ein strahlendes Lächeln meiner Freundin mit ihren schneeweiß gebleachten Zähnen ausreichen.

Der unerhört gut aussehende Passant stand noch völlig gefangen neben dem Wagen, während Elissa einstieg, vor dem Rückspiegel ihren Lippenstift nachzog und weiter auf mich einredete.

«Einen Ehering hatte der nicht, vielleicht hätte ich ihn doch nach seiner Telefonnummer fragen sollen? Na, egal, wahrscheinlich sowieso schwul. Hattest du eine angenehme Fahrt hierher? Zweimal umsteigen, also ehrlich, dass es keine direktere Verbindung gibt, ist der Wahnsinn, warum bist du nicht geflogen? Kann doch nicht die Welt kosten. Oder fliegen die jetzt im Winter gar nicht? Für heute Abend wollte ich uns eigentlich einen Tisch reservieren, falls du ausgehen willst. Ich dachte, ich verbinde das Nützliche mit dem Angenehmen, und wir gehen in einen neuen Laden, den ich sowieso noch besprechen muss. Ist irgendetwas nicht in Ordnung? Bist du müde?»

«Nein, nein, es ist alles in Ordnung, ich freue mich, endlich mal wieder hier zu sein. Ich bin überwältigt von den Menschen und der Fahrt und vor allem von dir, und wenn du die ganze Zeit quasselst, habe ich ja gar keine Chance zu erzählen.» Ich wickelte den Schal von meinem Hals, denn im Auto lief die Heizung auf Hochtouren.

Elissa warf mir einen Blick zu, um zu checken, wie ernst ich den Vorwurf meinte, und grinste. Dann schaute sie hektisch wieder auf die Straße, um mit Vollgas und Hupen einen Fahrradfahrer zu überholen.

«Penner! Diese beknackten Touristen fahren durch die Stadt, als würden für sie keine Verkehrsregeln gelten. Hast du gesehen, wie der vor mir hergeeiert ist? Der hat sie wohl nicht alle.»

Sie hupte noch einmal, während sie in den Rückspiegel blickte und sich gleichzeitig ein Kaugummi aus der Handtasche auf der Rückbank fummelte. Während sie kaute, die Straße scannte und aufs Gaspedal trat, setzte sie die Befragung fort.

«Ilse, ich mach mir doch auch meine Gedanken. Ich weiß ja, dass es dir nicht leichtfällt, deine Familie alleinzulassen. Nun erzähl, ist der Abschied ohne Tränen vonstattengegangen? Hat Toni dir noch ein kleines Liebesbriefchen zugesteckt? Und hast du schon Heimweh?»

Ich hatte meine Freundin erst wenige Minuten zurück, aber ich fühlte mich bereits jetzt wieder so heimisch wie in den Schultagen an Elissas Seite. Sie ließ mir kaum Zeit zum Luftholen, wollte alles wissen, aber noch lieber selbst erzählen. Bevor ich auf eine ihrer Fragen antworten konnte, ratterte Elissa weiter.

«Für meine Party übermorgen ist alles sehr gut organisiert. Es kommen mindestens achtzig Leute, ich freue mich schon wahnsinnig. Wenn du den Koch erst gesehen hast, wirst du verstehen, warum ich so begeistert bin, der ist eine echte Entdeckung. Nicht nur wegen seiner Optik, sondern vor allem wegen seiner Ideen in der Küche. Ich sage dir, das ist der Wahnsinn …»

Ich nutzte ihr schwärmerisches Seufzen, um schnell auf die letzten Fragen zu antworten. «Meine Fahrt war okay. Tom war zum Glück schon in der Schule, als mein Taxi kam, dafür hat er gestern Abend beim Einschlafen geweint und mich bearbeitet, doch zu Hause zu bleiben. Du kannst dir nicht vorstellen, wie einen das zerreißt …»

«Nein, Schätzchen, das will ich mir auch gar nicht vorstellen. Natürlich weiß ich, dass es für dich nicht einfach ist, alles andere wäre auch erstaunlich und hätte nichts mit einer glücklichen Ehefrau und Mutter zu tun. Aber ich habe wirklich mit

Absicht keine Kinder, auch wenn du immer meinst, du müsstest mich noch bekehren. Ich genieße es, jederzeit da hinfahren zu können, wo es gerade abgeht, ohne vorher eine Oma Nudel einfliegen zu lassen und ...»

«Oma Etti! Von Spaghetti!»

«Egal, du weißt ja, wen ich meine. So, da wären wir.»

Elissa steuerte den roten Flitzer über eine Garageneinfahrt in den Hinterhof ihres Wohnhauses in der Steinmannstraße von Westerland. Das Haus war dreistöckig, mit ausgebautem Dachgeschoss und außen rot geklinkert. Die Einfahrt befand sich zwischen Elissas und dem Nachbarhaus und führte auf einen Hof mit überdachten Parkplätzen und Garagen. Im hinteren Bereich hatte jemand eine kleine Grünfläche angelegt und eine Bank aufgestellt. Leere Blumenkübel und ein abgedeckter Grill zeugten von langen Sommerabenden unter Nachbarn. Vielleicht war das Plätzchen aber auch nur ein Zugeständnis an die Feriengäste, die hier in einigen der Wohnungen untergebracht wurden. Elissa machte sich nicht die Mühe, in ihre Garage zu fahren, sondern hielt direkt vor der Hintertür des Hauses vor dem «Parken verboten»-Schild.

«Erst mal schaffen wir deine Schrankkoffer nach oben. Hab keinen Bock, die über den ganzen Platz zu buckeln.»

Sie hievte die Gepäckstücke aus dem Auto, nahm einen vorbereiteten «Bin gleich zurück»-Zettel aus dem Handschuhfach und legte ihn auf die Ablage vor der Windschutzscheibe.

«Nimm mal meine Handtasche von der Rückbank, bitte, und hol den Haustürschlüssel heraus. Der für diese Tür ist der kleine silberne, der einzeln am Bund hängt.»

Ich wühlte so lange zwischen Kaugummipackungen, Taschentüchern, Lippenstiften, Zuckertütchen und alten Quittungen herum, bis ich den Schlüsselbund fand. Nachdem ich die Tür geöffnet hatte, polterte Elissa mit meinen Koffern die drei Stufen zum Fahrstuhl hoch und drückte stöhnend den Knopf.

«Mensch, bei deinen Sachen hier tut es mir schon fast wieder leid, dass ich gesagt habe, du kannst bei mir wohnen. Ich hoffe für dich, dass das meiste in diesen Koffern Geschenke für mich sind, sonst, meine Liebe, wird das ein hartes Wochenende für dich!» Sie grinste und nahm mich in den Arm. «Ich freu mich so, dass du da bist!»

Den ganzen Nachmittag verquatschten wir, lachten viel über alte Zeiten und brachten uns gegenseitig auf den neuesten Stand. Elissa berichtete von abenteuerlichen One-Night-Stands, von kulinarischen Offenbarungen, Restaurant-Desastern und ihren Plänen für die Geburtstagsfeier am Sonnabend. Ich erzählte von Tom und Hanna, von lustigen Dessous-Party-Abenden mit ehemaligen Klassenkameradinnen und von Tonis Arbeit. Meine Lucinda-Mitbringsel hatte Elissa gleich begeistert anprobiert und Vermutungen darüber angestellt, wer ihrer derzeitigen Favoriten ihr wohl den Slip Modell *Denise* (Mini-String aus einer aparten Mischung aus Spitze und Tüll, Materialmix aus Nylon, Baumwolle und Elasthan in Dunkelgrün mit Schwarz ab 63,90 €) vom Körper reißen würde. Den Body *Grace* (mit langen Ärmeln aus Wolle, Seide und Elasthan, die Arm- und Beinabschlüsse aus sanfter Merinowolle, am Halsausschnitt exklusive Spitze, ab 169,50 €) hatte sie für partytauglich befunden und ihm gleich einen Ehrenplatz in ihrem Kleiderschrank eingeräumt.

Den geplanten Restaurantbesuch verschoben wir und aßen

stattdessen, was der Kühlschrank hergab. Und das war einiges. Elissa hatte anscheinend eine Rundreise durch sämtliche Feinkostgeschäfte der Insel gemacht, denn neben gebratenen Jakobsmuscheln, Krabben, exotischen Salaten und frischen Ananasscheiben gab es unterschiedliche Pasteten, spanische Wurst und italienische Tomaten, ausgefallene Käsesorten und eine Auswahl an winzigen Törtchen. Nach unzähligen Tüten mit Knabbereien, Schokolade und Gummitieren, die dem «richtigen Essen» im Laufe des Abends noch gefolgt waren, bekam ich langsam Angst, ich würde bei meiner Abreise in keine meiner Hosen mehr passen.

Dazu tranken wir verschiedene Weine und zum Abschluss Champagner. Wir hörten Musik aus den Achtzigern und erinnerten uns daran, wen wir zu *The Cure* geküsst und über welche verlorene Liebe wir bei *Tausendmal berührt* geweint hatten. Ursprünglich hatten wir noch in einen neuen Club gehen wollen, um zu tanzen, aber nun waren wir viel zu satt und viel zu angetrunken und viel zu zufrieden, um uns unter fremde Menschen zu begeben.

Genau so hatte ich mir den Auftakt des Wochenendes vorgestellt. Wir lagen in unseren Pyjamas in Elissas riesigem Bett, das durch eine Matratzenauflage aus Daunen weich wie eine Wolkenlandschaft war, schauten uns *Pretty Woman* auf DVD an und sprachen dabei unsere liebsten Dialoge mit. Wir futterten, bis uns die Bauchdecken spannten, und tranken Alkohol, bis wir aus dem Kichern nicht mehr herauskamen. Warum konnte ich Abende wie diesen nicht öfter haben?

5. Kapitel

Am folgenden Morgen erwachte ich frisch und ausgeruht, und nach einem Blick auf die Uhr meines Handys war mir klar, warum: Es war nach elf. So lange hatte ich das letzte Mal als Studentin geschlafen. Niemand hatte mir die Decke weggezogen und nach Frühstück verlangt, keiner mit seinem Schnarchen meinen Schlaf gestört oder in der Nacht um ein Getränk gebeten. Die alkoholischen Begleiter des Abends hatten für eine angenehme Gleichgültigkeit beim Einschlafen gesorgt, die jeden tieferen Gedanken an mein Leben in Falkensee, an traurige Kinder und einen Ehemann unterband.

Ich ließ mich in die Kissen zurückfallen und lauschte. Das Gästezimmer, eingerichtet mit einem riesigen weißen Bett, weißen Regalen, auf denen sich Bildbände an Reiseführer und Kochbücher reihten, und weißen Knüpfteppichen auf dem Parkettboden, lag am Ende eines kleinen Flurs, der vom Wohnzimmer abging. Auf dem kleinen Nachtschrank standen eine Schale mit Schokolade und ein Strauß orangefarbener Rosen, die Elisa extra für mich besorgt hatte. Es war wunderbar, hier zu sein, ich liebte Elissas kleines Reich. Natürlich war unser Haus in Brandenburg auch gemütlich, aber Elissa hatte sich schön hell einrichten können, ohne darauf Rücksicht nehmen zu müssen, dass ein Junge seine Hosentaschen auf dem Fußboden ausleerte oder mit Freunden einen völlig verdreckten Ball durch die Räume kickte. Alles war aufgeräumt und klar. Hätte ich ein Hotel für gestresste Mütter einrichten müssen, ich hätte mich immer an Elissas Wohnung orientiert.

Ihre Dachgeschosswohnung mit den riesigen Fenstern und einer großzügigen Terrasse vor der offenen Küche erstreckte sich über zwei Ebenen. Durch die großen Fenster konnte man etwa dreihundert Meter entfernt zwischen den Häusern hindurch ein klitzekleines Stück der grauen Nordsee erkennen. Am Himmel darüber sorgten ein paar Wolken für einen perfekten blau-weißen Nolde-Himmel.

Gegenüber der Küchenzeile stand ein langer Esstisch aus grobem dunklem Holz, auf dem in einer großen Silberschale Muscheln und Steine lagen, die von ausgedehnten Strandspaziergängen zeugten. Ich hatte selbst schon einige Fundstücke hier abgelegt. Mitten im kombinierten Wohn- und Esszimmer befand sich eine schwarz lackierte Holztreppe, die nach oben zu einer kleinen Leseecke mit einem grauen Ohrensessel auf der Galerie und zu Elissas Schlafzimmer führte. Von dort war nichts zu hören. Auch aus dem Badezimmer, das direkt neben meinem Gästezimmer lag, kam kein Geräusch.

Ich stand auf und öffnete die Tür zum Flur. Sofort empfing mich Kaffeeduft, der mich magisch zur Küchenzeile zog. Hier war alles sehr modern aus Stahl und mit schwarz lackierten Schränken. Erinnerte mich eher an die Brücke auf dem Raumschiff Enterprise als an eine Küche, was auch daran liegen mochte, dass hier alles wie neu glänzte. Kein Wunder, wenn man meistens auswärts essen ging.

An der Thermoskanne auf der Arbeitsplatte lehnte ein Zettel.

Liebe Ilse,
Kaffee ist in der Kanne. Alles, was du für ein Frühstück brauchen könntest, findest du im Kühlschrank oder nebenan im Café. Die

Leute dort kennen mich, und ich habe angekündigt, dass meine liebste Freundin vielleicht vorbeikommt und mächtig verwöhnt werden soll. Ich muss leider noch mal kurz in die Redaktion wegen eines Sonderheftes über Frühstücksrestaurants. Wenn es schnell geht, melde ich mich, dann können wir uns irgendwo treffen. Vergiss nicht, dass wir um 17 Uhr bei meinem neuen Lieblingskoch in der Schützenstraße verabredet sind. Und schmink dich, bevor du aus dem Haus gehst, man weiß nie, wem man hier auf der Insel der Reichen und Schönen begegnet. Angeblich sind Keanu Reeves und Leonardo di Caprio gerade für Dreharbeiten eingeflogen. Solltest du von einem der beiden angegraben werden, ignorier unsere Verabredung und mach dir einen tollen Tag und eine noch tollere Nacht. Ich hab dich lieb, und es ist sehr, sehr schön, dass du da bist.

Typisch für meine Freundin: Sich erst Gäste einladen und sie dann zur Mast zu befreundeten Restaurantbesitzern abschieben. Ich schenkte mir einen Kaffee ein und wagte einen Blick in den Kühlschrank. Ein Erdbeer-Joghurt ohne Fett, eine angebrochene Flasche Orangensaft, eine geschlossene mit Champagner, ein Camembert, der schon die besten Zeiten hinter sich hatte, und eine fast volle Packung Knäckebrot. Alles andere hatten wir wohl gestern Abend weggefuttert. Wunderbar, zog über Kellner und Köche her, lagerte aber knusprige Brotscheiben in der Kälte. Nebenan im Frühstückscafé wurden wahrscheinlich gerade Eier für mich gekocht, denn wie ich Elissa kannte, hatte sie garantiert heute früh telefonisch an mein eventuelles Eintreffen erinnert.

Mir war aber überhaupt nicht nach Essen. Ich war noch satt vom Vorabend und außerdem glücklich darüber, dass die von uns geleerten Flaschen mir keinen Schädel beschert hatten. («Du musst zum Wein basisches Wasser mit viel Hydrogencarbonat trinken, das gleicht die Säure im Wein wieder aus», hatte Elissa befohlen.) Also würde ich in Ruhe duschen, mich anziehen und schminken, zu Hause bei meiner Familie anrufen, um nachzufragen, ob alles in Ordnung war, und dann meinen geplanten Einkaufsbummel starten. Essen konnte ich unterwegs, und heute Abend würde ich ohnehin wieder gestopft werden. Denn ich sollte nicht nur den Koch kennenlernen, sondern auch einige Kleinigkeiten für die morgige Geburtstagsfeier verkosten.

* * *

Ich war froh, dass ich mich entschieden hatte, für die Reise meinen Daunenmantel anzuziehen. Inzwischen war zwar die Sonne zwischen den Wolken herausgekommen, aber von der Nordsee wehte ein eiskalter Wind. Bevor ich durch die Geschäfte zog, wollte ich eine Nase echte Seeluft schnuppern und war über die Rote-Kreuz-Straße zunächst in Richtung Strand spaziert.

Die Nordsee lag grau vor mir, der aufgekommene Wind peitschte ab und an gelbliche Gischt ans Ufer, der Strand war zu dieser Jahreszeit nicht einladend golden, sondern graubraun und nass. In den Pfützen, die nach der Flut zurückgeblieben waren, gefror das Wasser, am Flutsaum reihten sich Muschelreste an Stöckchen und kleine Steine. Die Wolken machten den Eindruck, als müssten sie noch irgendeinen Zug erwischen, so schnell zogen sie über den Himmel. Weit draußen konnte ich ein Schiff erkennen, vielleicht die Fähre von Rømø, sofern die auf dieser Seite der Insel überhaupt entlangschipperten, vielleicht irgendein Frachter. Die Strandkörbe, die im Sommer im bunten Getümmel die blau-weiße Oberhand hatten, waren jetzt im Winterlager, sodass der Strand einen ungewohnt leeren Anblick bot. Zwei dick eingemummelte Spaziergänger stemmten sich gegen den Wind in Richtung Wenningstedt, und neben mir zog sich ein junger Mann mit einem kleinen Hund die Mütze noch etwas tiefer ins Gesicht, bevor er die Stufen zum Strand herunterstapfte. Es roch wunderbar frisch nach Meer, und ich spürte förmlich, wie der Sauerstoff sich einen Weg durch meine Blutbahnen suchte. Aber auch wenn es sich großartig anfühlte, hier zu stehen und aufs Meer zu schauen, musste ich bald aufgeben. Es war einfach zu kalt.

Daher drehte ich um und spazierte über die Lornsenstraße Richtung Strandstraße. In der Fußgängerzone herrschte deutlich weniger Betrieb als bei meinem letzten Besuch auf der Insel im Sommer vor drei oder vier Jahren. Es gab auch weniger Möglichkeiten, draußen einen Kaffee zu trinken. Im Sommer nutzten die Wirte jedes freie Eckchen für Tische und Stühle, sodass man vor lauter Menschen nur sehr wenig Bewegungsfreiheit zwischen den Läden hatte. Stattdessen hatten die Westerländer Gastronomen nun auf jedem freien Fleckchen Wärmepilze aufgestellt. Menschen in Fellstiefeln, Moonboots, Designersteppjacken und mit goldgerandeten Sonnenbrillen stießen mit Champagner auf die Weihnachtstage an. Alle Geschäfte waren verschwenderisch geschmückt, elegante Lichterketten wechselten sich ab mit aufgesprayter Schaufensterdekoration und schlichten Tannengestecken. In mir machte sich endlich der erste Hauch von Weihnachtsstimmung breit. Wenn auch ein ähnlicher Betrieb herrschte wie an einem

Sonnabend auf dem Ku'damm in Berlin, hatte ich doch den Eindruck, dass die Menschen hier auf der Insel entspannter und viel weniger hektisch unterwegs waren. Auf meinem Bummel durch die Friedrichstraße geriet ich regelrecht in einen Kaufrausch: In einem Souvenirladen kaufte ich ein Kapuzensweatshirt mit dem Aufdruck *Inselkind* für Tom, in einem Designerladen eine kleine Tasche für Hanna, und für Toni fand ich einen dicken Bildband mit den besten Werbefotos der Siebziger. Oma Etti würde ich Plätzchenausstecher in Inselform mitbringen. Und in der Schokoladenmanufaktur neben dem Café Wien besorgte ich noch für alle mit Gummibärchen und Butterkeksen gefüllte Schokolade. Möglicherweise waren diese Dinge gar nicht so besonders, wie sie mir vorkamen, und ich hätte im KaDeWe oder am Alex in Berlin Ähnliches entdecken können, aber dort fehlte mir die Ruhe für ausgiebige Bummel durch die Einkaufszentren.

Seltsam, wie weit mir Falkensee entfernt schien. Einerseits fehlten mir meine Liebsten, andererseits genoss ich es, ganz allein unterwegs zu sein. Niemand, der plötzlich auf die Toilette musste, niemand, der in einem Laden mit dröhnend lauter Musik eine halbe Stunde brauchte, um sich zwischen zwei T-Shirts zu entscheiden, und niemand, der bei jedem Stopp die E-Mails auf seinem Handy checkte. Ich konnte einen Kaffee trinken, wann und wo ich wollte, und mir die vielen unterschiedlichen Leute ansehen, die in der Fußgängerzone auf und ab liefen. Beladen mit Einkaufstüten, Kinderwagen schiebend, in Eile, um einen Termin einzuhalten, oder Händchen haltend und ganz verliebt.

Früher waren Toni und ich auch jeden Weg Hand in Hand gegangen. Irgendwann hatte dann Hanna nach meiner Hand verlangt, und Toni trug die Einkaufstaschen. Inzwischen zog Toni bei längeren Wegen lieber Handschuhe an, als sich an meinen Fingern zu wärmen, und ich schleppte meistens ohnehin irgendetwas oder musste mein Geld aus der Tasche holen oder Sachen in den Einkaufswagen legen.

Von Elissa bekam ich eine SMS, es würde doch länger als erwartet in der Redaktion dauern. Sie wünschte mir viel Vergnügen beim Einkaufen.

Ich beschloss, heute alles mitzunehmen, was eine echte Sylt-Touristin mitnehmen muss: Beim Fischimbiss von Gosch aß ich ein Krabbenbrötchen, bei Leysieffer eine rote Grütze zum Milchkaffee. Danach schlenderte ich durch Boutiquen und Läden und ließ mich vom Weihnachtsschmuck inspirieren. In der Filiale einer großen Kosmetikkette schnupperte ich mich durch die neuesten Düfte und gönnte mir einen neuen Lippenstift mit passendem Nagellack. Im Vorbeigehen entdeckte ich in einer Boutique ein tolles Top mit Pailletten, das sowohl zu einer Jeans als auch zu einem eleganten Rock passen würde. Auch das landete neben einem Paar Wanderstiefel in einer bunten Tüte. Zum Abschluss meines Spazierganges wärmte ich mich im modern eingerichteten Café LatteMar am Strandübergang mit einer heißen Schokolade mit Sahne wieder auf.

Dann schlenderte ich im dunkler werdenden Westerland durch die Elisabeth- und Käpt'n-Christiansen-Straße langsam zur Schützenstraße, in der Elissa ihren Geburtstag feiern wollte. Überall brannte bereits Licht hinter den Fenstern, Weihnachtssterne blinkten, und in vielen Gärten standen beleuchtete Tannen. Ich konnte Menschen beobachten, die mit der Zubereitung des Abendessens beschäftigt waren, andere, die es sich vor dem Fernseher gemütlich gemacht hatten, und wieder andere, die zu mir hinausschauten und sich wahrscheinlich darüber wunderten, was jemanden an so einem ungemütlichen Abend wie diesem überhaupt vor die Tür trieb. Ich wünschte, ich hätte eine Kamera dabeigehabt, um meine Eindrücke festzuhalten. Fast bedauerte ich es, als ich am Hotel hinter dem Deich ankam, in dem ich meine Freundin treffen sollte.

6. Kapitel

Das Restaurant von Elissas neuem Freund, dem Koch, lag ein klein wenig abseits der touristischen Hochburgen der Insel. Aber über eine lange Treppe, «Himmelsleiter» genannt, konnte man auch hier in wenigen Minuten über den Deich zum Strand gelangen.

Hier sollte also morgen die große Party steigen. Das Luxushotel war ein Komplex aus mehreren Gebäuden, die zwar groß, aber nicht übermächtig vor den Deich gebaut worden waren. Vor der Eingangstür standen die typischen weißen Friesenbänke, ein Fußabstreifer, an dem man die sandigen Strandschuhe säubern konnte, und es gab einen Ring, an dem im Sommer die Hunde angeleint werden konnten. Jetzt allerdings grinste der Comic-Hund darüber ins Leere.

Im ersten Fahrstuhl gab es nur zwei Knöpfe, einen fürs Erdgeschoss und einen für das Restaurant im vierten Stockwerk des Hotels. Also sauste ich in gefühlter Lichtgeschwindigkeit an allen fremdvermieteten Betten vorbei. Wenige Sekunden später öffnete sich die Fahrstuhltür vor meinem Ziel.

Beim Eintreten in das Restaurant war ich einen Moment sprachlos. Von hier oben hatte man einen phantastischen Blick auf die Nordsee. In der Ferne blinkten die Lichter von Schiffen. Der Mond, der inzwischen in voller Pracht am Himmel stand, zauberte silberne Sterne auf die Brandung. Durch die fast sichtbare Kälte vor den Fenstern wirkte die Atmosphäre hier drinnen noch heimeliger. Der Eingang zum Restaurant war mit Elchen aus dunklem Holz und kleinen Weihnachtsbäumchen mit glänzenden roten Schleifen weihnachtlich geschmückt. Auf den Tischen traten ihre winzigen Zwillingsgeschwister an. Etwas kitschig, aber mir gefiel's. Dazu roch es leicht nach Zimt und Rotwein und ganz entfernt nach gebratenem Fleisch.

«Ilse, hier bin ich, huhuuuuu!»

In einer Tonlage deutlich über Zimmerlautstärke rief mich Elissa von einem Tisch am Fenster. Sofort drehten sich mindestens zwanzig Leute in dem gut gefüllten Restaurant erst zu ihr, dann nach mir um. Ich beeilte mich, zu meinem Platz zu kommen, und ließ mich schnaufend auf einen Stuhl gegenüber von Elissa fallen.

«Puhhh. Hallo. Wartest du schon lange?»

«Nö, aber ich habe uns schon mal einen Sekt bestellt.» Sie beugte sich über den Tisch und griff nach meinen Tüten. «Was hast du denn alles eingekauft? Ist ein tolles Kleid für morgen Abend dabei?»

«Mitbringsel für Toni, Oma Etti und die Kinder. Und superbequeme Schuhe habe ich gefunden, schön warm für die Spaziergänge beim Skiurlaub nach Weihnachten.»

«Bequem? Ich dachte, du lässt es mal richtig krachen und gönnst dir was von deinen Schlüpfer-Piepen. Mensch, Ilse, wenn ich deine Beine hätte, wäre ich heute sofort in den ersten Schuhtempel gewandert und hätte mir richtig scharfe Stiefel geholt. So bis übers Knie, was meinst du, was Toni für ein Auge reißt, wenn du damit nach Hause kommst!»

Sofort fing ich wieder an, mich und meinen Mann zu verteidigen: «Das ist gar nicht notwendig. Toni liebt mich auch in bequemen Schuhen. Und im Schnee würde ich mir ohne wasserfeste Treter sofort Frostbeulen holen. Außerdem habe ich schon schwarze Overknee-Stiefel, habe ich sogar mitgebracht.

Vielleicht ziehe ich die morgen an, damit du mich nicht länger für einen modischen Totalausfall hältst.»

Elissa lächelte mich entschuldigend an. «Sorry, Süße. Ich hab es ja nicht so gemeint. Du Ärmste, wahrscheinlich wünschst du dir jetzt, zu Hause bei deinen Liebsten zu sitzen und hausgemachte Spaghetti von Oma Nudel zu essen, statt dir hier mein Genöle anzuhören.»

Gespräche unter Freundinnen waren einfach etwas Wunderbares.

«Ach, Quatsch. Zu Hause sitzen wir gar nicht alle abends zusammen. Hanna ist oft bei Freunden. Toni hat in letzter Zeit so viel zu tun in der Agentur, dass ich froh bin, wenn wir uns zum Frühstück sehen, und Tom muss zeitig schlafen gehen, wenn am nächsten Tag Schule ist.»

«Klingt so gar nicht nach trautem Heim und glücklicher Familie. Bist du zufrieden mit deinem Leben und mit deinem Mann?»

«Was heißt denn hier trautes Heim?» Wie oft hatten wir über dieses Thema in alkoholgeschwängerten Nächten schon diskutiert und waren doch nie einer Meinung gewesen? «Es ist doch vollkommen normal, wenn man nicht dreimal täglich zusammen die Mahlzeiten einnimmt. Wie soll denn das auch gehen, wenn die Eltern beide arbeiten wollen? Und nur weil man wegen seines Berufs viel unterwegs ist und gern viel arbeitet, heißt das nicht, dass man gleich die ganze Beziehung in Frage stellen muss. Eine Ehe über lange Jahre ist auch Arbeit, man muss sich anstrengen, sich nicht gehenlassen und versuchen, für den Partner attraktiv und interessant zu bleiben.»

«Aus welcher Frauenzeitschrift hast du denn diese Weisheiten?», konterte Elissa unnachgiebig.

«Nun lass uns doch nicht über Toni und die Kinder reden. Ich genieße es gerade, alleine unterwegs zu sein und mich um nichts kümmern zu müssen. Es ist phantastisch, wieder auf Sylt zu sein, ganz wunderbar und sehr entspannend», lenkte ich Elissa von ihrem alten Thema ab. «Weißt du noch, was für großartige Sommer wir hier hatten? Und nun sitzen wir hier in einem feinen Restaurant und können es uns so richtig gut gehen lassen.» Ich lehnte mich zurück und sah mich im Restaurant um. «Außerdem finde ich es natürlich toll, mal nicht selbst zu kochen, sondern mich einfach an einen so schön gedeckten Tisch zu setzen und mich zurückzulehnen. Wie im Paradies, wo einem die gebratenen Tauben in den Mund fliegen.» Ich streckte wohlig meine Beine unter dem Tisch aus.

«Also lebst du doch in heimlicher Knechtschaft, musst kochen und putzen und für deinen Mann allzeit bereit sein. Ich weiß schon, warum ich nicht heirate», lachte Elissa.

«Quatsch. Knechtschaft!»

«Mal ehrlich», auf einmal ernst, beugte sie sich über den Tisch. «Liebst du Toni noch so wie damals, als ihr nächtelang gequatscht habt und es morgens aufgewärmte Pizza zum Frühstück gab? Habt ihr noch eure wilden Momente, in denen nur die Liebe zählt, in denen du deine Gören vergessen kannst? Und habt ihr Abende ganz für euch, an denen ihr nicht zu müde zum Vögeln seid und euch als Ersatzbefriedigung einen guten Roten einfüllt? Woher willst du wissen, dass dein Toni Briefings schreibt und Kids für Werbespots castet, wenn er im Büro ist? Könnte ja auch sein, dass er Werbung in eigener Sache macht und sich woanders holt, was ihm sein Hausmütterchen nicht bietet?»

Ich war entsetzt. Aber statt auf eine Antwort zu warten,

schnappte sich Elissa glücklicherweise meine Einkaufstaschen.

Ich war doch zufrieden mit meinem Leben? Jedenfalls hatte ich mir bis gestern wenig Gedanken darüber gemacht, ob ich mit meinen fast vierzig Lebensjahren dort angekommen war, wo ich als Zwanzigjährige einmal hingewollt hatte. Natürlich liebte ich Toni nicht mehr so wie damals. Die Schmetterlinge waren längst weitergeflattert. Stattdessen hatte ich Verlässlichkeit bekommen, tiefes Vertrauen und echte Liebe. Und das hatte ich mir doch immer gewünscht. Toni würde mich niemals betrügen. Die Kinder und die Familie gingen ihm über alles.

«Hach, da bin ich aber froh, dass du morgen nicht in Leggings und Schlafshirt hier aufschlägst!» Elissa hatte mein neues Oberteil entdeckt. «Schätzchen, das ist ja ein Traum. Ich wünschte, ich könnte so etwas tragen, aber für Klamotten mit Pailletten drauf bin ich leider viel zu klein. Damit sehe ich immer aus wie ein zu kurz geratener Weihnachtsbaum. Ich kann dir sagen, das wird ein riesiges Fest. Ich habe für die Einladungskarten ein Heidengeld ausgegeben, konnte ich auch, weil ich seit Ewigkeiten für diesen Tag Geld zurückgelegt habe. Stell dir vor, fast hundert Bekannte und Freunde! Insel-Promis und Möchtegern-Sternchen, Köche, Journalisten, alte Freunde aus Hamburg, Berlin und München! Ansonsten bekomme ich alles zum Sonderpreis. Der Koch ist noch nicht lange Küchenchef und nutzt die Party als Werbung für sich. Soll mir recht sein.»

Elissa wurde vom Kellner unterbrochen, der zwei Sektgläser und ein Schälchen mit kleinen hellgrünen Kugeln auf den Tisch stellte.

«Was ist das denn Tolles?», wollte ich wissen und nahm mir eines von den Kügelchen. Sah auf jeden Fall essbar aus.

«Meine Güte, du lebst echt im Osten, oder? Das sind Wasabi-Nüsse. Die sind auf Sylt schon fast wieder out, wenn sie überhaupt je richtig in waren. Vollkommen zu Recht, wie ich finde, ekelhafte, viel zu scharfe Mistdinger.» Sie trank einen Schluck Sekt, dann ereiferte sie sich gleich weiter. «Muss ich Oke gleich sagen, das geht schon mal gar nicht. Sollen die doch einfach was von ihrem selbst gebackenen Olivenbrot und diesem wahnsinnig guten Öl hinstellen, das ist zehnmal besser als diese grüne Zumutung.»

«Ach, ich finde die ganz lecker.» Ich nahm mir gleich noch eine Handvoll der kleinen Kügelchen.

«Prost, mein Schatz. Es ist toll, dass du mitfeierst.» Elissa erhob ihr fast leeres Glas, um mit mir anzustoßen. «Und komm bloß nicht auf die Idee, irgendjemandem zu verraten, wie alt ich werde.»

«Was hast du denn auf die Einladungskarten geschrieben?»

«Kommt und feiert mit mir meinen Geburtstag bei gutem Wein und gutem Essen. Ich hoffe, die Geschenke werden auch gut.»

Ich konnte mir ein Grinsen nicht verkneifen. «Das ist nicht dein Ernst, oder?»

«Natürlich», beteuerte Elissa und versuchte, ein ernstes Gesicht zu machen. «Du wirst ja in ein paar Wochen ebenfalls vierzig, das wirst du doch auch nicht herumerzählen?»

«Darüber habe ich mir noch gar keine Gedanken gemacht.» Hatte ich tatsächlich nicht, denn im Gegensatz zu Elissa gehörte ich nicht zu den Frauen, über denen der Vierzigste schwebte wie ein Damoklesschwert. «Eigentlich ist das für mich ein Geburtstag wie jeder andere. Im Grunde kann ich ganz entspannt sein: Ich bin verheiratet, habe zwei Kinder, einen Beruf, der mir Spaß macht …»

Elissa kippte den letzten Rest Sekt herunter und winkte nach dem Kellner, um nachzuordern. «Willst du damit andeuten, dass ich anders vierzig werde als du, weil ich kinderloser Single bin? Hör mal, Mäuschen, nimm es mir bitte nicht übel, ich hab dich wirklich sehr lieb. Aber so alt, wie du manchmal daherredest, kann ich nie im Leben werden.»

«Was soll das denn heißen?», fragte ich entrüstet zurück.

Elissa legte ihre Hand auf meine. «Nur weil ich mir vom Leben andere Dinge erhoffe als du, geht es mir doch nicht schlecht», redete sie mit mir wie mit einem verstockten Kind. «Überleg doch mal, wie sich das aus meinem Blickwinkel darstellt: Seit gut fünfzehn Jahren läuft dein Leben nach Schema F ab, der Mann ist immer derselbe, der Sex mit diesem Mann wahrscheinlich auch. Dann kam erst das eine, danach das andere Kind.» Sie hielt kurz inne, tätschelte meine Hand und schenkte mir ein bedauerndes Lächeln. «Du wohnst in Brandenburg, in einer Stadt, die die Bezeichnung ‹Stadt› eigentlich nicht verdient, und triffst die Ladys, mit denen wir schon in der Schule nichts zu tun haben wollten und die heute wie damals herumsitzen und sich langweilen.»

«Falkensee hat über vierzigtausend Einwohner und ist sehr wohl eine Stadt, und außerdem ist es fast schon in Berlin. Das kann man ja wohl mit Flensburg überhaupt nicht vergleichen.»

Ihrem Blick nach zu urteilen, hatte Elissa offensichtlich Zweifel, was den Wahrheitsgehalt meiner Ausführungen anging.

«Zum Teil sind die Menschen, die da leben, durchaus kultivierter als einiges von dem Pack, das mir heute in der Friedrichstraße über den Weg gelaufen ist», verteidigte ich mich weiter. «Und ich kann auch nicht sagen, dass ich mich langweile. Außerdem möchte ich auf keinen Fall später mal alleine dasitzen. Ohne Mann und ohne Kinder oder Enkel. Denkst du darüber nie nach?»

Sie nickte. «Doch, natürlich. Und mir graut davor, ein verhutzeltes Weibchen zu werden, das nur von seinen Erinnerungen lebt und zum Seniorenskat geht, um überhaupt jemanden zum Reden zu haben.» Sie schien kurz nachzudenken, bevor sie weitererklärte: «Oder krank zu werden, und niemand ist da, der sich um mich kümmert. Jetzt gerade bin ich ganz gerne allein. Wenn es mir zu einsam wird, rufe ich eben einen von meinen schwulen oder kinderlosen Freunden an oder fahre für ein Wochenende nach Hamburg. Fürs Rentenalter baue ich darauf, dass die Freunde, die ihr Leben jetzt ähnlich leben wie ich, später auch noch da sind. Hauptsache, es ist nicht langweilig.»

«Aber ich finde, mein Leben ist gar nicht langweilig, jedenfalls habe ich noch nie morgens dagesessen und gedacht: Was mach ich jetzt bloß mit dem langen Tag?», beteuerte ich.

«Das ist ja noch schlimmer.» Elissa schüttelte bedauernd den Kopf. «Ilse. Ich mache mir manchmal echt Sorgen um dich. Du warst so ambitioniert früher und hattest so große Pläne. Jetzt hast du nicht einmal deinen Fotoapparat mitgebracht, um auf meiner Party zu knipsen oder tolle Sylt-Bilder mit nach Hause zu bringen.»

Wie konnte Elissa bloß gleichzeitig so nachdenkliche Reden schwingen und parallel dazu derartige Mengen Alkohol trinken, ohne betrunken zu werden?

«Manchmal denke ich, dass du dir gar keine Gedanken mehr

darüber machst, was du eigentlich willst», bohrte sie unbeirrt weiter. «Was *dich* glücklich macht und wie du dein Leben ein wenig aufregender gestalten kannst. Damit meine ich nicht einen Ausflug mit den Kindern in den Filmpark Babelsberg oder ins Legoland am Potsdamer Platz.»

«Du musst dir keine Sorgen machen. Ich *bin* glücklich. Und seit ich die Dessous verkaufe, bin ich noch zufriedener als vorher. Meine Tage sind ausgefüllt. Ich habe mein Haus und meinen Garten. Wir machen Urlaub und ...»

«Und genau so wird es die nächsten vierzig Jahre weitergehen.» Wieder schüttelte Elissa den Kopf. «Tu mir einen Gefallen und vergiss deine Familie für die nächsten drei Tage. Wir sind alte Schulfreundinnen, die auf der schönsten Insel Deutschlands so richtig auf den Putz hauen und einen Mega-Geburtstag feiern werden.» Anscheinend reichte es Elissa jetzt wohl mit den trüben Gedanken. «Hast du eigentlich schon Pläne für deinen Vierzigsten?»

«Mir ist gar nicht danach, ein riesiges Fest zu geben», wehrte ich ab. «Kann man ja auch zum Einundvierzigsten machen, das ist dann etwas ganz Besonderes.»

Elissa verdrehte die Augen. «Also noch keine Pläne», stellte sie seufzend fest. «Wenn dir nichts einfällt, kannst du gern mit deiner Brut hier anrücken. Ich muss sowieso im Januar nach London zu einem Verlag, der einen neuen Restaurantführer machen will. Wenn deine Gören sich immer schön die Hände waschen, bevor sie sich auf meine feinen Sofas werfen, könnt ihr meine Wohnung haben.» Plötzlich hob sich ihr Blick über meine Schulter, und sie begann zu strahlen. «Und nun stelle ich dir meinen neuen Lieblingskoch vor.»

Hinter mir kam ein junger Mann mit einem Teller in der

Hand auf unseren Tisch zugeeilt. Hätte Elissa ihn nicht als den Küchenchef des Restaurants angekündigt und würde er nicht eine Kochjacke tragen, hätte ich vermutet, er sei ein Praktikant ihrer Zeitung, der irgendeinen Botendienst erledigen musste. Eigentlich war der Mann noch ein Junge, wahrscheinlich hätte er rein rechnerisch unser Sohn sein können. Optisch erinnerte er mich ein bisschen an diesen Geiger, auf den Hanna und ihre Freundinnen gerade so abfuhren, David Garrett. Große blaue Augen, volle Lippen, leicht kantiges Gesicht, aber noch genug Fülle in den Wangen, um niedlich statt schön zu sein. Nach dem zu urteilen, was man unter dem Piraten-Kopftuch erkennen konnte, waren seine Haare dunkelblond und schulterlang. Mit den schmalen Hüften und breiten Schultern war er gebaut wie ein Dressman. Tatsächlich sehr appetitlich. Die Optik wurde von einem Lächeln gekrönt, das Justin Bieber in den Selbstmord getrieben hätte.

«Oke, mein Schatz! Da bist du ja endlich. Wir sind schon halb verhungert.»

Elissa stellte sich auf die Zehenspitzen und umarmte den jungen Wilden. Dabei versuchte sie, ihm nicht den Teller aus der Hand zu stoßen. Ich blieb einfach sitzen, schaute zu und trank meinen Sekt. Das kannte ich schon von Elissa: Wenn ihre Begeisterung sich Raum suchte, war für anderes und andere einfach kein Platz. Das musste man aussitzen wie der Altkanzler. Offensichtlich hatte der Koch meine Freundin und ihre Eigenheiten auch schon kennengelernt. Er machte nicht einmal den Versuch, sich aus ihrer Umarmung zu befreien, sondern ließ sich von ihr knuddeln und grinste, bis sie wieder von ihm abließ.

«Das ist meine liebste Freundin Ilse. Ilse, darf ich dir Oke

Christiansen vorstellen? Ein wunderbarer Koch, toller Mann und Garant für einen besonderen Geburtstagsabend.» Elissa schob den Kopftuch-Mann, der aufgrund der Vorschusslorbeeren leicht verlegen wirkte, in meine Richtung. Dann setzte sie sich wieder und begutachtete die kleinen Köstlichkeiten auf dem großen Teller, den Oke auf den Tisch stellte. «Das sieht ja phantastisch aus.»

Ich begutachtete erst einmal den Koch. Oke schüttelte mir die Hand, sah mir in die Augen und lächelte strahlend. Dabei entblößte er zwei Reihen sehr gerader und sehr weißer Zähne. Hatten erfolgreiche Köche sonst nicht normalerweise eine Wampe oder schütteres Haar oder wenigstens schlechte Zähne? Dann musste dieser Typ ein Fake sein. Er sah aus wie ein Starschnitt, den ich mir früher aus der *Bravo* herausgerissen hätte. Noch immer schaute er mir in die Augen. Ich kam mir fast vor wie damals, als küssen noch viel zu gewagt war und wir uns mit den Jungs, die wir toll fanden, um die Wette in die Augen gesehen hatten. Wer zuerst wegschaute oder blinzelte, hatte verloren. Heute verlor ich.

«Ich bin Oke, Moin.» Er hielt meine Hand über dem Tisch ein paar Sekunden zu lange fest und rückte dann näher an Elissa heran, um ihr die mitgebrachten Häppchen zu erklären. «Ich habe alles gemacht, wie du wolltest – nichts Gewöhnliches und nichts, bei dem man zum Essen an einem Tisch sitzen muss. Es gibt etwas zum satt werden und in Erinnerung behalten: Ente mit Quitte am Spieß, mariniert mit Sojasoße und Honig. Filoteigröllchen mit Birnen, Brie und Pinienkernen und eine kalte Ingwer-Avocado-Suppe, die wir morgen in kleinen Einmachgläsern servieren. Dann hätten wir hier Lammspieße mit Paprikaschoten und Tomaten, einen Krautsalat aus viererlei Kohl, gebackene Feigen mit Ziegenkäse-Pinienkern-Füllung und Bruschetta mit Schwarzkohl und Parmaschinken.»

Während er redete, zeigte er auf die verschiedenen appetitlich angerichteten Speisen, und mir lief das Wasser im Mund zusammen. Wie konnte sich jemand all diese Namen merken und Dinge zubereiten, denen man nach dem Kochen noch ansah, was sie sein sollten? Ich war an den Töpfen und Pfannen nicht gerade eine Heldin. Eigentlich achtete ich nie sonderlich darauf, was ich zu mir nahm, um satt zu werden. Wenn Hanna einen Salat wollte, machte ich Salat, und wenn Tom sich zum Mittagessen Pfannkuchen wünschte, dann briet ich eben Pfannkuchen. Außer meinen Spezialitäten verfeinerte Ravioli und Spiegeleier mit Spinat reichte es aber aus, um meine Familie satt zu bekommen. Allerdings war in Falkensee auch noch nie jemand auf die Barrikaden gegangen, wenn Perle Alma etwas kochen wollte. Im Vergleich zu meinen Würstchen mit Maggie oder Pellkartoffeln mit Quark sah das hier unglaublich köstlich aus. Ich wusste nicht, wo ich mit dem Probieren beginnen sollte.

Elissa tat sich da weniger schwer. «Bohhhh, iph daph legga», schmatzte sie zwischen zwei Bissen. «Und das willst du morgen wirklich alles auftischen? Da könnt ihr ja wohl heute Nacht durchkochen.»

«Einen Teil haben wir schon fertig, und den Rest kriegen wir auch noch hin. Du musst mir nur unbedingt sagen, was dir gar nicht schmeckt. Und vor allem musst du dich wegen der Desserts entscheiden, ich habe fünf zur Auswahl, von denen schaffen wir aber bis morgen nur zwei.»

Dieser Mann litt offensichtlich nicht unter Minderwertigkeitskomplexen, was seinen Job anging. Der wusste, was er konnte. Natürlich ging ich ab und zu mit Toni essen, auch in teurere Restaurants. Das Essen gestern bei Elissa zu Hause war wirklich köstlich gewesen, aber das hier war unvergleichlich. Winzig kleine Portionen, die man sich mit einem Happs in den Mund stecken konnte und die dort eine wahre Explosion des Genusses auslösten. Zutaten und Gewürze waren so fein aufeinander abgestimmt, dass man den Bissen am liebsten zwischen Zunge und Gaumen lagern wollte. Mindestens bis ins neue Jahr. Einiges hatte ich noch nie zuvor geschmeckt, anderes noch nie in diesen Kombinationen.

Was ihm aber anscheinend nicht bewusst war, war seine besondere Wirkung auf Frauen. Elissa hatte recht gehabt, in seinem Fall aß das Auge mit. Das Essen war grandios. Wenn der Mann zu solchen kulinarischen Kreationen fähig war, was konnte der dann noch mit seinen Händen anfangen? Ich erwischte mich dabei, wie ich seine langen braunen Finger anstarrte und ins Darüber-werde-ich-nie-im-Leben-sprechen-Nirwana abtauchte.

«Na, habe ich dir zu viel versprochen?» Elissa lachte.

Ich öffnete die Augen, die ich tatsächlich geschlossen hatte, um mich noch besser auf den Geschmack zu konzentrieren. Wahnsinn. Diese Aromen gingen durch Mark und Bein. Ich fühlte mich fast wie nach richtig gutem Sex. Mir gegenüber saß ein selig lächelnder Oke.

«Wenn jemand mein Essen so genießen kann wie du, ist das für mich die schönste Belohnung», sagte er. Dann stand er auf. «Ich hole dann mal die Nachspeisen. Möchtet ihr vielleicht einen Wein trinken? Oder einen Kaffee?»

«O ja, einen Kaffee nehme ich gern», bedankte ich mich.

«Du hast meine Frage noch nicht beantwortet.» Elissa

biss das letzte Stückchen Lammfleisch von einem Spieß und seufzte.

«Welche Frage?»

«Ob ich dir zu viel versprochen habe.»

«Was den Koch angeht oder das Essen?»

«Das gehört doch zusammen. Wenn dir das Essen schmeckt, dann gefällt dir auch der Koch und umgekehrt.»

Ich schüttelte den Kopf. «Finde ich nicht. Ich habe schon sehr gut gegessen bei Menschen, die von Schönheit so weit entfernt waren wie Lachs von Leberkäse. Und ich habe extrem fiese Sachen aufgetischt bekommen von Köchen, die spitzenmäßig aussahen.»

«Hört, hört, meine Freundin Ilse, die Restaurant-Kennerin. Wann warst du denn das letzte Mal essen?»

«Gestern Abend.»

«Ja, bei mir zu Hause. Das zählt nicht, das waren doch eher Häppchen, und alles war fertig gekauft. Ich meine in Falkensee oder in Berlin mit Toni.»

«Lass mich überlegen, also das war …»

«McDonald's zählt auch nicht.»

«Na gut, ich gehe nicht so oft in schicke Restaurants wie du», musste ich zugeben. «Aber ich kann gutes Essen trotzdem von schlechtem unterscheiden. Und dieses hier war phantastisch. Ich kann mich nicht erinnern, jemals so besondere Geschmäcker erlebt zu haben.»

«Ich weiß, was du meinst. Und wie findest den Koch? Anfangs dachte ich, der wäre schwul, weil er so unglaublich aufmerksam und zuvorkommend ist. Vielleicht sollte ich nur noch Männer mit nach Hause nehmen, die das Bedienen richtig gelernt haben», lachte Elissa dreckig.

Ich wartete kurz mit der Antwort, da ein Kellner meinen Kaffee an den Tisch brachte. «Elissa, der könnte unser Sohn sein, der ist doch höchstens zwanzig. Wie schafft so ein Junge es überhaupt, Küchenchef in einem erstklassigen Restaurant wie diesem zu werden?»

«Also, erstens sieht der nur aus wie zwanzig und ist in Wirklichkeit schon über dreißig. Und zweitens ist er einfach super in seinem Job», setzte Elissa zu einer geradezu überschwänglichen Lobeshymne an. «Wahrscheinlich kommt es ihm entgegen, in der Küche zu stehen und sich mit den Kollegen nur über Handzeichen und Pfannenschwenken zu verständigen, ein großer Redner ist der Mann nämlich nicht gerade. Friese eben!»

Während Elissa redete und redete, fragte ich mich, ob sie bisher lediglich seine Kochkünste getestet oder seine Qualität auch in anderen Bereichen abgecheckt hatte.

«Er hat noch echte Leidenschaft für seinen Beruf, und er liebt es, mit Gewürzen und Kräutern zu experimentieren und etwas Neues in der Küche zu schaffen. Das schmeckt man. Oke hat schon als Jugendlicher im Restaurant seines Onkels in Rantum ausgeholfen. Der hat sein Talent erkannt und ihm dann nach Feierabend immer ganz besondere Koch-Aufgaben gestellt.»

Himmel! Wahrscheinlich würde meine Freundin als Nächstes die Biographie dieses Küchenmeisters schreiben. Mit ihrer Begeisterung war sie auf jeden Fall noch lange nicht am Ende.

«Nach seiner Ausbildung ist er auf dem Motorrad um die halbe Welt gereist und hat überall in die Töpfe geguckt, sich inspirieren lassen und Dinge gegessen, die wir nicht einmal ins Haus lassen würden. Das bringt einen natürlich auf ganz neue

Ideen. Der traut sich was, und allein das sollte ihm bald einen ersten Stern einbringen. Ich muss wirklich sagen, ich habe lange, lange nicht so gut und so besonders gegessen. Und wenn *ich* das sage, dann ...»

«... ist das ein echtes Kompliment», vollendete Oke den Satz und stellte ein Tablett mit Schälchen und kleinen Tellern auf den Tisch. «Bitte schön, Ladys, eine *creation de l'amour,* wie ich immer sage, anlässlich eines ganz besonderen Festes.»

«Das will ich wohl meinen.» Elissa griff nach ihrem Sektglas. «Meinst du, es könnte noch einmal jemand nachschenken?»

Oke winkte einem Kellner, um Elissas Wunsch zu erfüllen. Dann sah er mich an, blickte auf den Dessertteller, sah wieder mich an und wieder die Nachspeisen, griff schließlich nach etwas, das wie ein Himbeertörtchen für Zwerge aussah, und hielt es mir vor den Mund. «Mund auf, Augen zu. Sag mir, was du schmeckst.»

Es kam mir seltsam vor, mich von dem Jüngling füttern zu lassen, aber ich wollte keinen Aufstand machen. Bisher hatten mich die Kostproben aus der Küche ja eher angenehm überrascht. Also schloss ich die Augen. Ich spürte die Wärme von Okes Fingern vor meinen Lippen, roch das Aroma der Beeren – und noch irgendetwas Süßes. Fühlte, wie das Törtchen in meinen Mund geschoben wurde, und begann zu kauen. Wohlige Wärme breitete sich in mir aus, wie nach einer Massage oder einem langen heißen Bad.

«Lass die Augen geschlossen, entspann dich», dirigierte Okes sanfte Stimme meine Geschmacksnerven. «Konzentrier dich ganz auf den Geschmack, auf die Süße, die Schärfe und die Säure. Sag mir, was du erkennen kannst.»

«Hey, was ist denn das für eine Sonderbehandlung? Und

ich?» Elissa gab sich Mühe, beleidigt zu klingen. Dabei wusste ich, dass sie sich nicht viel aus Nachspeisen machte.

«Baschilikum!» Endlich wusste ich den ersten Geschmackseindruck einzuordnen. Ungewöhnlich zu den Himbeeren, aber köstlich. Ich öffnete die Augen und überlegte, was ich als Nächstes probieren wollte.

«Yes!!» Oke streckte eine Faust in Siegerpose in die Luft. «Ich wusste, dass du eine Geschmacksexpertin bist. Himbeeren mit einem Hauch Basilikum und rotem Pfeffer auf einem Bett aus Baiser und weißer Schokolade.»

«Na, ich weiß nicht. Geschmacksexpertin?», maulte Elissa. «Ilse trinkt ja immer noch Rotwein aus dem Supermarkt wie zu unserer Studienzeit, obwohl ihr Mann Italiener ist und genug Geld verdient, um wöchentlich Kisten aus seiner Heimat einzufliegen. Und sie kann durchaus mal ein paar Tage nur belegte Brote essen, ohne das Gefühl zu haben, ihr würde etwas fehlen.»

«Gegen eine gut gemachte Schnitte ist doch nichts einzuwenden. Wenn das Brot gut ist, kann das ein tolles Erlebnis sein», verteidigte Oke mich, griff nach einem anderen Törtchen und ließ es wieder auf meinen Mund zuschweben.

«Euer Brot hier sowieso. Tu mir einen Gefallen, Oke, und lass diese Wasabi-Dinger weg und stell stattdessen lieber Brot und Öl auf den Tisch. Oder meinetwegen etwas wie ‹Dreierlei vom Schälchen› dazu. Du hattest doch vergangene Woche noch so ein Sauerampfer-Sößchen zum Dippen.»

«Wein aus dem Supermarkt ist übrigens nicht mehr die Plörre, die wir zu unseren Studentenzeiten aus dem Tetrapak genuckelt haben.» Bevor ich den nächsten Leckerbissen probierte, musste ich die kleine Beleidigung von Elissa unbedingt richtigstellen. Schließlich wollte ich vor Oke nicht wie der totale Dorftrottel dastehen. Es schmeichelte mir, dass er so um mein Wohlergehen besorgt war. Wann hatte Toni eigentlich das letzte Mal für mich gekocht? Nein, anders: Hatte Toni eigentlich überhaupt mal für mich gekocht?

«Im Discounter meines Vertrauens gibt es eine sehr gute Auswahl spanischer Rotweine. Wenn du dich anstrengst, wird dir sicher wieder einfallen, dass Toni die viel lieber trinkt als die italienischen. Danke, ich möchte erst dieses hier kosten.» Schnell zeigte ich auf ein braunes knubbeliges Ding, das an eine schrumpelige Pflaume erinnerte. So konnte ich der Hand, die bereits sehr vertraulich auf meine Lippen zusegelte, gerade noch ausweichen. Langsam wurde mir unheimlich, welche Gefühle diese Finger bei mir auslösten. Außerdem konnte ich nicht aufhören, auf Okes Lippen zu starren, wenn er sprach, und mir vorzustellen, wie diese weichen Lippen … Nein! Nein! Nein!

«Das sind Quitten aus dem Ofen mit Zimt und Marzipan, noch lauwarm und mit eiskalter Crème fraîche.» Oke legte das Törtchen, das er mir zugedacht hatte, wieder zurück und erklärte weiter. «Dann hätten wir noch Mini-Lavendel-Muffins, Pfefferminz-Schokoladenmousse von dunkler Schokolade und Elissas Favorit: Lebkuchenparfait mit alkoholgetränkten Kirschen, geschichtet im Glas.»

«Das Parfait musst du morgen unbedingt machen», bestimmte Elissa schmatzend. «Bei den anderen Desserts bin ich mir nicht so sicher. Was meinst du, Ilse? Lieber die Quitten oder die Muffins?»

«Weiß ich noch nicht. Lass mich erst alles richtig durchprobieren. Könnte ich noch einen Kaffee bekommen und ein stilles Wasser?», wandte ich mich wieder an Oke. «Wieso bist du eigentlich nach Sylt gekommen? Du hast doch schon fast überall auf der Welt gearbeitet. Und dann gerade Nordfriesland?» In Smalltalk war ich schon immer gut gewesen.

Oke sah mir so tief in die Augen, als würde er zu einem Liebesschwur ansetzen. «Sylt ist momentan in Sachen Gastronomie etwas ganz Besonderes. Hier kommen Leute her, die eine gute Küche zu schätzen wissen und für gutes Essen so viel Geld ausgeben wie andere für einen gebrauchten Kleinwagen. Ich hatte keine Lust mehr, mir von irgendeinem Küchenchef sagen zu lassen, welche Gewürze zu welchem Fisch passen und was seiner Meinung nach gar nicht ging. Dazu habe ich inzwischen zu viel gesehen und probiert.» Während seiner Ausführungen spielte er mit dem winzigen silbernen Salzstreuer herum. «Es gibt einige Spitzenköche hier auf der Insel, bei denen ich vielleicht noch etwas lernen kann, das wird Elissa dir sicherlich gesagt haben.» Er nickte in ihre Richtung und lächelte, als würde er jeden Moment für einen Werbekatalog für sexy Meisterköche fotografiert werden. «Ich finde es einfach traumhaft an der Nordsee mit dem Wind und dem Meer, das ist eben mein Zuhause. Wenn man viel arbeitet, dann muss doch auch der Freizeitwert stimmen, oder?» Oke winkte wieder nach einem Kellner, rückte den dicken Filzstift in seiner Brusttasche zurecht und zog sein Piratenkopftuch etwas tiefer in die Stirn. «Ich muss jetzt zurück in die Küche. Lasst es euch schmecken und nehmt euch die Zeit, die ihr braucht. Bis später.» Er stand auf, strich Elissa über den Kopf, schenkte mir ein inniges Lächeln und verschwand in Richtung Küche.

7. Kapitel

Nun zier dich nicht so. Ganz ehrlich, wann hattest du zuletzt so richtig guten, unvergesslichen, atemberaubenden Sex?»

Elissa saß mir gegenüber auf ihrem großen weißen Sofa, ich hatte mich in den Sessel mit Fußhocker gekuschelt. Der Wohnbereich war sparsam möbliert, außer den Sitzmöbeln gab es noch eine Récamière aus einem Stahlgestell mit Kuhfell-Leder, einen kleinen rollbaren Tisch mit alkoholischen Getränken und mehrere Schalen auf dem weichen hellgrauen Teppichboden, in denen Zeitschriften, Stifte und CDs aufbewahrt wurden. Auf der einen Seite stand eine große weiße Bodenvase mit einer einzelnen dunkelroten Amaryllis, an der gegenüberliegenden hing ein überdimensionales gerahmtes Schwarz-Weiß-Foto von der Manhattaner Skyline. Darunter war ein künstlicher Kamin an die Wand montiert, in dem ein Ethanol-Feuer brannte. Ein Flachbildschirm an der Wand und eine moderne und sehr teure Design-Stereoanlage waren die einzigen schwarzen Gegenstände in dieser Hälfte des Zimmers, die schwarze Treppe in der Mitte bildete einen gewollten Kontrast zu dem hellen und gemütlichen Bereich, in dem wir saßen.

Obwohl es schon spät am Vormittag war, waren wir beide noch im Schlafanzug und nippten an der gefühlten siebten Tasse Kaffee. Die Dessertauswahl am gestrigen Abend hatte sich schwieriger gestaltet als zunächst angenommen – je mehr Dessertweine ins Spiel kamen, desto kniffliger. Beim eisgekühlten Champagner hätte ich schon nicht mehr sagen können, ob ich Schokolade oder Kirschen auf den Törtchen schmeckte. Aber dank des basischen Wassers war mir auch heute ein Schädel erspart geblieben.

Für ein Frühstück fehlte uns beiden noch der Platz im Magen, also hatten wir uns mit Kaffee versorgt und angefangen, über unser Leben zu plaudern.

«Als wenn Sex immer das Wichtigste wäre.» Ich fragte mich, wie wir auf dieses Thema gekommen waren.

«Weich nicht aus! Ich hatte jedenfalls vor gut drei Wochen ein Date mit einem wesentlich jüngeren Mann, den ich auf einer Party getroffen habe. Wir kamen ins Quatschen, es gab reichlich Alkohol dazu, und dann hab ich ihn mit zu mir genommen. Ich war schon fast nackt, als wir aus dem Fahrstuhl gestiegen sind und ...»

«Herzlichen Dank. Noch genauer möchte ich es gar nicht wissen. Und was heißt denn bitte ‹wesentlich jünger›? Ein Freund von deinem Koch?»

«Na, ich habe nicht nachgefragt, aber ich nehme mal an, er war bestimmt unter dreißig. Sehr knackig, Sixpack und die richtigen Muskeln da, wo sie sein sollen. Und noch heiß darauf, es mir zu besorgen. Nicht so ein alter abgeschlaffter Sack, der sich am liebsten einen blasen lässt und dann wegpennt.»

Ich wusste nicht, ob ich lachen oder Entrüstung vortäuschen sollte. «Das ist ja ekelhaft. Du weißt schon, dass es einen Ausdruck für Frauen wie dich gibt? Habe ich gerade erst in einer Zeitung gelesen: ‹Berglöwin›. Nach der Faustregel muss die erfolgreiche Frau zum Zeitpunkt der Einschulung ihres Lovers mindestens volljährig gewesen sein.»

Elissa winkte gleichgültig ab. «Das kommt wohl hin. Ist doch nichts dabei, guck dich mal um: Madonna, Demi Moore, Susan Sarandon. Männer dürfen doch auch Freundinnen haben, die wesentlich jünger sind. Wusstest du, dass man bei denen das eigene Alter durch zwei teilt und dann plus sieben rechnet? Haut fast immer hin, achte mal drauf. Außerdem hast du immer noch nicht auf meine Frage geantwortet.»

«Ach, Elissa, ich führe doch nicht Buch darüber, wann, wie lange und in welcher Stellung ich mit Toni Sex habe.»

«Solltest du aber. Ich bewundere dich. Ich kann einfach nicht verstehen, wie man jemandem mehr als fünfzehn Jahre treu sein kann.» Sie schüttelte ungläubig den Kopf. «Bei mir entpuppen sich die Typen leider spätestens nach ein paar Wochen als totale Loser. Oder sagen wir, ich habe bisher noch niemanden gefunden, der es wert gewesen wäre, dass ich für ihn all meine Freiheiten aufgebe. Hast du dich nie in jemand anderes verknallt, einfach so? In Hannas Mathelehrer zum Beispiel oder in einen Praktikanten in Tonis Firma?»

«Spinnst du? Im Übrigen hat Hanna in Mathe eine Lehrerin.» Ich stand auf, um mir aus der Küche ein Glas Wasser zu holen, bevor ich einen Koffeinschock bekam.

«Ich will dich ja nicht zu Dingen verführen, die du gar nicht willst. Aber manchmal denke ich, es würde dir ganz guttun, ein wenig lockerzulassen. Es schadet doch nichts, mal ein bisschen herumzuknutschen. Falkensee ist weit weg auf dem Festland, das würde Toni nie im Leben erfahren.» Elissa sprach lauter, um diesem spannenden Thema bloß keine Pause einzuräumen. «Oke fand dich toll. Was mich überhaupt nicht wundert, so, wie du seine Köstlichkeiten vertilgt hast. Ein größeres Kompliment kannst du einem Kerl, der so in seinem Beruf aufgeht wie Oke, gar nicht machen. Der hat ja gestern mehr gesprochen als normalerweise in einer ganzen Woche. Und heute Abend sind auf der Party auch ein paar sehr interessante Männer dabei.»

«Ach, daher weht der Wind.» Ich ließ mich wieder in den Sessel fallen. «Du versuchst, deine ledigen Freunde an die Frau zu bringen, damit es auf jeden Fall ein gelungenes Fest der Liebe wird und alle glücklich nach Hause gehen.» Manchmal war ich überrascht, auf welche Ideen Elissa kam. Aber alles musste ich aus alter Freundschaft ja nicht mitmachen. «Ohne mich, auch wenn du meine beste Freundin bist. Ich würde auch nicht wollen, dass Toni wild in der Gegend herumknutscht und mir nichts davon erzählt. Außerdem stehe ich nicht auf Schulkinder. Auch nicht wenn sie phantastisch kochen können. Wie kommst du überhaupt darauf, dass Oke mich toll fand?» Mir wurde aus unerfindlichen Gründen warm ums Herz.

Elissa schälte sich aus dem Sofa. «Das spürt man doch. Mit mir unterhält er sich nicht so lange, und gefüttert hat er mich auch noch nie. Beschwer dich nicht bei mir, wenn du am Ende als Einzige ungeküsst nach Hause gehen musst. Ich leg mich jetzt hin, sonst penne ich schon lange vor dem Dessert heute Abend ein. Du auch?»

«Ach nein. Ich lese erst noch ein wenig und gehe dann vielleicht spazieren. Außerdem habe ich Tom versprochen, später zu Hause anzurufen. Bleibt es dabei, dass wir uns im Restaurant treffen?»

Elissa nickte. «Ja, ich fahre auf jeden Fall schon früher hin. Willst du, dass ich meinen Friseur anrufe oder dich zu einer Massage in meinem Fitnessstudio anmelde?»

Hätte ich meine Freundin nicht so gut gekannt, hätte ich den Vorschlag vielleicht als Beleidigung aufgefasst.

«Das ist sehr nett, aber ich lege mich lieber in die Badewanne und lasse mir Zeit beim Anziehen und Schminken. Wenn heute Abend so viele granatenmäßige Typen aufschlagen, möchte ich natürlich mithalten können. Einen Föhn hast du ja sicher?»

«Unterste Schublade im Schrank unter dem Waschbecken», erklärte Elissa. «Wenn du sonst noch etwas brauchst, dann wühl dich einfach durch meine Sachen. Fühl dich wie zu Hause. Gute Erholung und bis nachher.» Sie gab mir einen Kuss auf den Scheitel und verschwand.

Ich nahm mir eine Zeitschrift vom Tisch und versuchte, mich auf die Texte und bunten Bilder zu konzentrieren. Aber ich musste immer wieder daran denken, was Elissa gesagt hatte. Schließlich starrte ich nur noch durch die Fenster auf das bewegte Meer und hing meinen Gedanken nach.

Hatte ich mich womöglich in meinem Leben zu bequem eingerichtet? Wann hatte ich das letzte Mal darüber nachgedacht, ob ich noch in Toni verliebt war? Wann hatte ich mir das letzte Mal Mühe gegeben, um für meinen Mann richtig toll auszusehen? Wann hatte Toni mir das letzte Mal Blumen mitgebracht oder versucht, mich mit einer ausgefalleneren Idee zu überraschen? Konnte ich mich noch an das letzte Mal erinnern, als ich seinetwegen weiche Knie bekommen hatte? Und wann hatten wir uns das letzte Mal so richtig gezofft? Sicher, ab und zu gerieten wir uns mächtig in die Haare. Wenn es darum ging, welche Schule für Hanna die richtige war, ob wir im Winter nicht mal alleine Urlaub im Süden machen sollten und wenn es sich um die sterbenslangweiligen Geburtstagsfeiern bei Tonis zahlreichen Verwandten drehte. Aber diese Streitereien konnten wir meistens schnell wieder beilegen. Ernsthafte Auseinandersetzungen hatte es zwischen uns in den vergangenen Jahren nicht gegeben. War das ein gutes oder ein schlechtes Zeichen?

Ich schob diese Gedanken weg. Und auch das lächelnde Gesicht des friesischen Kochs, das immer wieder durch meinen Kopf spukte. Natürlich war er ein netter Kerl und sah phantastisch aus, aber ich war nicht auf Abenteuersuche. Ich wollte einfach eine nette Zeit haben, war hergekommen, um mich zu amüsieren und meine Familie für ein paar Tage Familie sein zu lassen. Aber nicht, um sie komplett aus meinen Gedanken zu streichen und Dinge anzufangen, die mir später leidtun würden.

Wenn ich heute Abend einen guten Eindruck hinterlassen wollte, war noch einiges zu tun. Ich musste mein Gesicht mit der mitgebrachten Feuchtigkeitsmaske versorgen und unbedingt meine Haare auf Heißwickler drehen. Und ich hatte noch nicht endgültig entschieden, was ich anziehen sollte. Auf keinen Fall wollte ich aussehen wie eine Mutti vom Land. Besser, ich checkte noch mal den Inhalt meiner Koffer.

8. Kapitel

Okes Mitarbeiter hatten ganze Arbeit geleistet. Im Restaurant waren die meisten Tische an die Wände geschoben worden, im hinteren Teil des Raumes befand sich jetzt vor der Fensterfront zum Meer eine Tanzfläche aus Dielenbrettern, und überall lagen mit Styropor gefüllte, riesige Sitzkissen, die aussahen, als könnte man auf ihnen problemlos die Nacht verbringen. Was einige Gäste zweifellos vorhatten. An der Wandseite sorgten Ethanol-Kamine, die wie brennende Baumstämme aussahen, für eine gemütliche Atmosphäre, Kerzen in hohen Leuchtern tauchten den Raum in angenehmes Licht. Von der Geschäftigkeit des gestrigen Abends war nichts mehr zu spüren. Stattdessen vorweihnachtliche Besinnlichkeit und zur Begrüßung eine entspannte Stimmung, untermalt von der Lounge-Musik des DJs, der am Ende des Saals seine Anlage aufgebaut hatte. Ein Blick durch die Fenster zur Küche auf das Gewusel von weißen Kochjacken zwischen Edelstahlschränken und langen Kochfeldern ließ mich erahnen, dass heute Schwerstarbeit geleistet werden würde.

Ich hatte es mir mit einem Glas Champagner auf einem der Sitzsäcke gemütlich gemacht, obwohl das Hinsetzen und Aufstehen aus diesen Dingern nur auf sehr unelegante Art zu bewältigen war. Erst recht, wenn man wie ich einen engen kurzen Rock trug. Wahrscheinlich hatte ein Mann diese Dinger designt, der so hässlich war, dass er sonst nie die Chance bekommen hätte, mal unter irgendeinen Rock zu glotzen. Aber ich hatte Elissa nicht enttäuschen wollen und deshalb einen schwarzen Ledermini zu silbrig glänzenden Strümpfen und Overknee-Stiefeln angezogen und mir, in Erwartung einer gut temperierten Party-Location, das neue ärmellose Paillettentop übergestreift. Ich fühlte mich so sexy wie schon lange nicht mehr.

Elissa hatte anerkennend gelächelt und einen Daumen hochgestreckt, als ich aus dem Fahrstuhl gestiegen war. Links und rechts flankiert von bildschönen jungen Mädchen mit Tabletts voller Getränke, stand sie zusammen mit Oke als Begrüßungskomitee am Eingang des Restaurants. Als sie mich umarmte, raunte sie mir ins Ohr: «Du siehst ja hammermäßig aus, lass dich bloß nicht abschleppen.» Und grinste dann vielsagend.

Wenn mich nicht alles täuschte, hatte auch der junge Koch beim Anblick meines Outfits anerkennend die Augenbrauen hochgezogen, bevor er ein knappes «Moin» von sich gab.

Von meinem Platz aus konnte ich nicht nur meine Freundin und den Koch beobachten, sondern auch genau verfolgen, welche Gäste eintrafen. Ich fühlte mich großartig und hervorragend unterhalten. Es war toll, hier zu sitzen und sich all die besonderen Menschen anzusehen, die mit Elissa befreundet waren und heute mit ihr in den Geburtstag hineinfeiern wollten. Ein schräger Vogel hatte sich die Haare halb blau, halb knallrot gefärbt und trug einen Schottenrock mit stilechten Kniestrümpfen als Party-Outfit. Wahrscheinlich irgendein schreibender Kollege von Elissa. Ein anderer Gast hatte schwarze Locken bis auf die Schultern, dann kam ein lesbisches Pärchen Hand in Hand im Partnerlook, gefolgt von einem Typen in der Altersklasse von Oke. Manche brachten Blumen mit, andere bunt verpackte Geschenke, wieder andere eingewickelte Flaschen. Alles wanderte auf einen Extratisch, der seitlich von Elissa und Oke an einer Wand aufgestellt worden war. Heute Abend hatte man tatsächlich an alles gedacht.

Hinter mir hörte ich zwei Männer miteinander über Wein diskutieren. Einer von ihnen hatte einen charmanten österreichischen Akzent und schien sich gut auszukennen. Jedenfalls hatte ich gar nicht gewusst, dass auf Sylt Wein angebaut wurde, der im kommenden Jahr zum ersten Mal gekeltert werden sollte. Auf dem Land von Bunde Boysen in Keitum hatte man 1600 Rivaner- und Solarisrebstöcke aufgestellt. «55 Grad Nord» sollte der gute Tropfen heißen und war schon vor der ersten Lese ein Renner. Der Nicht-Österreicher war sogar Pate eines Rebstockes, musste dafür über zehn Jahre je rund fünfhundert Euro hinlegen und bekam als Belohnung jährlich eine der geschätzten 1500 Flaschen Weißwein geschenkt.

Später unterhielt ich mich mit einem Mann, der behauptete, er würde im Fernsehen eine Talksendung moderieren. Er kannte Elissa aus ihrer Zeit in Berlin. Ich kannte weder den Mann noch die Sendung. Aber er war sehr charmant, versorgte mich ausreichend mit frischen Getränken und gab mir mit seinen Blicken das Gefühl, begehrenswert zu sein.

Als ich mir später etwas zu essen holte, sprach mich der große Typ mit den schulterlangen schwarzen Haaren an. Er erklärte seine trainierte Figur mit seinem Lauftraining und zeigte mir sofort auf dem Handy seinen Blog zum Thema. Ging mir am Popo vorbei, da ich in etwa so sportlich war wie ein Hund in Trainingshose. Wie man stupide vor sich hinrennen konnte, nur um wieder nach Hause zu kommen, war mir schon immer ein Rätsel gewesen. Anfangs war ich Toni zuliebe noch manchen Kilometer mitgelaufen. Aber das Einzige, das mir wirklich gefallen hatte, waren die Massagen, die ich hinterher zur Belohnung von ihm bekommen hatte. Inzwischen bestand mein Sport aus vereinzelten Fußballmatches mit Tom in unserem Garten und kleinen Ausflügen auf dem Fahrrad zum Supermarkt. Jedenfalls im Sommer. Immerhin nahm ich mir vor, Toni von dem Blog zu erzählen. Wahrscheinlich konnte er sich für seine jährlichen Marathonläufe noch den einen oder anderen Tipp holen.

Das Essen war heute Abend genauso köstlich, wie ich es in Erinnerung hatte. Dieser Koch war der Wahnsinn. Der traute sich an Gewürz- und Zutatenkombinationen, auf die ich im Traum nicht gekommen wäre. Und so etwas versteckte sich hier an der Nordsee! Immer wieder schlich ich an den Tischen entlang und nahm mir hier ein Häppchen und dort ein Schälchen, bis ich das Gefühl hatte, gleich zu platzen. Von Elissa hatte ich bisher eher wenig gesehen. Das Empfangskomitee hatte sich längst vom Eingang wegbewegt. Oke war in der Küche verschwunden, die Mädchen mit den Getränken in der Menge und meine Freundin vermutlich irgendwo zwischen den tanzenden, essenden und quatschenden Menschen.

Auf einmal stand der Traum mit dem Koch-Kopftuch neben mir. «Na?!»

Wie ertappt zuckte ich zusammen. «Oh. Hallo, Oke. Fertig mit der Arbeit?»

Er schüttelte den Kopf. «Noch nich ganz.»

Meine Herren, das konnte ja ein abendfüllendes Gespräch werden, wenn das so weiterging. Oke bestätigte alle Vorurteile, die mir hinsichtlich der Geschwätzigkeit von Nordfriesen in den Sinn kamen. Aber diese knallblauen Augen machten es mir auch nicht gerade leicht, ins Gespräch zu finden. Also standen wir da und sahen uns an, bis es beinahe peinlich wurde.

«Willst du mal gucken?»

Oke konnte also auch Sätze mit vier Wörtern.

«Will ich *was* gucken?»

«Die Küche? Also, die Werkstatt sozusagen ...?» Er deutete auf das angebissene Törtchen in meiner Hand.

Ach so. «Ja, gerne. In so einer großen Küche, also so einer Fachküche, so einer Küche von einem Hotel, war ich ja noch nie.» Was redete ich denn da für einen Unsinn? Musste am Sekt liegen. Oder am Zucker. Ich spürte, wie mein Gesicht heiß wurde, und drehte mich rasch in Richtung seines Arbeitsplatzes. «Da lang, oder?»

«Jawoll.» Gut, dass der Mann Koch geworden war. Als Talkmaster wäre seine Karriere wahrscheinlich nicht so glänzend verlaufen.

Oke drehte sich um und ging mir voran. Unter der knapp hüftlangen Kochjacke trug er eine knallenge weiße Jeans und weiße knöchelhohe Turnschuhe. Das Kopftuch war heute glänzend schwarz mit kleinen aufgedruckten, sich kreuzenden Säbeln. Wie ich so hinter ihm ging, hatte ich einen Spitzenplatz mit Po-Aussicht. Hätte es mich interessiert, dann hätte ich gesehen, dass der Hintern von Oke rund und knackig war und durchaus zum Anfassen einlud. Himmel!! Ich musste betrunken sein. Was waren denn das für Gedanken?

Oke sah sich nach mir um. «Wieso heißt du eigentlich Ilse? So alt bist du doch gar nicht.»

«Na, herzlichen Dank! Sehr charmant.»

Sofort lief Oke leicht rot an. «Nee, so meinte ich das nicht. Also nicht, dass ich dich alt finde, ich kenne nur sonst keine Ilse. Oder doch. Die Tante meiner Mutter hieß so, aber die ist schon seit etwa zehn Jahren tot.» Irgendwie süß, wie er versuchte, aus dem Fettnäpfchen wieder herauszukommen, und dabei gleich das nächste ansteuerte.

«Ich hab den Namen ja auch von einer Tante, in der stillen Hoffnung, dass das Erbe dann etwas üppiger ausfallen würde.»

«Und?»

«Ist nichts draus geworden. Ich habe gar nichts bekommen, meine Mutter ein total hässliches Service und meine Cousine Chantal aus Cottbus das große Los mit dem vielen Geld und dem Mietshaus.»

Oke lachte. «Immerhin hast du ihren Vornamen. Das ist doch schon was: Ilse Bilse, keiner will se ...»

«... kam der Koch, nahm se doch», ergänzte ich und hätte mir am liebsten im selben Moment auf die Lippe gebissen.

Oke wurde schon wieder rot. Niedlich. Wobei «niedlich» eigentlich nicht das war, was ich ihm auf die Stirn tätowiert hätte. Wäre Oke mir auf der Straße begegnet, hätte ich getippt, er wäre Personal Trainer oder Skilehrer, vielleicht auch Schauspieler. Im Arztkittel in irgendeiner Serie mit traumhaft schönen Lernschwestern, die ihm verfallen sind. Ich zwang mich zur Konzentration. Der hatte doch sicher eine Freundin, so wie er aussah. Vielleicht war das Anbaggern mit Hilfe eigens kreierter Köstlichkeiten ja sein persönlicher Wettbewerb, und für jede seiner Eroberungen ritzte er mit dem Fleischermesser Kerben in seinen Herd. Das konnte ich gleich mal kontrollieren, denn vor uns öffnete sich die automatische Doppeltür zur Küche.

Überall blank polierte Chromschränke. Auf der linken Seite stapelten sich auf einer Anrichte neben einem Kaffee-Vollautomaten, der gerade Espresso produzierte, Tassen und Tabletts. Dahinter grüne Plastikkisten, in denen vermutlich das Gemüse angeliefert worden war. Auf der rechten Seite befanden sich Regale, in denen Teller aufbewahrt wurden, und hüfthohe Schränke. Auf der Arbeitsfläche warteten Dutzende von Tellern mit Nachspeisen-Variationen darauf, zu den Gästen gebracht zu werden.

«Dies ist der sogenannte Pass», erklärte Oke. «Das ist mein Platz, wenn hier gewöhnlicher Betrieb herrscht. Hier stehe ich dann und nehme ab, was meine Köche zubereitet haben. Wenn wir die Karte erneuern, gibt es natürlich immer ein Probekochen, bei dem meine Vorschläge angerichtet und von allen Kollegen hinsichtlich des Geschmacks und der Optik auf dem Teller getestet werden. Auch die Kellner müssen ja wissen, was sie den Gästen empfehlen, wenn Nachfragen kommen. Da drüben sind die Posten …»

«Posten?»

«Na, die Plätze der Köche. Da gibt es zum Beispiel den Patissier für die Torten und das Eis und die anderen Desserts, der backt auch unser Brot. Da drüben steht unser Gardemanger, der macht die kalten und warmen Vorspeisen. Für Fisch, Fleisch und Soßen ist der Saucier dort hinten zuständig. Und dann gibt's noch den Entremetier, der die Beilagen zubereitet. Also Gemüse, Nudeln und einige der Suppen.» Während er sich in Fahrt redete, zeigte Oke zeigte mal hierhin, mal dorthin. Sobald es um Essen und Kochen ging, wurde der Mann offenkundig zu einer regelrechten Plaudertasche.

Ich schaute mich um. Auf der Grundfläche der Küche hätte man wahrscheinlich unser gesamtes Haus unterbringen können. An einer Wand hingen Plakate von einem Schwein und einem Rind, die die einzelnen Fleischstücke der Tiere erläuterten. Die Nudelmaschine wartete auf ihre Reinigung, ein Klumpen grün gefärbter Nudelteig lag auf der mit Mehl bestäubten Arbeitsplatte. In einem Regal standen grüne Kanister, auf die jemand mit einem dicken schwarzen Stift «Pfeffer schwarz, gemahlen», «Curry» und andere Gewürznamen geschrieben hatte. Mit dem Vorrat im Paprikapulver-Kanister wäre ich für den Rest meines Lebens ausgekommen. Weiter hinten gab es noch mehr Schränke und Geräte, Dampfgarer und Kühlschränke. Die gesamte Küche wirkte mit ihren silbern glänzenden Oberflächen sauber und aufgeräumt. Ein Teil der Küchenbesatzung war damit beschäftigt, die «Posten» abzuwischen und für den nächsten Tag herzurichten, jemand räumte Teller in einen großen Geschirrspüler, und in der hinteren Ecke der Küche standen drei junge Männer in weißen Kitteln und bedienten sich eifrig von einem Dessertteller.

«Dürfen deine Mitarbeiter alles essen, was da ist?»

«Na klar. Normalerweise jedenfalls. Vor ein paar Tagen habe ich allerdings einen Auszubildenden dabei erwischt, wie er sich in aller Seelenruhe im Fleischwolf Rindfleisch zu Mett gedreht und es sich dann auf ein Brötchen gelegt hat. Darauf hat er sich dann etwas Schwarzes gehobelt …»

«Oliven?»

«Dachte ich auch erst. War aber Trüffel.»

Es schüttelte mich, wenn ich an Trüffel dachte. Toni hatte mich einmal zu einem Trüffel-Essen mitgenommen, und ich war hungrig vom Tisch aufgestanden.

«Scheußlich. Ich habe sie zwar immer wieder probiert, aber ich mag den Geruch einfach nicht.»

«Ist ja jedem selbst überlassen. Über Geschmack lässt sich nicht streiten. Fakt ist aber, dass das Kilo Trüffel bis zu zweitausend Euro kostet. Da ist so ein Azubigehalt schnell weggefuttert.» Noch im Nachhinein regte Oke sich anscheinend mächtig auf.

«Kochst du dir hier auch dein Essen?», versuchte ich, ihn abzulenken.

«Nein. Ich frühstücke morgens um neun, wenn ich anfange. Dann haben wir von zwölf bis zwei Mittagstisch, und ab achtzehn Uhr beginnt wieder die Arbeit im Restaurant. Ich esse, was an Resten aus der Mitarbeiterkantine kommt, oder mache mir ein Brot. Ab und an muss ich probieren, was die Kollegen zubereiten, und man will ja nicht fett werden.» Bei den letzten Worten klopfte er sich auf seinen durchtrainierten Bauch.

«Stimmt es eigentlich, dass die dicken die besseren Köche sind?» Ich drehte mich langsam Richtung Ausgang.

Ich hatte genug gesehen und gehört, wollte wieder raus aus der Küche und mehr Sekt trinken. Außerdem war es fast Mitternacht, und ich musste mich langsam nach Elissa umsehen, wenn ich ihr als eine der Ersten gratulieren wollte.

«Also, die dicken Köche sagen: Die dünnen Köche sind so dünn, weil sie schlecht kochen. Die dünnen Köche behaupten, die dicken sind die schlechten Köche, weil sie alles selber essen müssen», erklärte der dünne Koch Oke.

«Und was glaubst du?»

«Ich glaube, dass das Gewicht des Küchenchefs überhaupt nichts über die Qualität des Essens aussagt.» Während wir Richtung Ausgang spazierten, schaute Oke sich in der Küche um, räumte hier eine Gewürzdose in ein Regal und stellte dort ein benutztes Glas in ein Spülbecken. «Das ist wie bei jedem anderen Menschen auch: Wer viel und fett isst und sich nicht bewegt, der wird dick. Ich koche leicht und esse viele kleine Portionen. Und in meiner Zimmerstunde zwischen Mittagstisch und Abendessen gehe ich oft mit den Kollegen Fußball spielen.»

«Am Strand?»

Eine Truppe Köche in weißen Kitteln und mit hohen Mützen kickend auf dem Sand am Meer. Seltsame Vorstellung.

«Nee, da ist es jetzt viel zu kalt, und im Sommer liegen da die Touristen, die haben das nicht so gern, wenn man um sie herumdribbelt. Die Hotelgäste würden sich schön beschweren, wenn über ihren Köpfen gekickt würde.» Er deutete in Richtung des Restaurants. «Ein Stück weiter gibt es einen Campingplatz mit einer Sporthalle, die wir benutzen dürfen. Da ist im Winter eh nicht viel los. Manchmal gehen wir auch Badminton spielen, oder ich jogge eine Runde oder gehe schwimmen. Dann bin ich abends weniger müde.»

Dieser Mann wäre auch mit zwanzig Jahren mehr auf dem Buckel viel zu sportlich für mich gewesen. Ich hatte schon meine liebe Mühe damit gehabt, Toni davon zu überzeugen, dass Laufen für mich Quälerei und keine Erholung war. Aber jemand, der derart vielfältig in der Auswahl seiner sportlichen Betätigungen war, würde seine Liebste sicher nicht auf dem Sofa zurücklassen, wenn der Bewegungsdrang kam.

«Und wie findet deine Freundin das, wenn du den ganzen Tag im Restaurant bist und dann nicht einmal die Mittagspause mit ihr verbringst?»

Bohh, ich hätte mich ohrfeigen können, plumper ging es ja wohl kaum. Schnell drehte ich mein heiß werdendes Gesicht von Oke weg. Die automatische Tür öffnete sich, und wir tauchten wieder in die Musik und Partystimmung ein.

«Ich habe keine Freundin. Die meisten Kollegen hier sind überzeugte Singles – wir sind mit der Küche verheiratet. Ich bin an sechs Abenden pro Woche hier im Restaurant und normalerweise erst nach Mitternacht wieder zu Hause. Das macht auf Dauer keine Frau mit.» Fast sah er zerknirscht aus. Oder traurig? «Soll ich dir noch etwas zu trinken holen?»

Irgendwie war ich wegen der nicht vorhandenen Freundin erleichtert. Galt es eigentlich bereits als Untreue, wenn man sich gewissen Vorstellungen hingab? Konnte ich mit meiner Ehe komplett zufrieden und gleichzeitig froh darüber sein, dass Oke keine Freundin hatte? Hatte ich nicht kürzlich in einer Zeitschrift gelesen, dass Untreue nicht zwangsläufig ein Symptom des Mangels sein musste? Ehrlich gesagt, war es mir nach dem ganzen Essen und den Getränken viel zu anstrengend, darüber nachzudenken. Ohnehin wurde ich gerade abgelenkt, weil Oke seine Hand auf meinen Ellenbogen legte und mir einen Augenblick zu lange in die Augen sah. Er roch unheimlich gut nach Zimt oder Vanille oder beidem.

«Ob du noch etwas trinken möchtest, habe ich gefragt.» Oke tippte mir auf den Oberarm.

«Ja. Ich, ähhh ... Ja, ich nehme gerne noch einen Sekt. Danke.»

Oke ließ meinen Arm los, lächelte kurz und verschwand in der Menge.

Ich sah mich nach Elissa um. Nach einer Weile entdeckte ich sie vor den Fenstern des Restaurants auf der überdachten Terrasse. Eingekuschelt in das Sakko eines Mannes, mit dem sie sich angeregt unterhielt, stand sie da und hauchte ihren warmen Atem in die eiskalte nordfriesische Winterluft. Über dem Meer war es inzwischen stockdunkel, nur ab und zu blitzte eine Welle auf, wenn sich das Mondlicht darin spiegelte. Die Zeit hatte Elissa offensichtlich komplett vergessen. Bis Mitternacht waren es nur noch wenige Minuten. Außer mir standen noch eine Reihe anderer Gäste da und schauten Elissa und dem gutaussehenden dunkelhaarigen Mann zu.

«Meinst du, es wäre vielleicht besser dazwischenzugehen, bevor die da draußen zu grabbeln anfangen?», fragte ich Oke, als er wieder neben mir stand.

Er reichte mir einen grünlich schimmernden Sekt. «Mit Basilikumlikör», erklärte er und zeigte auf den Inhalt des Glases. Oke hatte sich das Piratentuch vom Kopf gezogen und sah mit seinem blonden Schopf jetzt noch mehr aus wie der schöne Geiger.

«Ich meine ja nur. Elissa merkt doch gar nicht, dass das für alle wie Kino ist. Der Typ kriegt sowieso nichts mit.» Wie auf Kommando schob «der Typ» in diesem Moment seine Hand unter das Sakko, vermutlich irgendwo auf Elissas nackte Haut.

«Jo. Is wohl besser – ist eh gleich Geburtstag.» Oke hatte recht. Spätestens in zwei Minuten würden auch alle restlichen Gäste die besondere Aussicht genießen.

«Geh du zu Elissa, ich sag dem DJ schon mal wegen der Geburtstagsmusik Bescheid.»

Anscheinend war Oke ein Mann der Tat, der nicht nur in der Küche, sondern auch in Notsituationen in ganzen Sätzen sprechen konnte. Ich dagegen war viel zu beschwipst, um noch vernünftige Entscheidungen zu treffen. Bestimmt würde Elissa mich hassen, wenn ich ihre Kuschelstunde unterbrach. Aber vielleicht würde sie mich noch mehr hassen, wenn ich zuließ, dass der Cary-Grant-Verschnitt ihr vor aller Augen noch heftiger an die Wäsche ging und sie die ersten Minuten ihres Vierzigsten mit Musik und Geschenken verpasste. Ich kippte den grünen Sekt, der erstaunlich lecker war, mit einem großen

Schluck herunter, machte ein paar entschlossene Schritte zum Balkon und öffnete mit Schwung die Tür.

«Hey, meine Liebe, es ist gleich Mitternacht. Du willst doch nicht deinen Geburtstag verpassen?»

Elissa zuckte kurz zusammen, strahlte mich dann an und hob ihr Glas in meine Richtung. «Auf gar keinen Fall.» Sie schaute auf ihr Handgelenk, an dem ich noch nie eine Uhr gesehen hatte. «Ich habe gar nicht bemerkt, wie spät es schon ist. Tut mir leid, Süßer. Ich muss mich jetzt feiern lassen. Wir sehen uns später.» Sie stolperte in meine Richtung, murmelte etwas wie «sowieso zu alt für mich, der Typ» und wurde von Oke aufgefangen, der inzwischen für dämmerige Beleuchtung im Restaurant gesorgt hatte und sie zwischen die anderen Gäste zog.

Wie auf Kommando stellte der Mann am Mischpult die Musik ab und begann, von zehn rückwärts in sein Mikrophon zu zählen. Bei «Zero» startete er *Happy Birthday* von Stevie Wonder. Total abgenudelt, dieser Song, aber ich war trotzdem gerührt.

Schon waren die Sekt-Mädchen mit ihren Tabletts wieder ausgeschwärmt, und aus der Küche kam der Teil der Mannschaft, der noch nicht gegangen war. Vorneweg der Patissier mit einer riesigen Geburtstagstorte in Form eines Kochtopfs, gekrönt von brennenden Wunderkerzen und einer Zeitung aus Marzipan. Als ich sah, wie Elissa strahlte, bekam ich eine Gänsehaut. Wie wunderbar, so gefeiert zu werden. Was musste das für ein Gefühl sein, hier zu stehen und sich so geliebt zu fühlen, von Freunden, die aus aller Welt nur für sie und nur für diesen Abend auf die Insel gekommen waren. Auf einmal vermisste ich meine Familie wie verrückt. Warum hatte ich Toni nicht gebeten, wenigstens zur Feier auch nach Sylt zu kommen? Wir hätten uns ein Hotelzimmer nehmen und das Wochenende ganz für uns genießen können. Wie damals, als wir noch keine Kinder hatten.

Ich arbeitete mich durch die Menge langsam zu Elissa vor. Als ich angekommen war, drückte ich sie ganz fest. Ich war so froh, eine Freundin wie sie zu haben.

«Alles Liebe zum Geburtstag, Elissa. Danke, dass du immer für mich da bist und mich unterstützt. Auch wenn du es nicht immer richtig findest, wie ich mein Leben lebe.»

«Schätzchen, das habe ich nie gesagt. Das kann ich auch gar nicht beurteilen. Und ich finde nicht, dass jetzt der richtige Zeitpunkt ist, um über so ernste Dinge zu sprechen.» Sie ließ ihr Glas an meines klirren, trank einen Schluck und sah mich an. «Aber wenn man jeden Tag Bauernfrühstück isst, dann tut eine Portion karamellisierter Ziegenkäse zur Abwechslung vielleicht ganz gut. Schön, dass du heute mitfeierst.»

Und schon wurde ich vom nächsten Gratulanten zur Seite gedrängt. Wie hatte sie das denn gemeint? Toni war das Bauernfrühstück, und der karamellisierte Ziegenkäse wäre dann ...

«Komm, wir setzen uns da rüber.» Oke schob mich zu einem doppelten Sitzkissen, nicht weit von der Tanzfläche entfernt, und drückte mir ein weiteres Glas grünlichen Sekt in die Hand.

Aber ich mochte doch gar keinen Ziegenkäse. Der bitterraue Beigeschmack war einfach nicht mein Fall. Und dieses Extravagante, Angesagte musste ich auch nicht haben. Also meinetwegen konnte Oke der Ziegenkäse sein.

«Was ist denn eigentlich karamellisierter Ziegenkäse?» Gegessen hatte ich so etwas jedenfalls noch nie.

«Haben wir neu auf unserer Lunchkarte. Da wird der Käse

mit Honig karamellisiert, sodass er eine süße Kruste bekommt, und auf marinierter Wassermelone angerichtet. Das passt toll zu dem Käsegeschmack. Soll ich dir einen brutzeln?» Er machte Anstalten, sich wieder aus dem Sitzsack zu erheben.

«Bloß nicht!»

«War ja nur ein Angebot.» Oke ließ sich wieder zurückfallen und schaute über die Tanzfläche. Die Reihe der Gratulanten hatte sich gelichtet, inzwischen bewegten sich schon wieder die ersten zum Rhythmus der Musik. Oke wippte mit den Füßen im Takt. Er sah wirklich gut aus. Und anscheinend machte er sich nichts daraus. Oder er wusste es gar nicht – aber das war ungefähr so wahrscheinlich wie eine Ballermann-Bude am Strand von Westerland.

«Willst du tanzen?» Was Oke an Kommunikationstalent fehlte, machte er mit seinem Körpereinsatz wieder wett. Millimeter für Millimeter rutschte er näher an meine Seite. Abstand halten war auf diesen Säcken ohnehin nicht möglich.

Eigentlich wollte ich jetzt am liebsten sofort nach Hause. Die Dinge, die mir durch den Kopf gingen, wollte ich nicht denken. Keine Sekunde wollte ich mein Leben in Frage stellen. Es war doch alles gut. Und schon so lange. Ich würde mich zu meinem kleinen Tom ins Bett kuscheln und an seinen Himbeer-Shampoo-Haaren schnuppern und dann einen Blick auf meine große schöne Tochter werfen, um anschließend zu Toni zu gehen und ihm seinen Pyjama auszuziehen. Und morgen wäre ein Tag wie jeder andere.

Wahrscheinlich war es sowieso nur eine Art Sport für Oke, nach Feierabend Frauen aufzureißen. Suppe, Zwischengang, Hauptgericht und Dessert und zur Nacht dann Liebesknochen, direkt am Gast serviert.

«Nö, ich tanz nicht so gerne.»

«Dann erzähl mir mehr von dir. Elissa hat gesagt, du wolltest mal Fotografin werden?»

«Ach, das ist lange her. Inzwischen gebe ich Dessous-Partys und kümmere mich um meine Familie. Ich habe einen Sohn und eine Tochter, und mein Mann arbeitet ziemlich viel in seiner eigenen Werbeagentur.» Klang das wehleidig und unzufrieden?

«Dessous-Partys?!» In dieser Hinsicht war Oke wohl nicht anders als andere Männer.

«Klingt aufregender, als es ist. Lauter Frauen auf einem Haufen, die sich mit Prosecco volllaufen lassen und von heißen Nächten in Spitzenunterwäsche mit Strapsen und Tangas träumen.»

«Und wovon träumst du?» Oke sah mich fragend an.

Ich spürte, wie mir die Röte in die Wangen schoss. «Nur weil ich diese Partys veranstalte, heißt das nicht, dass ich selbst mein bestes Model bin. Wenn du erwartet hast, dass du gleich eine kostenlose Vorführung meiner Ware bekommst, liegst du daneben.» Ich trank schnell noch einen Schluck und überlegte, wie ich am besten das Thema wechseln konnte. «Was war denn das Ekelhafteste, das du je gegessen hast?»

Oke musste nicht lange nachdenken: «Rohes Affenhirn, in Thailand.»

«Würg!»

Das war mir unvermittelt herausgerutscht – diese kulinarische Besonderheit löste bei mir allein beim Zuhören einen Ekelanfall aus. Mich gruselte es meist schon beim Anblick von Innereien in der Fleischertheke.

«Für andere Kulturkreise ist unser Essen auch oft eklig. Käse zum Beispiel ist eigentlich schimmelige Milch, und Tatar ist rohes Fleisch. Aber in Thailand habe ich sehr viele ungewöhnliche Dinge gekostet. Oft war ich froh, dass mir erst nach dem Essen gesagt wurde, was ich da gespachtelt hatte.» Er schüttelte sich.

«Bist du vor allem in Asien unterwegs gewesen?»

«Nee, fast überall, wo gekocht wird.» Oke konnte das sagen, ohne dass es nach Angeberei klang. «Mit achtzehn bin ich abgehauen – ich wollte etwas von der Welt sehen und vor allem schmecken. Nichts gegen meinen Onkel, der ist ein toller Koch. Aber ich wollte mal was anderes machen als Scholle Finkenwerder Art und Rührei mit Krabben.» Er zuckte mit den Schultern.

«Und dann bist du ganz alleine losgezogen?» Die Vorstellung, ohne Freundin oder Familienangehörige mein Heim zu verlassen und in Länder zu reisen, die ich nicht einmal schreiben konnte, war für mich gruseliger als ein Buch von Stephen King. «Ohne zu wissen, wohin, und ohne jemanden zu kennen, bei dem du arbeiten oder wohnen konntest?»

«Wenn man kochen kann, kommt man überall unter. Ich bin zuerst nach Amerika, das Geld für den Flug und ein paar hundert Dollar hat mein Onkel mir gegeben.» Offensichtlich erinnerte er sich gern an diese Zeit, denn wieder stahl sich dieses bezaubernde Lächeln auf sein Gesicht. «Da habe ich mich dann durchgeschlagen. Bin in Restaurants gegangen, die mit deutscher Küche warben, und habe denen gezeigt, wie man richtig Sauerkraut macht. Dafür bekam ich kleinere Jobs und konnte in der Küche neue Gewürze oder Zutaten kennenlernen.» Er lachte. «Ich hab auch Hotelzimmer geputzt oder auf die Kinder der Köche aufgepasst. Einen Platz zum Schlafen und genug zu essen hatte ich immer. Sobald ich genug gespart hatte, bin ich in das nächste Land weitergezogen. Wenn man unabhängig ist und ein Ziel vor Augen hat, ist es nicht so schwierig, weit herumzukommen.»

Wahnsinn. Dieser Typ hatte etwa hundertmal so viel von der Welt gesehen wie ich. Und das, obwohl ich viel mehr Lebensjahre hinter mir hatte. Mir war vor geplanten langen Reisen immer etwas dazwischengekommen: eine Liebe, eine Hochzeit, eine Kampagne, die mein Mann unbedingt zuerst noch beenden musste, oder eine Schwangerschaft. Oke hatte auf äußere Zwänge und Familienbande einfach gepfiffen und sich darauf konzentriert, Erfahrungen zu sammeln, die ihm jetzt nützlich waren. Einen schmerzlichen Moment lang wurde mir bewusst, dass ich vielleicht genauso viel zu erzählen gehabt hätte, wenn ich meine Fotografenlaufbahn weiter verfolgt hätte. Es war lange her, dass ich mit jemandem ein so anregendes Gespräch geführt hatte. Und die mit-Basilikum- und ohne-Basilikum-Getränke hatten inzwischen fast alle meine Hemmungen weggeschwemmt.

«Lass uns ein Spiel spielen.»

Oke machte ein fragendes Gesicht und rutschte noch näher an mich heran, vielleicht, weil die Musik wieder lauter geworden war.

Ich wünschte mir ein bisschen Studentenzeit-Revival. «Das Spiel geht so: Ich stelle eine Frage, die unser Leben betrifft, und wir sagen dann beide, was uns dazu einfällt.» Dieses Psychospiel hatten Elissa und ich mit Freunden nächtelang gespielt, um herauszufinden, wie sie tickten, für was sie brannten und welche Charakterzüge bereits in jungen Jahren auf späteres Spießertum und Unglück hindeuteten.

«Bereit?»

Er nickte.

Jetzt kam es auf die richtigen Fragen an. «Okay. Lass mich überlegen. Also. Weihnachten. Zündest du an den Sonntagen bei deinem Adventskranz alle vier Kerzen abwechselnd an, damit sie gleichmäßig herunterbrennen, oder eine nach der anderen?»

Er sah mich verständnislos an. «Ich habe gar keinen Kranz zu Hause. Dieses ganze Weihnachtszeug sehe ich genug hier im Restaurant. Wenn ich zu Hause bin, penn ich, da hab ich die Augen eh zu.»

«Aber wenn du einen hättest? Ich tausche die Kerzen lieber aus, wenn sie heruntergebrannt sind.» Genau darüber hatte ich mit Toni an unserem ersten gemeinsamen Weihnachtsfest diskutiert. Toni fand mich spießig und bescheuert wegen meiner Kerzen-anzünden-und-nicht-anzünden-Marotte, gab sich dann aber geschlagen. Darin war der Koch ihm ähnlich.

«Jaaaaa – stimmt. Würde ich wohl auch so machen.» Schien so, als hätte er den tieferen Sinn dieses Quiz noch nicht erfasst. Oder er fand die Frage behämmert. Vielleicht musste Oke mehr von diesem grünen Zeug trinken.

Ich kramte nach der nächsten Frage. «Deine Lieblingsband?»

«Ach, das wechselt ständig.»

«Na dann: Welcher Song ist für dich der absolute Lovesong? Meiner ist *I'd Rather Dance With You* von den *Kings Of Convenience.*»

«Ahh, hab ich schon mal gehört: *Let your hips do the talking*», sang Oke ziemlich falsch. Aber immerhin kannte er den Song. «Nicht schlecht. Aber meiner wäre *To Lose My Life* von den *White Lies.*»

«Kenne ich nicht.» Ich hatte ohnehin wenig Ahnung von

aktueller Musik. Nach der Neuen Deutschen Welle war der neueste Pop irgendwie an mir vorbeigezogen.

«Doch, kennst du!» Oke hatte keine Hemmungen, noch mal gegen das Stimmengewirr und die Musik des DJs anzusingen. Dazu beugte er sich ein wenig näher zu mir und summte leise in mein Ohr:

«He said to lose my life or lose my love
That's the nightmare I've been running from
So let me hold you in my arms a while
I was always careless as a child
And there's a part of me that still believes
My soul will soar above the trees
But a desperate fear flows through my blood
That our dead love's buried beneath the mud.»

Seine Wange streifte meine, und er roch appetitlich nach etwas Süßem wie einer Mischung aus frischen Erdbeeren und Nivea-Creme. Aus der Nähe betrachtet sah er noch viel besser aus. Es gefiel mir, so angeschwärmt zu werden. Das war mir das letzte Mal vor mehr als fünfzehn Jahren passiert. Ich spürte, wie der Sekt mich mehr und mehr entspannte, fast gleichgültig machte, lehnte mich zurück und ließ mich ansingen.

«Let's grow old together
And die at the same time
Let's grow old together
And die at the same time.»

Oke hörte auf zu singen und sah mich an. «Zusammen alt werden und zur gleichen Zeit sterben, das ist doch die wahre und echte Liebe, oder?»

Ich erinnerte mich dunkel, dieses Lied schon einmal irgendwo gehört zu haben. Wahrscheinlich einer von Hannas Lieblingssongs. Die liefen des Öfteren in einer Lautstärke, bei der alle im Haus Anwesenden mithören konnten.

Bevor ich mich zu sehr von Okes leckerem Duft und seinen Lieblingsliedern einlullen ließ, raffte ich mich auf und setzte mich aufrechter auf den Sitzsack. «Reihenhaus oder Eigentumswohnung?», schob ich die nächste Frage nach.

«Nichts von beidem. Ich halte nicht viel davon, mich mit Immobilien an einen Ort zu binden. Vielleicht koche ich morgen in Wien oder in Vietnam, und was mache ich dann mit meinem Spießerhaus?»

«Ach, wer ein Haus hat, ist ein Spießer? Wieso sagst du das so negativ?» Und wieso fühlte ich mich gleich so angegriffen?

«Spießer sind für mich Leute, die fertig sind mit ihrem Leben. Die sitzen mit dem Hintern in ihrer eigenen Bude. Verheiratet, zwei Kinder, Fußmatte vor der Tür, Lebensversicherung abgeschlossen und dann auf den Tod warten. Stell dir vor, wie grausam das sein muss, wenn alles so fertig ist und nichts Neues mehr dazukommt.»

«Ich bin auch verheiratet und habe zwei Kinder. Und natürlich hat man eine Fußmatte, wenn man Kinder hat. Was meinst du, was die sonst alles ins Haus schleppen? Aber auf keinen Fall sitze ich einfach nur da und warte auf mein Ende!» Ich konnte selbst hören, wie schmallippig das klang.

Oke legte einen Arm um mich. «Dich habe ich auch gar nicht gemeint. Aber du hast doch bestimmt in deinem Freundeskreis solche Typen. Die unterhalten sich den ganzen Abend darüber, ob sie den neuen Mercedes in Schwarz oder Metallic bestellen sollen oder ob man mal ganz mutig Weiß wagen soll.

Das Konto ist immer gut gefüllt, dreimal im Jahr geht's in den Urlaub, und wenn Mutti keine Lust mehr hat, dann macht Papi eben ein bisschen mit der Sekretärin rum.»

«Nur weil man verheiratet ist, wird das Leben doch nicht zu einer tristen Heizdeckenverkaufsveranstaltung.» Wieso mäkelten auf einmal alle an meiner Ehe herum? «Ich bin gerne verheiratet, und ich liebe meine Kinder. Von mir verlangt keiner, dass ich den ganzen Tag die Hausfrau spiele und nach dem *Tatort* zum Vamp mutiere. Ich könnte mir ein Leben wie deins auch nicht vorstellen. Erst in der einen Stadt, dann in der anderen. Den ganzen Tag arbeiten, früh aufstehen und nachts nach Hause kommen. Immer alleine ...»

Was hatte ich gerade noch sagen wollen? Ich spürte, wie der Alkohol mir langsam das Hirn vernebelte.

«Wie kommst du denn auf die Idee, dass ich immer alleine bin?» Oke grinste und küsste mich flüchtig auf die Wange. «Klasse, wie deine Augen blitzen, wenn du dich so aufregst. Willst du jetzt tanzen?» Die Musik war lauter geworden, statt Geburtstagsmusik gab es jetzt Tanzhits aus den Siebzigern und Achtzigern. Gerade lief *I'm Every Woman* von Chaka Khan.

«Ach nein, lieber noch so einen Hexensekt.» Lallte ich etwa schon?

«Wieso Hexensekt?»

«Na, dieses grüne Zeug da drin, das ist doch wohl in irgendeiner Hexenküche zusammengebraut worden.»

«Das grüne Zeug hat die Oma unseres Souschefs selbst gemacht. Das gibt es nur für ganz besondere Gäste. Ich hol dir aber gerne noch ein Glas», sprach der Koch und schwang sich erstaunlich elegant aus dem knirschenden Sitzsack, um seinen Worten Taten folgen zu lassen.

Die Tanzfläche wogte mittlerweile zu *London Calling* von *The Clash*. Bei den meisten Gästen war der Alkoholpegel inzwischen hoch genug, um den Refrain laut mitzugrölen. Lustig, wie unterschiedlich die Menschen sich zur Musik bewegten. Da gab es Zappler, deren ganzer Körper zuckte, als hätten sie mit allen Fingern gleichzeitig in die Steckdose gefasst. Dann die Unrhythmischen, die immer noch den Anfängerschritt rechts-ran-links-ran praktizierten. Und natürlich gab es auch auf dieser Tanzfläche den ungekrönten Disco-Fox-König. In diesem Fall war es der Typ, der Elissa vorhin auf der Terrasse sein Sakko geliehen hatte und der jetzt eine vollschlanke Blondine um sich herumwirbelte. Eigentlich tanzte ich auch deshalb so ungern, weil ich nicht so angeglotzt werden wollte, wie ich es gerade selber tat.

Oke plumpste neben mir auf den Sitzsack und hielt mir einen frischen Zaubertrank vor die Nase.

«Hier. Aber beschwer dich nicht bei mir, wenn dir morgen der Schädel brummt. Dieser Likör hat es in sich.»

Und er schmeckt, dachte ich und nahm einen großen Schluck aus meinem Glas.

9. Kapitel

Als ich erwachte, starrte ich direkt in die Visage von Darth Vader. In der glänzenden schwarzen Maske, die auf einem großen Karton neben dem Bett stand, konnte ich schemenhaft meine zerzausten Haare erkennen. Im nächsten Moment spürte ich den Schmerz: Mein Kopf fühlte sich an, als hätte jemand mehrere Lagen Stacheldraht darumgewickelt und die dann kräftig angezogen. Der grüne Sekt! Hätte ich bloß irgendwann die Reißleine gezogen. Aber ich hatte ja den Hals nicht voll bekommen können. Ich erinnerte mich dunkel, dass ich im Laufe des Abends sowohl mit dem Fernsehmann als auch mit dem dunkelhaarigen Läufer Brüderschaft getrunken hatte.

Ich wollte mich gerade wieder zurücksinken lassen, um die schlimmste Welle des Schmerzes an mir vorbeiziehen zu lassen, da fuhr mir der Schreck durch den ganzen Körper. Sofort kam ich wieder in die Senkrechte: Darth Vader? Wo war ich hier eigentlich? Elissa hatte noch nie auf diesen ganzen *Star Wars*-Kram gestanden.

Vorsichtig drehte ich mich nach links und entdeckte unter der Bettdecke einen Schopf dunkelblonder Haare. Scheiße! Scheiße! Scheiße! Mein Herz klopfte bis zum Hals, und mir wurde heiß.

Noch vorsichtiger lupfte ich die Bettdecke und sah erleichtert, dass ich bis auf die Stiefel noch mein komplettes Outfit von Elissas Geburtstagsparty trug. Immerhin. Außer tiefem Alkoholrausch-Schlaf schien zwischen mir und dem schönen Koch nichts passiert zu sein, an das ich mich erinnern müsste.

Elissa! Die machte sich wahrscheinlich schon wahnsinnige Sorgen um mich. Ich wollte hier weg. Schnell und unauffällig. Ich hatte keine Lust auf Gespräche und erst recht nicht auf eine Fortsetzung dessen, was hier gestern Abend stattgefunden hatte. Was immer das auch gewesen sein mochte. Darüber musste ich ganz in Ruhe nachdenken, wenn mein Puls sich wieder normalisiert und der Restalkohol-Nebel sich aus meinem Hirn verzogen hatte. Nicht hier und jetzt, und schon gar nicht neben dem Mann, der ab und zu ein lustiges Schnarchen hören ließ, wenn er sich auf die Seite drehte. Goldig.

Ich horchte auf Okes Atem. Ruhig und gleichmäßig bis auf die einzelnen Schnarcher. Er schlief noch immer tief und fest. Süß, wie er dalag. Oben lugte nur der blonde Schopf unter der Decke hervor und unten ein halber, für einen Mann außergewöhnlich gut gepflegter Fuß.

Ich schaute mich um. Das Bett stand in einem großen, nein, in einem wahnsinnig großen Raum. Ein Ein-Zimmer-Apartment unter dem Dach. Ganz gemütlich eigentlich. Überwiegend weiß gestrichene Wände, an einer davon lehnten ein paar große bunte Bilder. Auf dem vordersten konnte ich eine Art Collage in Öl mit dem Brandenburger Tor erkennen, und ein weiteres zeigte eine türkisfarbene und gelbe Coladose. Rechts davon hatte Oke eine lange Kleiderstange auf Rollen als Raumteiler aufgestellt, auf der Hemden und Hosen hingen. Auf der linken Seite sah ich eine Tür, die vermutlich ins Badezimmer führte.

Ich musste wirklich dringend auf die Toilette, aber wenn ich jetzt ins Bad ginge, würde ich Oke vermutlich wecken. Deshalb entschied ich mich für den Weg, der mich wahrscheinlich aus dieser Wohnung herausführen würde, schlüpfte leise aus dem

Bett und schlich an mehreren unausgepackten Umzugskartons, einem halb eingeräumten Bücherregal und der offenen Küche vorbei zu einer Tür, die nach Ausgang aussah. Zumal sich hier eine Garderobe befand, an der mein Mantel hing. Meine Stiefel lagen auf dem Boden neben der Handtasche. Ich schnappte mir alles, öffnete so leise wie möglich die Tür und stand wenige Sekunden später in einem Treppenhaus mit Holzstufen und einem roten Geländer.

Puuhhh. Das war schon mal geschafft. Ich hatte zwar keinen Schimmer, wo ich gerade war, aber immerhin hielt ich meine Handtasche mit dem Handy und meinem Geld in der Hand. Ich konnte mir also einfach ein Taxi rufen und zu Elissas Wohnung zurückfahren. Aber zunächst schlüpfte ich in die Stiefel und den Mantel. Während ich die Treppe hinabstieg, tastete ich nach Kopfschmerztabletten und dem Handy in der Tasche. In der Hoffnung, dass dieser hämmernde Druck aus meinem Kopf bald verschwinden würde, schluckte ich die Pillen trocken hinunter. Vorher wäre ich sicher nicht in der Lage, einen klaren Gedanken zu fassen. Ein Blick auf mein Handy zeigte mir zweiundzwanzig Anrufe in Abwesenheit, drei Nachrichten auf der Mailbox, und es war schon nach zwölf. Toni und Tom hatten versucht, mich zu erreichen, Oma Etti ebenfalls. Zu Hause war doch nichts passiert? Auf der Straße angekommen, drückte ich die Kurzwahltaste für Toni.

«Hallo, mein Schatz. Schon ausgeschlafen? Wie war die Party?» Toni klang eigentlich wie immer.

«Ja. Okay. Ich habe die Anrufe von dir und deiner Mutter und Tom gesehen, irgendetwas nicht in Ordnung bei euch?» Konnte man meiner Stimme etwas anmerken?

«Nein, alles prima. Wahrscheinlich hat Tom sich gelangweilt. Ich musste ein Konzept fertig schreiben und hatte keine Zeit für ihn. Hanna hat bei einer Freundin übernachtet und ist noch nicht wieder zu Hause, und meine Mutter wollte wissen, wo du die Ausstechförmchen aufbewahrst, weil sie mit Tom Kekse backen wollte.»

Anscheinend war ich für meinen Mann noch die Frau, die vor einigen Tagen mit ihm in seinem Bett gelegen hatte. Ich war erleichtert. «Dann ist ja gut. Hab die Mailbox noch gar nicht abgehört.»

«Gib mir doch mal das Geburtstagskind. Ich möchte auch gratulieren.»

Wie dumm von mir. Ich hätte wissen müssen, dass Toni Elissa persönlich gratulieren wollen würde.

«Ach, das ist ganz schlecht, weil ... weil ... Also Elissa, dieeee ... die schläft noch. Ja, die schläft noch tief und fest.» In diesem Moment näherte sich ein Krankenwagen mit Blaulicht und Tatütata.

«War das ein Krankenwagen? Wo bist du denn?»

Im Lügen war ich noch nie gut gewesen. «Ich bin gerade mal raus, eine Runde spazieren gehen, ähhhh ... Ich konnte nicht mehr schlafen und brauchte frische Luft.»

Toni lachte. «Verstehe. War ein bisschen viel Alkohol im Spiel gestern, was? Spricht ja für ein rauschendes Fest. Aber etwas anderes hätte ich von Elissa auch nicht erwartet. Muss ich mir Sorgen machen?»

«Quatsch, wieso Sorgen, weswegen denn?» Mir wurde heiß und kalt. Ich fühlte mich wie Alice im Wunderland im Gespräch mit der bösen Königin. «Nein. Mir geht es gut. Nur ein bisschen Kopfschmerzen. So viel habe ich gar nicht getrunken.»

«Hauptsache, du hattest einen schönen Abend. Hier ist Oma Etti, ich reich dich mal weiter. Willst du auch noch mit Tom sprechen?»

«Nein, lieber später. Ich melde mich heute Abend wieder, okay?» Wenn ich mir bis dahin eine Strategie überlegt habe, fügte ich in Gedanken hinzu.

«Prima. Tschüs, mein Schatz.» Es knackte und raschelte, dann hörte ich Oma Etti am anderen Ende der Leitung.

«Ilse?» Manchmal klang meine Schwiegermutter am Telefon, als könnte sie nicht glauben, dass man mit diesem Gerät eine Verbindung von einer großen Stadt in die andere hinbekam.

«Ja, ich bin noch dran. Du wolltest wissen, wo die Backsachen liegen?» Ich versuchte mich an einem neutralen und nicht zu überschwänglichen Ton.

«Die habe ich inzwischen gefunden. Aber du musst doch irgendwo noch die Blechdosen haben, die ich dir letztes Jahr mitgebracht habe. Wir wollen gleich ein paar Weihnachtskekse auf Vorrat backen, das kann ich nun wirklich nicht in Plastikdosen lagern. Das geht immer zu Lasten des Aromas. Im Schrank ist nur die Brotbox von Tom.»

Die Brotbox von Tom mit dem *Star Wars*-Bild vorne drauf erinnerte mich an meinen Aufwach-Moment. Was kümmerten mich Blechdosen und Zimtsterne? Ich hatte meinen Mann angelogen und die Nacht mit einem sehr viel Jüngeren verbracht. Egal, was da passiert war – oder eben auch nicht. Treue ging anders.

«Ilse? Sag doch was! Du bist doch sonst nicht so unkonzentriert.»

Natürlich, Mütter haben einen Instinkt für Dinge, die nicht

laufen wie gewohnt. Gott sei Dank fiel mir wieder ein, wo ich die Keksdosen hingeräumt hatte.

«Na, da schau ich gleich mal nach», kündigte Etti endlich nach meiner gestammelten Auskunft an. «Geht es dir wirklich gut? Du klingst irgendwie seltsam.»

Es war allerhöchste Zeit, dieses Gespräch zu beenden.

«Ja. Mir geht's wunderbar. Viel Spaß beim Backen und gib Tom einen Kuss von mir. Er soll nicht alle Kekse aufessen, damit ich auch noch probieren kann.»

Etti lachte. «Falls überhaupt genug Teig zum Ausrollen übrig bleibt. Wenn es nach deinem Sohn ginge, dann könnten wir einfach den rohen Teig ausstechen und in die Plätzchendosen legen.»

Oma Etti legte auf, ich schob das Handy wieder in die Tasche und schaute mich um.

Ich stand an einer Straßenecke irgendwo auf Sylt.

Okes Haus war weiß und offenbar frisch gestrichen. Links und rechts davon befanden sich weitere kleine Mehr- und Einfamilienhäuser aus den siebziger Jahren, zum Teil mit Balkonen, zum Teil mit großen Gärten davor. Im Sommer war es sicher schön, hier zu sitzen und zu versuchen, das Meeresrauschen zu hören. An einem klirrend kalten Tag wie heute wollte man nur ins Warme. Der Wind pfiff förmlich um die Ecken, und ich ärgerte mich, dass ich keine Mütze eingepackt hatte. Das war meinem Brummschädel nicht gerade zuträglich. In einigen Vorgärten standen mit Lichterketten geschmückte Weihnachtsbäume, in einem sogar ein leuchtender Elch auf dem Rasen. Im Haus nebenan wurden die Urlauber von einem großen Weihnachtsmann aus Holz begrüßt, der neben der Eingangstür stand und ein «Frohe Weihnachten»- und ein

«Gutes neues Jahr»-Schild in der Hand trug. Ich versuchte, irgendetwas zu entdecken, das mir bekannt vorkam. Schließlich holte ich noch einmal tief Luft und lief dann die Straße einfach in eine Richtung hinauf, ohne zu wissen, wo ich gerade war. Nach einigen Minuten erreichte ich eine Querstraße, die ich zum Glück schon einmal gesehen hatte. Auch heute, am Sonntag, waren reichlich Autos und Radfahrer unterwegs, denn es war zwar klirrend kalt, aber die Sonne hatte sich vorgewagt und sorgte für ein ganzes Arsenal an geschmacklosen Sonnenbrillen unter hochgeföhnten Haaren und Fellmützen, die auch einem Russen zur Ehre gereicht hätten. Je weiter ich ging, desto dichter drängten sich die Touristen. Um einen Straßennamen zu finden, den ich dem Taxiunternehmen mitteilen konnte, trottete ich langsam zur nächsten Häuserecke. Strandstraße. Ich wusste, dass das eine Parallelstraße zur Einkaufsstraße in Westerland war, zu Elissa war es also gar nicht weit. Ich konnte auf der Strandpromenade weitergehen und mir tüchtig das Hirn durchpusten lassen. Irgendwo unterwegs gab es sicher auch einen starken schwarzen Kaffee zum Mitnehmen, eine Toilette und ein kaltes basisches Wasser gegen den Kater. Ich kuschelte mich tief in meinen Mantel. Etwas mehr frische Luft und etwas mehr Zeit zum Nachdenken würden mir sicher guttun. Scheiß auf das Taxi.

* * *

Ich fand mich schließlich in einer Nachmittagsvorstellung im Kino wieder. Zuerst war ich auf dem Weg zu Elissas Wohnung doch in die falsche Richtung gelaufen. Dafür war ich auf ein Café gestoßen, wo ich endlich auf die Toilette gehen und einen Kaffee kaufen konnte, um mir unterwegs wenigstens die Hände zu wärmen.

Die ganze Zeit versuchte ich, den vorigen Abend mit Oke zu rekonstruieren. Ich wusste noch, dass wir schließlich doch getanzt hatten. Und dass ich immer mehr von dem Sekt getrunken hatte und später noch andere selbstgebrannte Spezialitäten.

Als mir eine leere Hamburgerverpackung vor die Füße wehte, fiel es mir wieder ein: Irgendwann, fast schon zur Frühstückszeit, hatte Oke wissen wollen, ob ich Lust auf einen Burger oder eine Currywurst hätte, deshalb waren wir von der Party verschwunden. Und ich wusste auch wieder, dass der Bürgersteig vor dem Hotel wie die Glitschbahnen gewesen war, die wir als Schulkinder bei Frost mit heißem Wasser gemacht hatten. Mit meinen profillosen Sohlen und den vielen Schnäpsen im Blut wäre ich fast aufs Pflaster gesegelt, wenn Oke mich nicht festgehalten hätte. In diesem Moment waren wir uns plötzlich ganz nah gewesen.

Ich wanderte an spärlich beleuchteten und üppig dekorierten Schaufenstern vorbei und nippte an meinem Kaffee. Der warme Dampf des Getränks vertrieb die eisige Luft für einen Moment. So wie in der vergangenen Nacht, als wir in der klirrenden Kälte plötzlich Nase an Nase dagestanden hatten. So nah, dass ich Okes Körperwärme spüren konnte. Und dann küssten wir uns.

Auch der letzte Alkoholdunst in meinem Gehirn konnte nicht verhindern, dass mir dieser Moment nun wieder glasklar vor Augen stand. Ich hatte nicht eine Sekunde gezögert. Wenn ich recht überlegte, war der Kuss vielleicht sogar von mir ausgegangen. Beim Küssen hatte ich an gar nichts gedacht, sondern fand es einfach nur schön. Vielleicht weil Oke mich wärmte, weil er mir mit meinem Vier-Promille-Kopf Halt gab oder weil mich der Kuss an meine Studentenzeit erinnerte und ich mich am Geburtstag meiner Freundin so alt gefühlt hatte.

Danach waren wir Hand in Hand zu McDonald's gelaufen und hatten uns dort gegenseitig mit Pommes gefüttert. An die Taxifahrt zu Okes Wohnung konnte ich mich nur noch verschwommen erinnern. Und an den Weg in seine Wohnung gar nicht mehr. Wahrscheinlich war ich im Auto eingeschlafen und hatte das dann in seinem Bett nahtlos fortgesetzt. Zum Glück. Denn heute, im grauen Licht dieses kalten Dezembertags, kam ich mir wegen des Kusses und der Nacht in Okes Bett vor wie die schlimmste Ehebrecherin.

Und dann kam ich an dem kleinen Kino vorbei, in dem in wenigen Minuten ein neuer Film mit Julia Roberts laufen sollte. Das war mir gerade recht, denn ich hatte noch keine Lust auf Erklärungen bei Elissa und weitere Anrufe von meiner Familie.

Ich brauchte Ablenkung. Aber der Film war doch nicht meditativ und drehte sich nicht in erster Linie um gutes Essen, wie ich gehofft hatte. Gleich zu Beginn ließ Julia Roberts sich von ihrem Mann scheiden und machte sich dann in Italien, Indien und auf Bali auf die Suche nach sich selbst. Was sie fand, war ein Mann, der sie über alles liebte. Bis es so weit war, durfte ich allerdings miterleben, welche Gedanken die Heldin sich über ihr Leben machte.

Und ich? War ich auch nur mit Toni zusammen, weil es einfacher war, statt etwas Neues zu wagen? Liebten wir uns noch? Liebte *ich ihn* noch? Oder hatte ich mich in Oke verliebt? Was hatte mich dazu gebracht, nach mehr als fünfzehn Jahren Ehe einen anderen Mann zu küssen? Und wieso hatte ich mich dabei so gut gefühlt?

In meinem Kopf ging es zu wie in einem Karussell: auf und ab und hin und her. Nie zuvor hatte ich mich gefragt, ob mein Leben eigentlich romantisch genug war. War ich ausreichend in der Welt herumgekommen, um für den Rest meiner Tage in Falkensee zu leben und mich um meinen Mann, meine Kinder und später vielleicht auch um meine Enkel zu kümmern? Konnte ich mein Leben genießen und jedem Tag etwas Besonderes abgewinnen? Oder hatte ich mir jahrelang etwas vorgemacht und warf Toni insgeheim vor, dass ich meinen Jugendtraum mit der Fotografie nicht verwirklichen konnte, weil ich schon während des Studiums schwanger geworden war? Betrog ich mich selbst mit der Ausrede, dass ich für einen Meister in Fotografie zu alt und so eine Ausbildung zu teuer sei? War ich überhaupt gerne Mutter?

Bis Julia Roberts und Javier Bardem sich endlich in den Armen lagen, weil sie erkannt hatte, dass er der einzig Wahre und das wirklich Wichtige für sie war, hatte ich jeden Überblick über mein eigenes Leben verloren. Ich fühlte mich entsetzlich und war hin und her gerissen zwischen dem Wunsch, sofort nach Falkensee zu fahren – oder nie wieder nach Hause zurückzukehren und in einer fremden Stadt im sonnigen Ausland ein neues Leben zu beginnen.

Eine Weile blieb ich noch im Dunkeln sitzen, bevor ich mich wieder in meinen Mantel hüllte und in die Kälte Nordfrieslands hinausstapfte.

10. Kapitel

Ganz leise schlich ich auf Zehenspitzen in Elissas Wohnung, um einem Gespräch mit ihr aus dem Weg zu gehen. Vergeblich, denn Elissa lag hellwach und strahlend in meinem Bett und erwartete mich.

«Ilse Bilse, keiner will se, kam der Koch, nahm se doch! Schätzchen, hattest du eine tolle Nacht? Wundert mich, dass du vor Anbruch der Dunkelheit hier auftauchst. Ich bin so gespannt auf deinen Bericht, ich konnte einfach nicht mehr schlafen.»

Überrascht fuhr ich zusammen, hatte mich aber schnell wieder unter Kontrolle. «Elissa! Noch einmal alles Gute zum Geburtstag. Hast du mein Geschenk schon ausgepackt?»

Weil ich die flauschige Kaschmirjacke nicht auf dem großen Party-Geschenketisch ablegen wollte, hatte ich sie in Geschenkpapier eingewickelt auf Elissas Bett gelegt, bevor ich zur Feier aufgebrochen war.

Aber ich hätte es besser wissen müssen: Meine Freundin war an ihrem Geschenk ebenso wenig interessiert wie an der Wettervorhersage für die kommenden Tage. «Ach, scheiß auf das Geschenk, ich will ganz genau wissen, was zwischen dir und Oke letzte Nacht gelaufen ist und wie es weitergeht.»

Ich ließ mich neben sie auf das Bett fallen. Gegen meinen Willen begann ich zu weinen. «Das ist doch alles eine einzige große Kacke. Ich meine … nun habe ich Toni schon angelogen, obwohl …, na ja, ich meine, so richtig ist ja eigentlich … und jetzt weiß ich auch nicht», schniefte ich.

Elissa setzte sich in aller Ruhe auf und reichte mir ein Papiertaschentuch aus einer Box neben dem Bett. «So, meine Liebe, jetzt beruhigst du dich erst einmal. Hol mal tief Luft. Ich besorge uns einen Champagner gegen den Nachdurst, du sortierst kurz deine Gedanken, und dann erzählst du mir alles der Reihe nach. So heftig wird es schon nicht sein. Im schlimmsten Fall wird es sexuell, aber Herrgott, darf man da überhaupt von ‹schlimm› reden? Ach du meine Güte, das ist wirklich der aufregendste Geburtstag, an den ich mich erinnern kann.»

Sie verschwand murmelnd aus dem Zimmer, da klingelte mein Handy. Unbekannte Nummer. Das konnten weder Tom noch Toni, noch Hanna sein. Womöglich Oke? Das Herz klopfte mir bis zum Hals. Es fühlte sich ein wenig an wie damals, als ich mich nach Wochen endlich getraut hatte, von einer Telefonzelle aus Jens anzurufen, der mit mir in den Konfirmandenunterricht ging und wunderschöne braune Augen mit mädchenhaft langen Wimpern hatte. Aber als Jens am Telefon nur vor sich hingebrummt hatte, war sehr schnell klargeworden, dass die Liebe einseitig war.

Ich starrte das Gerät an und versuchte abzuwägen: rangehen und mir anhören, was Oke wollte? Es klingeln lassen und später zurückrufen, wenn ich mir über meine Gefühle Klarheit verschafft hatte? Gar nicht mehr mit Oke sprechen?

«Ist er das? Warum gehst du nicht ran?» Mit zwei Gläsern in der einen und einer grünen Flasche in einem Weinkühler in der anderen Hand kam Elissa zurück ins Zimmer. Sie stellte die Sachen neben das Bett, zog die Decke zurück und klopfte auf die Matratze. «Komm. Kuschel dich ein. Wenn du erst ein Glas Schampus getrunken und deiner lieben Freundin alles gebeichtet hast, wird es dir viel, viel besser gehen.»

Schon wieder kämpfte ich mit den Tränen. Trotzdem stieg ich tapfer aus meinem Rock und dem Glitzeroberteil, kramte meinen Pyjama unter dem Kopfkissen hervor, zog ihn an und kuschelte mich dann unter die Decke.

Elissa setzte sich neben mich und reichte mir ein Glas von dem Champagner. «So. Und nun erzähl, was passiert ist. Ich habe noch gesehen, dass du mit Oke irgendwann am Morgen verschwunden bist. Seid ihr da zu ihm nach Hause?»

«Nein. Wir wollten eine Currywurst oder so essen. Draußen war es spiegelglatt, und beinahe wäre ich ausgerutscht, aber Oke hat mich aufgefangen, und dann standen wir da, und dann ... und dann ...»

«Habt ihr euch geküsst.»

Heiße Tränen kullerten mir über die Wangen. Ich fühlte mich so schuldig. «Ich werde Toni nie wieder in die Augen sehen können. Ich habe Oke sogar gern geküsst. Und dann bei ihm übernachtet. In seiner Wohnung und in seinem Bett.»

Elissa legte einen Arm um mich. «Nun mal langsam und vor allem eins nach dem anderen. Gab es nach diesem ersten Annäherungsversuch einen weiteren Austausch von Körperflüssigkeiten? Den du vielleicht sogar genossen hast?»

«Nein! Ich war komplett angezogen, als ich aufgewacht bin. Die letzten fünf Sektcocktails hätte ich wohl besser nicht getrunken, aber so weit hatte ich meine Sinne anscheinend noch beisammen, dass es nicht bis zum Äußersten gekommen ist.» Schniefend versuchte ich, mich zu beruhigen.

«Nach geil kommt müde, könnte man auch sagen», kommentierte Elissa trocken. «Vielleicht wolltest du insgeheim viel mehr, aber dann hat dein Körper das Kommando übernommen und dich einfach ausgeschaltet. Kann aber auch sein, dass du nur in Kuschelstimmung warst. Ärgerlich.» Sie nahm noch einen Schluck Champagner. «Hat Oke beim Aufwachen nicht gleich an der Fortsetzung eurer Knutschszene gearbeitet?»

«Der hat zum Glück noch tief und fest geschlafen, als ich gegangen bin.»

«Aber du hast ihm einen Zettel hingelegt und ihm darauf ewige Liebe geschworen und seinen Kuss als den besten aller Zeiten gepriesen.»

Gegen meinen Willen musste ich lachen. «Natürlich nicht. Meine Telefonnummer hatte er gestern schon in seinem Handy gespeichert. Wahrscheinlich hat er eben versucht, mich zu erreichen.»

«Ja, das nehme ich auch mal an. Mensch, Ilse. Nun sprich doch wenigstens mit dem armen Menschen. Der hat sich bestimmt bis über beide Ohren in dich verknallt, knutscht mit dir, nimmt dich mit zu sich nach Hause. Dort bekommt er statt eines Abenteuers ein Schnarchkonzert, und jetzt kann er sich nicht einmal eine Erklärung dafür abholen, warum du wortlos verschwunden bist. Das ist nicht fair.» Elissa schüttelte den Kopf, als hätte ich gerade ihren besten Champagner in die Toilette geschüttet.

«Fair, fair! Hast du eine Ahnung, wie egal mir das gerade ist? Als ich aus der Wohnung raus war, habe ich mit Toni telefoniert und bin mir dabei vorgekommen wie das schlimmste Luder aller Zeiten. Der sitzt zu Hause und verdient unser Geld, kümmert sich um die Kinder und macht sich Sorgen um mich …»

«Sicher macht er das!», antwortete Elissa gelassen. «So wie ich Toni kenne, lässt der seine Mutter wirbeln und kümmert sich um seine Agentur. Und wenn er sich um irgendetwas sorgt, dann höchstens darum, dass er das nächste Pitching nicht gewinnt.» Elissa schenkte uns aus der gekühlten Flasche nach.

«Wie meinst du das denn?»

Sie kuschelte sich etwas näher an mich heran und griff nach meiner Hand. «Dein Mann Toni hat dich sicher sehr lieb. Aber seit die Tinte unter eurem Ehevertrag getrocknet ist, hat er sich doch total zurückgelehnt. Hat sich von dir alles vor die Nase tragen lassen, und du hast ihm jeden Wunsch erfüllt.» Sie drückte meine Hand etwas fester. «Toni will ein Kind, also gibt's ein Kind. Toni will lieber am Stadtrand wohnen, schon werden die Kartons gepackt. Toni verzehrt sich nach einem Sohn, schon wird an der Produktion gearbeitet. Du fährst sogar jedes Jahr in den Skiurlaub, obwohl du nicht einmal Ski laufen kannst. Hast du auch nur einmal in den vergangenen Jahren darüber nachgedacht, was *du* eigentlich willst?»

Ja, das hatte ich. Vorhin im Kino. Aber dann hatte ich das Grübeln lieber eingestellt, weil ich mich mit meinen Gedanken im Kreis drehte. Natürlich hatte Elissa nicht ganz unrecht. Aber es war mir nie schwergefallen, mich nach Tonis Wünschen zu richten. Ich hatte mich genauso über die Kinder gefreut wie er, und auch ich hatte nach Hannas Geburt im Grünen wohnen wollen.

«Es geht mir gut mit Toni. Er ist ein toller Mann!» Hörte sich das für Elissa genauso verzweifelt an wie für mich?

«Das mag ja sein, das habe ich nie bezweifelt. Toni ist charmant und aufmerksam, aber er ist auch ein Mann mit südländischem Blut, trotz der roten Zotteln auf seiner Rübe. Und was man den Italienern so nachsagt, das passt ja wohl auch auf deinen niedlichen Feuermelder: spontan, erfolgsorientiert, Patron und damit Bestimmer in der Familie ...»

«Übertreib nicht. Für mich kommen doch auch mein Mann und meine Kinder an erster Stelle.»

«Nach Oke!», witzelte meine Freundin.

Ja, wohin gehörte Oke in meiner Prioritätenliste? Immerhin hatte ich den schönen Koch geküsst, und die Erinnerung daran war keineswegs unangenehm. Im Gegenteil: Oke küsste besser als Toni. Oder anders. Fordernder, gieriger. So hatte mein Mann mich noch nie geküsst. Jedenfalls konnte ich mich nicht daran erinnern.

«Ach, Elissa. Muss ich jetzt mein ganzes Leben in Frage stellen? Ich will nicht, dass sich etwas ändert.»

«Nein, das musst du nicht. Natürlich wäre es Toni gegenüber nicht fair, aber du bist meine Freundin, und mir ist wichtig, dass es dir gut geht. Wenn dir danach ist, kannst du hier eine heiße Affäre haben und danach ganz gemütlich wieder zu deinen Lieben eiern, mit schönen Erinnerungen und einem tollen Gefühl im Bauch.» Sie ließ meine Hand los, um sich das Kissen im Rücken zurechtzuklopfen. «Wenn du willst, kommst du einfach in ein oder zwei Wochen wieder her. Oke kann mit so einer Beziehung bestimmt gut leben, der hat sowieso nicht viel Zeit. Und Toni wird das gar nicht merken. Wusstest du, dass 2010 das Jahr der Seitensprünge war? Warum solltest du nicht auch mal mit dem Trend gehen?»

«Du bist ja nicht ganz dicht. Das könnte ich nie. Und ich muss Toni auf jeden Fall von diesem Kuss erzählen.» Ich versuchte, überzeugt zu klingen.

«Von einem simplen Kuss?» Elissa verschluckte sich fast an ihrem Champagner. «Damit machst du wirklich aus einer Mücke einen Elefanten. Oder es steckt doch mehr hinter deinem kleinen Ausrutscher, als du dir eingestehen willst. Vielleicht flattern da doch so vier bis fünf Schmetterlinge im Bauch?»

«Quatsch. Lass uns aufhören, darüber zu reden. Ich möchte einfach nur noch schlafen. Ist das okay?»

Ich wollte erst einmal selbst zu einem Urteil kommen, bevor ich meine Freundin über mich urteilen ließ.

«Nein, das ist nicht okay.» Elissa sprang vom Bett auf. «Immerhin ist heute mein Geburtstag. Du stehst jetzt auf, gehst heiß duschen, und dann ziehen wir uns nett und warm an und machen einen Spaziergang. Vielleicht einen Schaufensterbummel? Oder einen kleinen Marsch am Strand entlang? Wir können nach Kampen oder nach Keitum fahren, wenn du willst. Und danach lade ich dich zum Essen ein. Ich verspreche, nicht an den Kellnern herumzunörgeln und das Essen wirklich zu genießen. Komm schon, raff dich auf. Wir müssen sowieso noch raus, der Kühlschrank ist fast leer.»

Mir war klar, dass ich gegen Elissa keine Chance hatte. Auch wenn ich mich am liebsten ganz tief unter der Bettdecke verkrochen hätte, um mich vor der Welt und allen Anrufern zu verstecken, blieb mir nichts anderes übrig, als genau das zu tun, was sie wollte. Vielleicht würde mich der Spaziergang ja vom Grübeln ablenken.

* * *

Wir fuhren nach List und spazierten weit an der Oststrand-Promenade entlang, dick eingekuschelt in unsere Mäntel. Die meiste Zeit schwiegen wir und sahen uns am endlos scheinenden grauen Meer, dem strandkorblosen glatten Strand und den weiß gefrorenen Ästen der Bäume vor dem strahlend blauen

Himmel satt. Mein Handy hatte ich ausgeschaltet, nachdem ich vorsorglich Okes Nummer gespeichert hatte, um vorbereitet zu sein, falls er erneut versuchte, mich zu erreichen.

Wenn wir uns unterhielten, dann über belanglose Dinge wie die eisigen Temperaturen, Elissas Geburtstagsgeschenke oder die Hunde, die uns begegneten. Oke und Toni ließen wir bewusst aus.

Als es anfing zu dämmern, fuhren wir mit dem Auto nach Rantum in die Hörnumer Straße zur Sansibar, seit Jahren eines der angesagtesten Restaurants der Insel. Prominente gingen hier ein und aus, und die Touristen liebten die feine Küche von Herbert Seckler und seiner Crew. Im Sommer konnte man draußen sitzen und die Füße im Strandsand wärmen, während man sich mit Köstlichkeiten verwöhnen ließ.

Aber auch jetzt war die «Hütte in den Dünen» rappelvoll. Draußen, unter der Dachrinne und am Geländer der Terrasse zum Strand, hingen Lichterketten. Drinnen wäre allein die Dekoration einen Besuch wert gewesen. Es sah aus, als hätte jemand zwischen den holzvertäfelten Wänden mehrere Weihnachtsbäume explodieren lassen. Unter der Decke des mit schlichten Holzmöbeln eingerichteten Restaurants hingen Tannenzweige und Hunderte Anhänger: Engel, Weihnachtsmänner, winzige Schlitten, Sterne und Schneemänner. Ich war sprachlos.

Wir setzten uns an einen Tisch gegenüber der Bar. Elissa rutschte gleich auf die Bank mit dem Rücken zum Fenster, damit ich hinaussehen konnte, solange es noch etwas Tageslicht gab.

Im ganzen Raum roch es angenehm nach Rotwein, gebratenem Knoblauch und Gewürzen. Die Sansibar war nicht zuletzt für ihren sensationellen Weinkeller und für das exzellente Frühstücksbuffet bekannt, aber Elissa war vor allem wegen des warmen Essens Stammgast hier. Um uns aufzuwärmen, bestellten wir beide zunächst den hauseigenen Glühpunsch.

Ich ließ mich auf dem Stuhl zurückfallen, schaute hinaus in die immer grauer werdende Unendlichkeit und entspannte mich in der wohligen Wärme. Alles würde sich irgendwie finden. Wahrscheinlich musste ich nur gut essen, leckeren Wein trinken und dann eine Nacht tief und fest schlafen, und morgen würde ich mit der Lösung für mein Problem aufwachen.

«Was isst du denn? Auf jeden Fall sollten wir einen Wein von Robert Bauer nehmen, den gibt's nicht überall. Als Tagesessen gibt es heute Haxen vom Susländer Schwein auf geschmortem Spitzkohl mit Sylter La Ratte Kartoffeln. Oder als Spezial ein Filet von der Lachsforelle mit grünen Bohnen. Aber vielleicht nehme ich lieber die Trüffelravioli mit Spinat und Parmesan. Was meinst du?» Elissa benahm sich, als verbrächte sie einen völlig normalen Geburtstagsabend mit ihrer Freundin aus Brandenburg, und ich war ihr dankbar für ihre Feinfühligkeit.

«Was sind denn La Ratte Kartoffeln?» Manchmal überforderte Elissa mich mit ihrer Fachkenntnis in Sachen Feinkost.

«Das ist eine alte französische Sorte. Festkochend. Hast du schon mal von Bamberger Hörnchen gehört? Nee, klar.» Offensichtlich war an meinem Gesichtsausdruck abzulesen, dass außer Linda festkochend kaum etwas in meinem Topf landete. Elissa formte mit den Fingern ein Oval. «So ähnlich sehen die aus, etwas länglich und gebogen. Sehr lecker. Und bevor du fragst: Susländer Schweine können immer fressen und saufen und sich frei bewegen, die Futtermittel sind garantiert frei von Antibiotika und chemischen Zusätzen.»

«Vielleicht nehme ich erst einmal die Kraftbrühe mit Flädle, und danach suche ich das Hauptgericht aus», überlegte ich laut. «Ich habe einen unglaublichen Hunger.»

Elissa sah kurz auf ihre Handyuhr, legte die Speisekarte auf den Tisch und stand auf. «Kannst du dann bitte für mich mitbestellen, falls jemand fragt? Ich nehme auch die Suppe und dann das Tagesgericht. Lass dir einen Wein empfehlen, der dazu passt. Ich gehe kurz auf die Toilette.»

Ich nickte und vertiefte mich wieder in die Karte. Alles las sich so unglaublich lecker. Ich schwankte noch zwischen Gulasch vom Black Angus Rind mit Rotkohl und Sylter Kartoffeln und Leberkäse von der Metzgerei Maier, als ich plötzlich Hände auf meinen Schultern spürte. Jemand küsste meinen Scheitel, und mir wurde auf der Stelle so heiß, als stünde ein Saunaofen neben meinem Stuhl.

Dann setzte Oke sich mir gegenüber auf Elissas Platz und lächelte mich an. «Moin.»

«Hallo.» Ich bekam eine Gänsehaut am ganzen Körper.

«Elissa hat mir eine SMS geschickt, dass ihr hier seid. Ich wollte mit dir sprechen.»

«Das ist jetzt gerade nicht so günstig. Elissa ist nur auf der Toilette und kommt gleich zurück, und wir sind sehr hungrig, und ich muss das Essen für uns bestellen.»

Was redete ich denn da für einen gequirlten Mist? Und dies und das, Oke musste denken, dass ich in meinem Alter schon an ersten Ausfällen der Gehirntätigkeit litt. Brach mir etwa gerade der Schweiß aus? Setzten jetzt auf einen Schlag die Wechseljahre ein?

«Ilse, warum bist du heute früh einfach verschwunden? Warum hast du dich den ganzen Tag nicht gemeldet? Ich hatte gestern nicht den Eindruck, dass wir irgendetwas gemacht haben, was du nicht gewollt hättest. Ganz im Gegenteil.» Er sah traurig aus.

«Oke, ich bin verheiratet und zweifache Mutter. Und du bist so jung, dass du fast mein Sohn sein könntest.» Gut, dass ich mir nicht selber zuhören musste. Das war ja schlimmer als in einem Rosamunde-Pilcher-Film. «Ich habe keine Ahnung, was zwischen uns gelaufen ist, aber viel kann es nicht gewesen sein. Immerhin war ich heute Morgen noch komplett angezogen.»

«Hast du eine Ahnung, was man trotz Klamotten alles anstellen kann!» Oke versuchte zu grinsen, zog aber eher eine Grimasse. «Ich mag dich, Ilse. Du sahst so hilflos und allein aus, wie du da neben Elissa im Restaurant gesessen hast. Als du anfingst zu essen, konnte ich fast fühlen, wie ausgehungert du bist. Nicht nach Lebensmitteln, sondern nach Erlebnissen und Abenteuern, ausgehungert nach Neuem und Besonderem. Natürlich wusste ich, dass du verheiratet bist und dass du das auch gern bist. Aber ich habe eben auch gesehen, dass es vielleicht eine Lücke zu füllen gibt. Nicht nur mit ausgezeichnetem Essen. Der Gedanke, diese Lücke zu füllen, hat mich von Anfang an gereizt.»

Was für eine Rede für den wortkargen Mann von der Küste. Und ich musste zugeben, er hatte nicht ganz unrecht. Besonders viele neue Dinge hatte ich in den vergangenen Jahren nicht erlebt. Doch bisher hatte ich das eher als beruhigend und angenehm empfunden, weil ich wusste, was mich erwartete. Überraschungen bedeuteten für mich Unruhe, darauf konnte ich verzichten. Genau wie auf die Unruhe, die dieser schöne Mann gerade in mein Leben brachte.

«Oke, ich …»

«Ja, ich weiß.»

Da hatte er mir einiges voraus. Ich wusste nämlich momentan gar nichts. Vermutete allerdings, dass gleich Kurt Felix auftauchen würde, um mit der versteckten Kamera mein blödes Gesicht abzufilmen.

«Oke, es ist nichts passiert. Ein Kuss, über den ich ein bisschen länger nachdenken muss als über die Folge einer Vorabendserie, aber das war's auch schon. Ich fahre morgen nach Hause zu meiner Familie und werde dich in besonderer Erinnerung behalten.» Hatte ich tatsächlich gerade einen dermaßen blöden Satz von mir gegeben?

Oke stand auf. «Das wollt ich ja bloß wissen. Na denn ... tschüs.» Abwartend blieb er neben meinem Stuhl stehen.

Ich sah mich über die Schulter nach Elissa um. Die musste doch langsam von der Toilette zurückkommen und mich aus dieser Situation retten? Noch immer stand Oke da und starrte mich an. Das Personal in der Sansibar war so feinfühlig, ihn nicht nach seinen Getränkewünschen zu fragen, was mir jetzt als Ablenkung gerade recht gewesen wäre. Der Typ an der Bar nickte Oke zu. Klar, unter Wirtsleuten kannte man sich.

Oke winkte zurück und klopfte dann auf den Tisch. «Na denn, man sieht sich.» Und schon war er verschwunden.

Mir blieb ein dicker, fetter Kloß im Hals. Natürlich fühlte ich mich geschmeichelt, dass ein so interessanter und so viel jüngerer Mann ausgerechnet mich wollte. Aber ich war gern verheiratet, ich liebte meinen Mann und meine Kinder. Noch nie in meinem Leben hatte ich in einer derartigen Zwickmühle gesteckt, noch nie so die Kontrolle verloren. Konnte man sich als fast Vierzigjährige einfach so in jemand Neues verlieben? Waren das Schmetterlinge in meinem Bauch, oder war das nur der gärende Restalkohol? Ich saß immer noch mit dem Vanilleduft von Oke in der Nase da, als Elissa sich wieder auf ihren Platz setzte.

«Den Wein und die Suppen habe ich schon mal bestellt, du hattest ja zu tun, wie ich gesehen habe. Tut mir leid, aber ich musste Oke Bescheid geben, wo wir sind. Er tat mir einfach leid.» Elissa nahm ihre Serviette und begann, sie auf immer neue Arten zusammenzufalten. «Ilse, du kannst diesen Mann nicht einfach wegschieben wie einen Haufen alten Schnee. Der hat sich in dich verknallt. In deine stille Art, deine Freude am Genuss und in deine freundlichen braunen Augen. So habe ich den noch nie erlebt.» Sie legte beide Hände auf den Stofflappen, der inzwischen komplett zerknüllt war, und sah mich an. «Frauenmäßig hat Oke immer mal wieder etwas am Start, aber das war bisher eher zum Wärmen für kalte Nächte. Er hat sich immer hinter seinem Job versteckt und behauptet, er sei für eine Beziehung nicht gemacht.»

Das sagte die Richtige. «Kommt mir bekannt vor. So jemanden kenne ich auch.»

«Ja, mit dem Unterschied, dass ich überzeugt bin von diesem Leben», wehrte sich Elissa. «Ich möchte nicht zu Hause bleiben müssen, weil ich kein Kindermädchen finde, und ich will nicht, dass jemand anderes für mich das Fernsehprogramm aussucht.» Sie deutete in Richtung Fenster, als würde sie ganz Sylt in ihre Überlegungen einbeziehen. «Wenn ich morgen keine Lust mehr habe, hier auf der Insel Restaurants zu testen, dann gehe ich vielleicht wieder nach Berlin oder berate Fernsehstationen und Produktionsfirmen sonst wo. Natürlich bin ich manchmal traurig und einsam.» Mit einem Mal wurde sie stiller, während sie versuchte, mir ihre Gefühle zu beschreiben.

«Zum Beispiel sonntagmorgens oder an Weihnachten, wenn alle bei ihren Familien sind. Aber diese wenigen traurigen Tage möchte ich nicht gegen all diejenigen tauschen, an denen es mir phantastisch geht. Wenn ich deine E-Mails lese und höre, wie dein Leben abläuft, erkenne ich manchmal nichts von der kessen und abenteuerlustigen Ilse wieder, mit der ich zur Schule gegangen bin.»

«Ich gebe zu, manchmal ist mein Leben langweilig», räumte ich ein. «Deswegen habe ich ja angefangen, die Partys zu geben. Du ahnst nicht, was sich manchmal zwischen Tangas und Bodys für Dramen abspielen.»

«Aber es sind nicht deine Dramen, sondern die von irgendwelchen Frauen, die du nie wiedersiehst. Das ist doch nichts anderes als Fernsehen. Ilse, du kannst Oke nicht einfach wieder aus deinem Leben löschen und weitermachen wie bisher.»

Wohin führte dieses Gespräch? In meinem Kopf purzelten Gedanken, Erinnerungen und Gefühle durcheinander und richteten ein unglaubliches Chaos an. «Ich will ihn doch nicht einfach wegschieben, aber ich kann auch nicht mein Leben um hundertachtzig Grad drehen.»

Elissa ließ den Kellner, der an unseren Tisch getreten war, Wein einschenken, kostete und nickte zustimmend. Er stellte die Flasche auf dem Tisch ab und verschwand.

«Niemand erwartet von dir, dass du nach Hause fährst, deine Koffer packst und sofort ein neues Leben beginnst. Sei etwas entspannter und mach nicht aus allem gleich so eine Riesennummer.» Sie trank einen riesigen Schluck aus ihrem Weinglas, um sich gleich darauf nachzuschenken. «Kümmere dich einfach mal um dich und um dein Seelenleben. Du wirst doch nicht mit der Ehrenmedaille für die treueste aller Ehefrauen ausgezeichnet, wenn du nie wieder jemand anderen an deine Lucinda-Dessous lässt als Toni!»

«Als Mutter und Ehefrau, altersmäßig nah an den Wechseljahren, nehme ich mir mal eben einen jugendlichen Liebhaber, und alles ist gut? Meinst du das?»

Ich wollte diese Diskussion nicht, ich wollte nicht darüber nachdenken, was ich vielleicht an meinem gemütlichen und durchgeplanten Leben ändern sollte.

«Eigentlich habe ich von deinem Seelenleben gesprochen. Aber wenn ich es mir recht überlege: Insgeheim hattest du doch immer schon einen Hang zu wildem Sex.» Elissa grinste und leckte sich mit der Zunge über die Lippen. «Sonst würdest du nicht diese scharfe Wäsche vertickern. Ersatzhandlung nennt man so etwas auch. Man sucht sich einen Ausgleich für die Dinge, die man sich nicht zugesteht. Manche Menschen essen Schokolade und werden fett, andere verdaddeln ihr Vermögen am Spielautomaten, und du wühlst in BHs und Schlüppern.»

«Aaaahh ja. Vielen Dank für diese Analyse, Frau Freud. Ich hatte bisher angenommen, dass ich den Job bei Lucinda-Dessous angefangen habe, weil ich wieder unter Leute kommen und eigenes Geld verdienen wollte. Aber nein, in Wirklichkeit mache ich das nur, weil Toni es mir nicht richtig besorgt! Was für ein Glück, dass du mir die Augen geöffnet hast.»

«Ilse, sei doch nicht sauer. Ich finde nur, es ist an der Zeit, dass du dir etwas in deinem Leben gönnst.»

«Einen Lover!» Natürlich, das war typisch für Elissa, mir allen Ernstes einen solchen Vorschlag zu machen.

«Ja. Meinetwegen. Oder einen Urlaub auf dem Traumschiff oder deinen Meister in Fotografie. Was immer du willst. Vergiss einmal deine Familie und versuch, dir vorzustellen, was du tun würdest, wenn wir beide hier in einer Wohngemeinschaft hausen würden. Versuche, nur mit dem Herzen herauszufinden, wie du über Oke und seine Annäherungsversuche denken würdest. Meine Güte! Tut mir leid, dass ich es so hart sagen muss, aber wann bist du bloß zu einer so engstirnigen und spießigen Tante geworden?»

Ich spürte, wie mir die Tränen in die Augen traten. Zum Glück saß ich mit dem Rücken zu den anderen Gästen. «Ich bin doch nicht engstirnig! Und Spießer sind Leute wie deine Nachbarn damals in Flensburg, bei denen schon morgens der Fernseher lief, wenn wir in die Schule gingen. Da gab es keine Pläne oder Ideen oder Ausflüge.»

«Und wenn du dich erinnerst, waren Spießer für uns auch die Menschen, die mit ihrer kleinen Bilderbuchfamilie in ihrem Häuschen auf dem Land wohnten, die immer in dieselben Orte in den Urlaub fuhren und bei denen es sonntags feines Essen gab und Vati für das große Geld sorgte.»

Als der Kellner mit unserer Suppe kam, wischte ich mir mit der Serviette die Tränen aus den Augen und griff nach dem Löffel. «Dann bin ich eben eine Spießerin. Vielleicht ist das gar nicht so schlimm, wie wir früher dachten. Jedenfalls hat es mich bis gestern nicht gestört, in Falkensee zu wohnen, mich in erster Linie um meine Familie zu kümmern und meinem Mann treu zu sein.»

«Treu sein, wenn einen kein anderer will, ist ja auch keine Kunst. Richtige Treue ist es doch erst, wenn es ein Angebot gibt. Und was heißt überhaupt ‹bis gestern›? Hat Oke also doch irgendetwas auf den Kopf gestellt?»

«Ich weiß nicht, ob ich so weit gehen würde. Aber er ist mir nicht egal.»

«Ha!» Elissa kippte den Rest ihres Rotweins herunter und schenkte sich schon wieder nach.

«Trotzdem – wie lange ich auch darüber nachdenke, es ändert nichts an meiner Situation. Ich bin Ilse Romagnolo, fast vierzig Jahre alt, verheiratet und Mutter zweier Kinder. Das Außergewöhnlichste an mir ist mein kleiner Job mit den Dessous.»

«Klingt wie bei irgendeiner miesen Reality-Show.» Elissa ahmte meinen Tonfall nach. «Hallo, ich bin die Ilse, und ich suche das Glück. Bisher leider erfolglos, aber beim Sender meines Vertrauens wird mir sicher geholfen. Mensch, wach auf. Du musst dich selbst um dein Leben kümmern, wenn sich etwas ändern soll.»

Schon wieder fühlte ich mich unter Rechtfertigungszwang. «Aber ich habe nie etwas anderes gewollt. Ich war glücklich mit meinen Kindern und Toni.»

«Hast du dir jedenfalls erfolgreich eingeredet! Ich kann mich noch an andere Pläne erinnern: Du wolltest Fotografin werden und warst auf einem guten Weg dahin. Jetzt knipst du nur noch deine Kinder, wenn ihr Geburtstag feiert.» Elissa zerrupfte das Brot aus dem Korb auf dem Tisch, als wäre es mein Leben. «Du wolltest dir die Welt ansehen und überall neue Motive für deine Ausstellungen finden. Jetzt fährst du höchstens in den Schnee oder nach Usedom. Niemand zwingt dich, jetzt und heute irgendetwas zu entscheiden. Niemand wird darüber urteilen, was du am Ende für dich wählst. Aber vielleicht nimmst du diese Geschichte als Denkanstoß.» Sie nahm den letzten großen Schluck aus ihrem Glas, bevor sie weitersprach. «Und jetzt mache ich dir einen Vorschlag: Wir bestellen gleich noch einen Wein und dann noch einen und reden in den nächsten

Stunden nur noch über deine Dessous und meine liebsten Restaurants.» Wenn ich mir ansah, mit welcher Geschwindigkeit sie die rote Flüssigkeit wegkippte, wollte Elissa diese Idee anscheinend sofort in die Tat umsetzen. «Ich bin deine Freundin, und das bleibe ich auch, obwohl die verdammte Suppe inzwischen kalt ist. So einen Geburtstag hatte ich jedenfalls noch nie.»

Das klang für mich nach einem vernünftigen Plan: alles erst einmal sacken zu lassen, meine Gefühle zu prüfen und ansonsten das Leben laufen zu lassen. Vielleicht war es an der Zeit, das zu lernen. Und es war mit Sicherheit an der Zeit, die Suppe zu essen.

11. Kapitel

Nach einer nahezu schlaflosen Nacht, in der mir viele Gedanken durch den Kopf schwirrten, schickte ich eine SMS an Oke. Ich bat ihn um Verständnis und darum, mir nicht böse zu sein. Er antwortete nicht, und ich kam zu keinem Ergebnis, ob ich deswegen nicht vielleicht doch ein bisschen enttäuscht war.

Elissa nahm sich am Morgen Zeit für ein ausgiebiges Frühstück mit mir, anschließend wollte sie in die Redaktion.

«Tut mir leid, Süße, ich wäre gern noch ein wenig mit dir durch die Stadt gebummelt oder hätte dich wenigstens zum Bahnhof gebracht. Aber heute muss ich mich um das Sonderheft kümmern, sonst hole ich das nie wieder auf», entschuldigte sie sich, bevor sie eingehüllt in die Kaschmir-Strickjacke, die sie nach unserem Strandausflug endlich ausgepackt hatte, verschwand.

Nachdem ich das Frühstücksgeschirr abgeräumt und alle Essensreste in den Kühlschrank gestellt hatte, schminkte ich mich und packte meine Sachen zusammen. Ich hatte keine Lust, noch einmal alleine bummeln zu gehen. Mir war auch nicht nach einem Kaffee zwischen lauter fremden Menschen in einem Restaurant oder Café. Immer wieder fragte ich mich, ob meine Entscheidung richtig gewesen war, Oke vor meiner Abfahrt nicht mehr zu treffen. Womöglich würde es mir leichter fallen, wieder nach Falkensee zu fahren, wenn ich mich vorher Auge in Auge mit ihm ausgesprochen hätte. Vermutlich wäre mein Gewissen dann reiner, und ich könnte mich davon überzeugen, dass ich wirklich nichts für ihn empfand.

Aber stattdessen kuschelte ich mich auf Elissas gemütliches Sofa und versuchte zu lesen. Als ich zum dritten Mal einen Artikel über eine besondere Art las, eine Pute vor dem Braten einzulegen, und nichts davon in meinem Hirn ankam, gab ich auf und schaltete den Fernseher ein. Nachrichten, Eiskunstlauf, eine Wiederholung von *Wetten, dass?*, eine Gerichtsshow und ein Boulevardmagazin konnten mich auch nicht fesseln. Vermutlich war es am besten, wenn ich zum Bahnhof fuhr und die verbleibende Stunde dort wartete, die Reisenden beobachtete und so die Zeit gedankenlos vertrödelte.

Meine schweren Koffer schleppte ich einzeln zum Fahrstuhl. Auf meine Frage an den Taxifahrer, ob er mir beim Tragen helfen könne, rief er nur in die Gegensprechanlage: «Neee, dat geiht nich, junge Fruu. Dor hett mi ook keen een wat vun seggt in de Zentrale. Ik heff dat inne Rüch.»

Von wegen, was im Rücken und die Zentrale hätte ihm nichts von Helfen gesagt. Wahrscheinlich hatte der Penner schon vor dem Klingeln das Taxameter angestellt. Männer!

Die Fahrt zum Bahnhof gestaltete sich zäh. Es hatte angefangen zu schneien, und die dicken weißen Flocken bildeten sofort eine matschige, rutschige Schicht auf den überfüllten Straßen.

«Nu kiek di dat mol an. Dat is doch jümmers dat sölbige. Dor lannen mol een oder twee Flocken Schnee bi uns un allns is to laat. Wat blieven de Lüüd nich tohus, wenn se dat nich köönt mit dat dore Autoföhrn bi düsset Wedder», lamentierte und meckerte und analysierte der Taxifahrer auf Plattdeutsch weiter.

Ich ließ mich von seinem leiernden Ton und der Wärme im Auto einlullen und beobachtete die Menschen auf der Straße. Einige schoben ihre Fahrräder, andere hatten sich die Kapuzen und Mützen tief in die Stirn gezogen. Nahezu allen war anzusehen, dass sie sich lieber an einem Strand auf einem Liegestuhl den Rücken mit Sonnenmilch einreiben lassen würden, als hier durch das winterliche Westerland zu stapfen.

Nachdem der Fahrer mit den Rückenbeschwerden mich meine Koffer auch wieder selbst aus dem Kofferraum hatte hieven lassen, zeigte er sich kurz beleidigt aufgrund des niedrigen Trinkgelds, ließ die Fensterscheibe auf der Beifahrerseite schnell und ohne ein Wort des Abschieds nach oben gleiten und düste davon.

Ich schleppte mein Gepäck an den grünen Reisenden Riesen vorbei, die inzwischen zarte weiße Schneemützen bekommen hatten, über den Bahnhofsvorplatz, durch die Halle und die grün-weißen Holztüren hindurch bis zum Platz vor den Bahnsteigen und hier in das kleine Café. Dort ließ ich mich auf einem der unbequemen hohen Barhocker nieder. Natürlich musste man sich den Kaffee selber holen, hier kam niemand an den Tisch und fragte nach Wünschen. Wäre ja auch zu schön gewesen. Da ich noch über eine Stunde Zeit hatte, bat ich einen älteren Herrn am Nebentisch, auf meine Koffer zu achten, holte mir einen großen Milchkaffee und bediente mich großzügig bei den ausliegenden Zeitschriften. Obwohl ich eigentlich keinen Hunger hatte, kramte ich aus meiner Handtasche eine große Tafel Schokolade hervor und blätterte mich dann durch die Skandale und Gerüchte in der Welt der Stars und Sternchen. Dann piepte mein Handy und zeigte eine Kurznachricht an.

Wir wünschen dir eine schöne Heimreise und freuen uns, dass du bald wieder zu Hause bist. Tausend Küsse von uns allen, Toni.

Ich hatte gerade zu Ende gelesen, als die nächste Nachricht eintraf.

Süße, hatte gehofft, ich erwische dich noch, wollte dich mit einer ausgedehnten Mittagspause überraschen, nun bist du schon weg. Komm gut nach Hause und bald wieder her. Wenn ich etwas tun kann, lass es mich wissen. Wir hören voneinander per E-Mail. Sei gedrückt, Elissa.

Im Grunde war ich froh, dass wir uns verpasst hatten. Den ganzen Morgen hatten wir beide versucht, das Thema Männer zu umschiffen. Das hatte mehr als einmal zu verlegenem Schweigen und unangebrachten Lachern geführt. Ich wollte in Frieden mit meiner Freundin auseinandergehen. Vielleicht hatte sie ja recht mit ihren Anschuldigungen, aber im Moment wollte ich das nicht hören.

Piep-piep. Noch eine Nachricht traf ein, bevor ich Toni oder Elissa antworten konnte.

Gute Reise.

Oke hatte nicht einmal seinen Namen unter den Text gesetzt, aber anhand der abgespeicherten Telefonnummer konnte ich die SMS zuordnen. Wie sollte ich das denn jetzt verstehen – wirklich als guten Wunsch? Oder war das eher ironisch gemeint, im Sinne von: «Verpiss dich, blöde Ziege!» Noch in Gedanken, tippte ich Grüße an meine Lieben in Falkensee ins Handy, danach wollte ich Elissa kurz schreiben.

«Moin.» Auf einmal stand Oke neben mir, stützte seinen Ellenbogen auf den Tisch und sah mir direkt in die Augen.

Sofort fing mein Herz an zu hämmern, und ich spürte, wie mir die Röte ins Gesicht stieg.

«Oke! Was machst du denn hier? Ich ... ich habe gerade erst deine Nachricht gelesen ...»

Wow, roch der Mann gut – irgendeine geheime Zutat war definitiv in seinem Aftershave. Mir wurden die Knie weich bei seinem Vanilleduft.

«Ich hole hier einen Gastkoch ab. Der kommt aus Berlin und will sich für zwei Tage meine Mannschaft in Aktion begucken. Da dachte ich, die kenn ich doch. Wollt nur schnell persönlich tschüs sagen.» Sicher war ihm nicht bewusst, wie gut er aussah mit seinen von der Kälte geröteten Wangen, in der dicken Steppjacke und den engen Jeans.

Ich saß auf meinem Hocker wie angenagelt. Der Kaffee schmeckte plötzlich wie Katzenpipi. Oke stand da und sah mich an.

«Ja, also denn – tschüs, nä. Man sieht sich.» Er schickte sich an, zum Bahnsteig zu gehen.

Offensichtlich war Oke enttäuscht von mir. Auf jeden Fall war er mit einem Mal zu seiner friesischen Wortkargheit zurückgekehrt. Nach Wohlgefühl hörte sich das nicht an. Und ich saß da wie ein Backfisch und hatte keine Ahnung, was ich sagen oder tun sollte. Auf keinen Fall wollte ich, dass Oke jetzt einfach verschwand, so viel war mir wenigstens klar. Deshalb griff ich nach seiner Hand.

«Oke? Es tut mir leid, wenn ich dich verletzt habe. Das wollte ich nicht.» Immerhin zog er seine Hand nicht gleich wieder weg.

«Was genau tut dir leid? Dass wir uns geküsst haben?»

Wie sollte man denn bei diesem Anblick vernünftig nachdenken? Diese gesprenkelten Augen, deren knallblaue Farbe ich nur erkennen konnte, wenn ich ganz nah vor ihm stand.

Diese sinnlichen Lippen, die so wunderbar küssen und strahlend lächeln konnten. Am liebsten hätte ich diesen attraktiven Typen in einen meiner großen Koffer gepackt und am Ende der Welt ein neues Leben mit ihm begonnen. Auch wenn dieses böse kleine Männchen in meinem Kopf mich mit fiesen Hammerschlägen ständig an meine Kinder und meinen Mann in Brandenburg erinnerte. Also rutschte ich lieber doch ein wenig von Oke ab, ließ seine Hand los und sah ihn einfach nur an.

«Ilse? Ilse, bist du das? Das ist ja ein Ding, dass wir uns ausgerechnet hier treffen. Ich fasse es nicht.»

Auf einmal sah ich mich einer grinsenden Sylvia gegenüber. Sie trug ein totes Tier mit Ärmeln dran und winkte ihren Taschen schleppenden Ehemann heran. «Herzi, schau doch mal, wer da ist. Meine Schulfreundin Ilse und …?»

«Wenn ich euch vorstellen darf: Sylvia, das ist Oke, ein Freund von Elissa. Oke, das ist Sylvia, eine alte Schulfreundin, die jetzt in Potsdam wohnt, in der Nähe von Falkensee.»

Oke schüttelte Madame Doppel-D und ihrem bemitleidenswerten Lebenspartner die Hand. «Freut mich. Moin.»

«Ach so, ein Freund von Elissa? Die hast du hier besucht?» Ich wünschte, ich könnte Sylvia irgendwie das bescheuerte Grinsen aus dem Gesicht wischen.

«Ja, also … nein. Elissa hat ihren vierzigsten Geburtstag gefeiert, und Oke hat für das Fest gekocht.»

«Ach, verstehe, dann hast du dich gerade einfach nur bedankt.» Sylvia lachte blöd und musterte Oke von Kopf bis Fuß. «Bei dem Altersunterschied wäre jede andere Vermutung ja auch schwachsinnig. Hahahahaha.» Sylvia freute sich über ihren Witz, bohrte aber gleich noch etwas tiefer in der Wunde.

«Und Toni ist noch ein paar Zeitschriften kaufen gegangen?» Sie sah sich nach meinem Mann um.

«Toni ist zu Hause und kümmert sich um die Kinder. Das war ein reines Freundinnen-Wochenende.»

Ich konnte förmlich mitlesen, wie sich unsichtbare Untertitel unter diesen Satz drängten: Ja, glaub mir, du blöde Pute! Und hör auf, Oke so anzustarren!

Sylvias Mann schien die ganze Situation höchst unangenehm zu sein. Er griff schnell nach einer Illustrierten vom Tisch und blätterte darin herum.

«Ach so, ein Freundinnen-Wochenende. Eigenartig, dass wir uns gar nicht gesehen haben, wir sind auch schon seit Freitag hier. Hatte ich doch erzählt, dass ich Manfred zu einer Tagung begleite, um ein paar Weihnachtseinkäufe zu machen. Die Suite im Mirabell war ein Traum. Mein erstes Weihnachtsgeschenk habe ich auch schon bekommen. Toll, oder? Echter Zobel.» Sylvia drehte sich um die eigene Achse, um uns ihren Pelzmantel von allen Seiten vorzuführen.

Ich fand Pelzmäntel seit jeher ekelhaft, und an Okes Gesichtsausdruck las ich ähnliche Empfindungen ab. Er hatte sich einen Schritt abseits gestellt und trank von meinem Kaffee, der inzwischen kalt sein musste.

«Also, wir müssen dann auch mal. Wir wollten noch schnell ein Piccolöchen und ein paar Knabbereien für die Fahrt besorgen, bevor wir uns in den Zug setzen.» Sie lächelte Oke vielsagend an und schenkte mir dann ein bedauerndes Lächeln. «Normalerweise könnten wir unterwegs weiterreden, aber wir haben reservierte Plätze in der ersten Klasse und fahren nur bis Hamburg, weil mein Männe da morgen noch einen Termin hat, und du ...»

«Ich fahre in der zweiten Klasse und weiß noch gar nicht genau, wo ich sitze. Das Geld für die Reservierung spare ich mir, allein findet man ja eigentlich immer einen Platz», entgegnete ich.

«Ach, ich dachte, dein Koch würde dich begleiten.» Sylvia grinste Oke frech an und leckte sich anzüglich über die Lippen. «Schade. Mit Ihnen hätte ich mich gern länger unterhalten», ließ sie ihn wissen. Dann packte sie ihren Manfred, der erschrocken das bunte Magazin wieder auf den Tisch fallen ließ, und zog ab in Richtung Champagner – nicht ohne ein: «Tschüssi, wir sehen uns, Ilselein. Du musst unbedingt vor Weihnachten noch einmal mit deinen Sachen nach Potsdam kommen, Manfred ist ganz wuschig geworden von den Dessous, die ich bei dir gekauft habe. Und meine Yogagruppe möchte auch bei dir shoppen.» Weg war sie.

«Scheiße! Ausgerechnet die doofe Kuh muss hier auftauchen und mich mit dir sehen. Wahrscheinlich weiß der ganze Landkreis von dir und mir, bevor ich überhaupt einen Fuß auf den Falkenseer Bahnsteig gesetzt habe. Verdammte Kacke, was erzähle ich jetzt Toni?» Ich hätte mich schwarz ärgern können über mein miserables Talent, anderen etwas vorzumachen.

«Was gibt es denn da zu wissen? Und was soll sie bitte gesehen haben?» Oke sah jetzt richtig traurig aus, und es brach mir beinahe das Herz.

«Oke. Ich kann das nicht. Du bist wirklich niedlich, und ich hab dich gern. Aber ich werde nicht mein Leben in Falkensee aufgeben, nur wegen eines tollen Kusses und einer Nacht in einem fremden Bett. Während der ich noch dazu komplett angezogen war.»

«Aber das heißt doch nichts.» Er stand da wie ein einziges Ausrufezeichen.

«Du warst auch angezogen. Zumindest an den entscheidenden Stellen.» Ich erhob mich vom Hocker und zog den Reißverschluss an meinem Mantel zu. «Es tut mir leid. Ich muss jetzt zum Zug.»

Oke machte ein Gesicht wie ein Golden Retriever, der in den Regen hinaussoll. «Ilse. Ich erwarte doch gar nicht, dass du sofort bei mir einziehst. Aber ich spüre, dass ich dir nicht gleichgültig bin. Vielleicht könnten wir uns einfach mal in Hamburg treffen, oder …»

Im Grunde war es schon ein Kompliment, dass Oke mehr als einen Satz am Stück an mich richtete – das waren ja fast schon Reden. Ich nahm meine Tasche und die Koffer und stellte mich vor Oke auf.

«Lass mich in Ruhe über alles nachdenken. Ich verspreche hoch und heilig, dass ich mich melden werde. Aber jetzt muss ich wirklich gehen.»

Ich gab ihm links und rechts einen freundschaftlichen Kuss auf die Wange und lief dann, ohne mich noch einmal umzusehen, in Richtung meines Bahnsteigs.

12. Kapitel

Der Zug war rappelvoll, aber gleich zu Beginn des Wagens fand ich noch einen Platz, hinter dem ich auch meine Koffer deponieren konnte. Den Mantel hängte ich neben den Sitz, um mich darin einzukuscheln, falls es kühl wurde. Bevor ich es mir auf dem Fensterplatz bequem machte, wühlte ich einen Krimi und den Rest der Schokolade aus der Handtasche und suchte nach meinem kleinen tragbaren CD-Spieler. Dabei fiel mir eine CD in die Hände, die ich noch nie zuvor gesehen hatte. Das Cover war selbst gestaltet und zeigte eine weiße Kochmütze mit grinsendem Gesicht auf rotem Grund. Der Titel lautete: «Mit Liebe gekocht». Ich musste nicht lange raten, wer mir dieses kleine Geschenk in die Tasche geschmuggelt hatte. Von wegen «einen Gastkoch am Bahnhof abholen». Wie es aussah, hatte Oke ganz genau gewusst, wo er mich finden konnte. Zu den Klängen der *White Lies* starrte ich aus dem Fenster in die dunkler werdende Landschaft und fühlte, wie der Schneeregen gegen die kühle Scheibe klatschte.

Let's grow old together
And die at the same time
Let's grow old together
And die at the same time.

Ich sah Oke vor mir, wie er leidenschaftlich mitsang, seine blauen Augen sich in meine versenkten und seine weichen Lippen sich zu einem Lächeln verzogen. Das schlechte Gewissen plagte mich. Was sollte ich Toni erzählen, was lieber nicht?

War es wirklich am besten, einfach zur Tagesordnung überzugehen und so zu tun, als wäre nichts gewesen? Sollte ich das Wochenende auf Sylt als ein Freundinnen-Wochenende abhaken und wieder die liebevolle Ehefrau und Mutter sein, die sich mit Schlüpper-Verkäufen ein Taschengeld dazuverdiente?

Mir war klar, dass ich das nicht konnte. Es war ein schönes Gefühl, so umschwärmt zu werden. Ich fühlte mich wie von innen gewärmt, während ich der Musik lauschte, und musste lachen, als ich feststellte, dass Oke ausschließlich den *White-Lies*-Song immer wieder auf die CD gebrannt hatte.

Irgendwie sollte es doch hinzukriegen sein, diese Gefühle zu bewahren, etwas daraus zu machen und trotzdem niemandem weh zu tun. So gut gelaunt und beschwingt hatte ich mich ohne Alkohol das letzte Mal gefühlt, als … Ich konnte mich nicht erinnern.

Wenn bloß Sylvia, diese Zicke, nicht aufgetaucht wäre! Die würde garantiert quatschen, bei der Gymnastikgruppe und der nächsten Tupperparty und am Glühweinstand auf dem Weihnachtsmarkt an der Gedächtniskirche, wo sich die bekannte Truppe aus sogenannten Freundinnen plus Ehemännern alljährlich an den Freitag- und Samstagabenden einfand. Allein deswegen musste ich mit Toni über das Wochenende sprechen. Auch wenn sie eigentlich nichts ausplaudern konnte – ich würde bei jeder Anspielung garantiert rot anlaufen und schon deshalb verdächtig wirken.

Inzwischen hatte der Zug den Hindenburgdamm verlassen und hielt in Klanxbüll auf dem Festland. Ein junges Mädchen stieg ein, ganz in Schwarz gekleidet und mit gepiercter Nase. Sollte Hanna sich je dermaßen verunstalten, würde ich sie an diesem Ring quer durch ganz Brandenburg ziehen.

Das Mädchen drückte sein Handy ans Ohr und ließ sich schwer auf den freien Sitz neben mir fallen.

«Ey, weißt du, du hast gesagt, du willst lieber eine rauchen, statt mit mir nach Niebüll zum Shoppen zu fahren. Wir sehen uns nächste Woche. Tschau.»

Ja, so konnte man das natürlich auch machen. Kurz, knackig, konsequent. Aber das war noch nie meine Art gewesen.

«Der Typ spinnt doch. Sagt mir erst, er würde mir diese voll coole Jacke kaufen, die ich in Niebüll gesehen habe, weil weißte, er hat ja schon 'n richtigen Job, und ich bin noch am Überlegen, für was ich mich dann mal so entscheide, und verdien hier und da mal 'n paar Euronen mit Kellnern oder Einhüten bei meiner Schwester oder so, nä. Und dann lügt er rum, er muss unbedingt erst noch zu Ende rauchen und wär außerdem ganz dringend mit Jörgen verabredet – voll, ey.»

Anscheinend strahlte ich wohl so etwas wie mütterliche Wärme aus, wenn ich jetzt als Kummerkastentante herhalten sollte.

«Hast du auch so einen Spast zu Hause?» Diese Frage war nun ausdrücklich an mich gerichtet.

«Ja, also, um ehrlich zu sein, raucht mein Mann gar nicht. Der ist Sportler und achtet sehr auf seine Gesundheit.»

«Hört sich nicht gerade spannend an! Bist du deshalb auch alleine unterwegs?»

«Ähhh, nein, ich habe eine Freundin besucht, die ihren Geburtstag gefeiert hat.»

Ich hatte nicht den Eindruck, dass das Mädchen sich tatsächlich für meine Freizeitaktivitäten interessierte.

Sie lehnte sich auf dem Sitz, so weit es ging, zurück und nestelte winzige Kopfhörer aus der knallengen Jeans. «Ich bin jedenfalls erst mal durch mit dem Typen, der kann sich mal 'ne schöne Entschuldigung überlegen. Sonst muss er gar nicht mehr angeschissen kommen. Is' ja nich' so, dass ich nich' noch einen im Leerlauf hätte, wenn du verstehst?» Sie zog vielsagend die Brauen hoch, steckte das Kopfhörerkabel in ihr Handy und drückte auf den Tasten herum, ohne noch weiter Notiz von mir zu nehmen.

Zwar wusste ich nicht ganz genau, was sie meinte, vermutete aber, dass ihre Situation der meinen nicht so unähnlich war. Mit dem Unterschied, dass ich nicht einfach nur mit einem Teenie «ging», sondern seit mehr als fünfzehn Jahren verheiratet war. Und optisch nicht allzu viel zu bieten hatte, sondern eher zum Durchschnitt gehörte. Eben total 80 B. Genau wie mein Leben: unaufregend und langweilig.

Aber mit Oke etwas Neues zu beginnen, stand überhaupt nicht zur Debatte. Wenn auch der Gedanke an ein Leben an der Nordsee mit einem jungen, szenigen Liebhaber durchaus seinen Reiz hatte. Hanna und Tom könnten mich besuchen, wann immer ihnen danach war ...

Unsinn! Ich musste Restalkohol im Blut haben. Mit derartigen Gedankenspielen würde ich mich keine Sekunde länger beschäftigen. Tom war noch viel zu klein, um ohne mich auszukommen. Sein winziges Herz würde einen Schaden fürs Leben davontragen, wenn ich mich von seinem Vater trennte. Und Hanna wäre zuzutrauen, dass sie sofort und für immer jeglichen Kontakt zu mir abbrach, weil ich ihrem ach so geliebten Vater eine Scheidung zumutete.

Und Toni?

Toni würde wahrscheinlich für einen kurzen Moment traurig sein und dann sein Organisationstalent ausnutzen: Pläne machen fürs Mittagessen, den Fahrdienst für die Kinder und die Aufteilung der Möbel und Bücher.

«Guten Abend, meine Damen und Herren, die Fahrkarten bitte schön.» Der Schaffner, der seinen gut genährten Leib in den Wagen schob, unterbrach meine Gedanken.

Ich würde es einfach so machen wie immer. Abwarten und alles auf mich zukommen lassen.

* * *

Der Bahnhof in Falkensee war wie ausgestorben. Ich stieg als Einzige aus dem Zug aus. Auf einer Bank vor dem Kiosk gegenüber saß ein Penner in der Kälte im Dämmerschlaf und hielt sich an einer Dose Pils fest, der Kioskbetreiber gähnte und gewährte dabei freien Blick in seinen offenen Mund, als ich an seinem Fenster vorbeiging. Auch auf der Straße vor dem Bahnhof stand niemand, um mich abzuholen. Ich warf einen prüfenden Blick hinüber zu den beleuchteten Parkplätzen, konnte aber auch dort keinen Porsche sehen. Anscheinend hatte die Familie Romagnolo meine Ankunft ganz einfach vergessen. Ich hatte ja nicht unbedingt einen Empfang mit «Herzlich willkommen»-Plakaten und einem Kinderchor erwartet, aber allein mit meinem Gepäck im Schneeregen in der Dunkelheit zu stehen, war nicht gerade meine Traumvorstellung von einer Heimkehr nach vier Tagen Abwesenheit. Zum Glück stand wenigstens ein Wagen am Taxistand, für Falkensee keinesfalls selbstverständlich.

Nachdem ich die Haustür aufgeschlossen hatte, trat ich in ein dunkles und stilles Haus. Auf meine «Hallo»- und «Ich bin wieder da»-Rufe erntete ich keine Reaktion. Es war niemand zu

Hause. In der Küche lag ein angebissenes Brot auf einem Teller, und der Kaffeevollautomat war noch an. Allzu lange konnte meine Familie also noch nicht ausgeflogen sein. Dann würde ich eben mit dem Auspacken meiner Koffer beginnen und mir anschließend ein großes Glas Rotwein gönnen.

Mit einem Teller Käsewürfel, Oliven und Gurkenscheiben sowie einem Glas Spätburgunder machte ich es mir wenig später auf einem der Sofas gemütlich. Nach diesen Wohnzimmermöbeln hatten Toni und ich lange gesucht. Die Sofas sahen aus wie in einem Hollywoodfilm, und man saß darin wie auf Wolken. Die sanften Farben des ruhigen Blumenmusters passten perfekt zum dunklen Holzfußboden des Wohnzimmers.

Ich hatte mich gerade auf dem Sofa vor dem Fernseher eingekuschelt, als die Wohnungstür aufgerissen wurde.

«Mami, Mami, endlich bist du wieder da! Wir waren Pizza essen, das war so was von lecker. Ich hatte eine große Erwachsenenpizza mit extra scharfer Salami. Hast du mir was mitgebracht?» Tom flog mir in die Arme und schmiss sich dann zu mir auf das Sofa.

«Natürlich habe ich dir etwas mitgebracht. Liegt in deinem Zimmer auf dem Bett. Dein Geschenk auch», sagte ich an Hanna gerichtet. Tom sprang wieder auf und rannte in freudiger Erwartung zu seiner Überraschung.

Meine Tochter war zusammen mit Oma Etti und Toni hinter Tom hereingekommen und nickte mir so lässig zu wie einer entfernten Verwandten. «Hi, Mum.» Dann verschwand sie betont uninteressiert ebenfalls in Richtung ihres Zimmers.

Ich stand auf, um Mann und Schwiegermutter zu begrüßen. Schon jetzt kam ich mir vor, als stünde auf meiner Stirn in roter Leuchtschrift «Betrügerin» geschrieben.

«Ilselein. Hattest du eine gute Heimfahrt? Ich dachte, du kommst erst um zehn.» Oma Etti warf Toni einen vorwurfsvollen Blick zu. «Wir lassen es uns gutgehen, und du wirst bei diesem fürchterlichen Wetter nicht einmal vom Bahnhof abgeholt. Das auch noch, Käsewürfel und Rohkost. Ich wärme dir schnell meine Suppe von heute Mittag auf. Die Kekse, die wir gebacken haben, musst du auch probieren.» Oma Etti war in ihrem Element. Kopfschüttelnd verschwand sie in der Küche.

Schließlich kam Toni näher und schaute mir in die Augen. «Du siehst irgendwie anders aus.»

«Wie anders?» Mir wurde heiß. Ich fühlte mich, als würde die Leuchtschrift auf meiner Stirn anfangen zu blinken.

«Ich weiß nicht so genau. Vielleicht ... weicher. Ja, so würde ich das beschreiben.» Er küsste mich auf beide Wangen und setzte sich mit mir aufs Sofa.

«Weicher? Was meinst du denn damit?» Vielleicht doch zu viel des guten Essens? Ich hatte noch keine Gelegenheit gehabt, mich auf die Waage zu stellen.

«Wahrscheinlich hast du dich einfach gut erholt», erklärte Toni seinen Eindruck. «Wie war's denn? Hast du dir auch die Insel angesehen, oder war es zu kalt? Ich glaube, ich war das letzte Mal vor zwanzig Jahren auf Sylt», erinnerte er sich. «Mit ein paar Studienkollegen. Da sind wir mit der Fähre von Rømø nach List gefahren und haben ein paar Tage auf der Insel gezeltet. Vielleicht sollten wir im Sommer mal nicht an die Ostsee fahren, sondern lieber nach Sylt?» Toni nahm sich mein Weinglas und trank einen Schluck. «Tut mir leid, dass ich dich nicht abgeholt habe. Ich war fest davon überzeugt, du würdest erst später kommen, und hatte mir extra noch im Internet die Verbindungen von Hamburg rausgesucht.»

«Ist nicht schlimm, ich bin ja jetzt da. Soll ich dir auch ein Glas Wein holen?» Ich wollte mich gerade aus den weichen Polstern schälen, doch Toni zog mich in seine Arme.

«Schön, dass du wieder da bist», flüsterte er mir ins Ohr.

Was sollte ich darauf antworten? Vielleicht: «Na ja, mal sehen, ob das wirklich so schön ist»? Zu meiner Rettung erschien Oma Etti mit einem dampfenden Teller Suppe in der Tür, und Toni rückte ein Stückchen von mir ab. Männer und ihre Mütter eben.

«So, mein Herzchen, hier ist etwas Warmes für dich. Erzähl, wie war es auf Sylt? Wie war das Wetter, und wen hast du auf der Geburtstagsparty getroffen?» Etti setzte sich auf das Sofa uns gegenüber und sah mich erwartungsvoll an.

Also berichtete ich vom glatten und menschenleeren Strand, dem endlos scheinenden Grau des Meeres, schwärmte vom wunderbaren Essen und brachte die beiden mit Restaurant-Tester-Geschichten von Elissa zum Lachen. Währenddessen versuchte ich, jeden Gedanken an Oke auszuklammern, und fühlte mich einfach grauenhaft.

Zum Glück ging Toni früh schlafen und störte sich nicht daran, dass ich mit Etti noch einen Krimi schauen wollte. Rein körperlich schien er mich wohl nicht allzu sehr vermisst zu haben, denn außer einem zarten Bussi auf die Wange gab es keinerlei erwähnenswerte Annäherung. Ich war hin- und hergerissen zwischen dem Wunsch, mich zu ihm unter die Decke zu kuscheln, mich zu Hause zu fühlen und von seinem Schnarchen in den Schlaf wiegen zu lassen – und der Angst, mich neben meinem Mann nie wieder so wohl zu fühlen wie vor der Reise nach Sylt.

Tatsächlich wälzte ich mich die halbe Nacht im Bett herum, stand schließlich sehr früh am Morgen auf und ging unter die Dusche. Vielleicht in der Hoffnung, die Gedanken an Oke einfach mit heißem Wasser abzuspülen. Funktionierte natürlich nicht.

Mit einem großen Pott Kaffee setzte ich mich an meinen Schreibtisch, um die Post der vergangenen Tage zu öffnen. Bis ich die Kinder wecken und in die Schule bringen musste, blieb mir noch reichlich Zeit.

Während ich gepolsterte Umschläge mit Warenproben von Lucinda-Dessous öffnete, Rechnungen sortierte und die erste Weihnachtspost las, war ich in Gedanken auf einer wunderschönen Nordseeinsel. Was Oke um diese Zeit wohl machte? Wahrscheinlich lag er noch friedlich schlummernd im Bett. In dem Bett, in dem ich auch gelegen hatte. In dem Bett, aus dem ich geflüchtet war.

Schließlich warf ich die alten Briefumschläge in den Papiermüll, holte mein Handy und schrieb Oke eine Nachricht.

Hallo, Meisterkoch, alles schön bei dir? Ich bin gut zu Hause und auch fast schon wieder im Alltag angekommen. LG Ilse.

Ohne lange zu überlegen, drückte ich auf «Senden» und kam mir erst danach richtig bescheuert vor. Was hatte mich da denn geritten? So eine Nachricht hätte ich auch meinem Steuerberater schicken können, total unpersönlich und nichtssagend. Aber ich wollte etwas von Oke hören, wollte wissen, was er tat und ob er auch an mich dachte. Auf keinen Fall sollte der Kontakt zwischen uns sofort wieder abreißen. Und um wenigstens mir selbst gegenüber ehrlich zu sein, musste ich wohl zugeben, dass ich ein klein wenig verknallt war.

13. Kapitel

Die Tage vergingen wie im Flug. Ich kümmerte mich um die Kinder, begann damit, Weihnachtsbesorgungen zu erledigen und meine Liste für den Winterurlaub abzuarbeiten. Und ich brachte Oma Etti zum Flughafen. Nach mehreren Tagen und Nächten war die Erinnerung an Okes Vanillegeruch nach und nach schwächer geworden. Die Gedanken an ihn allerdings nicht. Auf meine blöde SMS hatte er spät in der Nacht geantwortet, zum Glück hatte das Handy auf meinem Schreibtisch und nicht wie sonst neben dem Bett gelegen. Seitdem simsten Oke und ich uns ab und zu oder schrieben E-Mails, in denen wir Wetterinfos über Sylt und Brandenburg austauschten, ich mir Kochtipps einholte oder ihm lustige Geschichten über Tom erzählte.

Hallo, liebe Ilse, hier hat es heute geschneit, sieht wunderschön aus. LG Oke oder

Tom hat heute gesagt, Rotkäppchen-Sekt sei Ossi-Prosecco – was trinkst du? LG Ilse oder

Muss heute ein Buffet für 60 Personen anrichten, deshalb wenig Zeit. LG Oke

Kurz und knapp, unregelmäßig und unverbindlich. Ich fühlte mich Oke nahe, ohne das Gefühl zu haben, etwas Verbotenes zu tun. Die Frage, ob es mir gefallen würde, wenn Toni mit irgendeiner Frau auf ähnliche Weise in Kontakt stünde, stellte ich mir lieber nicht. Bisher hatte ich Toni nichts von meiner Begegnung mit Oke erzählt. Meinem Alltag zwischen Aufstehen, Schulbrote schmieren und Einkaufen waren keine

Sylt-Nachwirkungen anzumerken. Toni war wie immer und schien an mir keine Veränderung festgestellt zu haben. Elissa hatte recht: Es war ja wirklich nichts passiert. Warum sollte ich Unruhe in meine Ehe bringen, nur weil ich mich ein bisschen danebenbenommen hatte? Das passierte doch dauernd irgendwo auf der Welt in den besten Familien.

Ein paar Tage vor Weihnachten fand ich mich auf dem schwarzen Ledersofa im Wohnzimmer meiner Nachbarin Sabrina wieder, rechts von mir Victoria, ebenfalls eine Nachbarin, und auf dem zweiten Sofa uns gegenüber saßen Susanne und Annette. Auf dem Boden zwischen uns lag ein Kuhfell, darauf stand ein sehr flacher, sehr großer Couchtisch voller benutzter Gläser und einer derartigen Menge leerer Sektflaschen, dass man eher an ein Klassenfest als an eine Verkaufsparty für sexy Unterwäsche denken konnte.

Sabrina hatte mit großem Erfolg im Hort ihrer kleinen Tochter eine Einladung zu einer Dessous-Party aufgehängt. Fast zwanzig sexuell ausgehungerte Damen im Alter von zwanzig bis Mitte vierzig hatten sich in den vergangenen Stunden um Tangaslips und Baumwollschlüpfer nahezu geprügelt. Inzwischen waren die meisten mit ihrer Beute abgerauscht, und ich saß mit der Gastgeberin und ihren besten Freundinnen zum Abschluss des Abends bei einem letzten Glas Sekt zusammen.

Meine Taschen hatte ich schon gepackt und ins Auto geschafft. Da Sabrina nur zwei Querstraßen von mir entfernt wohnte, beschloss ich spontan, den Abend mit Alkohol ausklingen zu lassen und später nach Hause zu laufen.

Wahrscheinlich würde die Hälfte der Ladys mich und den

Sekt morgen ordentlich verfluchen, wenn sie sahen, was sie alles an Spitze und Seide eingekauft hatten. Annette zum Beispiel war optisch eher das Modell «norddeutsche Kartoffelbäuerin»: robuster Körperbau und reichlich Muskelmasse verteilt auf knappe zwei Meter Körpergröße, immer knallrote Bäckchen und Locken, wie andere Leute sie früher nur mit einer Doppeldosis Dauerwellflüssigkeit hinbekamen. Ausgerechnet dieses Weib hatte sich Modell *Trixie* (reizvolle Wäschelinie aus transparentem schwarzen Netzstoff, Elasthan, Satin und Spitze, Bügel-BH ab 74,95 €, passender String ab 42,99 €) ausgesucht, das am schmalsten geschnittene und zarteste Modell von allen aus meiner Kollektion. Ich wollte mir lieber nicht vorstellen, wie *Trixie* an Annette aussah. Immerhin hatte sie sich nicht für die Corsage aus der Serie mit passenden Nipple Tassels entschieden: Klebekreise mit Blumenmotiv, die man einfach auf die Brustwarzen klebte.

Aber Annette hielt das schwarze Etwas immer noch ganz verliebt mit der einen Hand fest und streichelte es, während sie mit der anderen im Sekundentakt Perlwein in sich hineinschüttete.

«Haaaach, bin ich froh, dass ich heute hergekommen bin. Ich dachte erst, in meiner Größe gibt es sowieso nichts, aber das ist ja wirklich ein Traum. Nächstes Jahr kannst du gerne mit deinen Sachen mal zu mir kommen. Jetzt habe ich schon so viel für Weihnachtsgeschenke ausgegeben, aber Ende Januar bekomme ich wieder Geld vom Verlag.»

Annette war Autorin für Sachbücher, die in keinem Haushalt fehlen durften. *Hilf dir selbst, sonst hilft dir dein Chef, Räum deinen Schreibtisch auf und beginne ein neues Leben* und *Du musst die Frösche nicht nur küssen, um den Prinzen fürs Leben zu finden*.

Für diese Lebens-Unweisheiten hätte ich niemals Geld ausgeben, aber damit stand ich wohl alleine da. Denn Annette hatte ihren Porsche selbst bezahlt und wohnte in einem schicken Penthouse am Berliner Gendarmenmarkt. Eines ihrer Bücher fand sich immer unter den Top Ten der Sachbuch-Bestseller, und wahrscheinlich wusste sie selbst kaum noch, wie viele dieser Werke sie mittlerweile verfasst hatte.

«Ja, das sind himmlische Sachen, und das Preis-Leistungs-Verhältnis ist außerordentlich. Wusstet ihr, dass angeblich jede Frau in Deutschland mindestens einen BH von einem allseits bekannten Kaffeeanbieter in ihrem Kleiderschrank hat? Aber das ist ja hinsichtlich der Materialbeschaffenheit überhaupt kein Vergleich.» Victoria, Geschäftsführerin einer Bioladenkette, hätte wesentlich besser in Modell *Trixie* gepasst. Knappe 1,58 m, Modelmaße, Kurven an den richtigen Stellen. Ihre langen, glatten, weißblonden Haare zeigten nie einen schwarzen Ansatz an der Kopfhaut. Entweder, Victoria ging einmal im Monat zum Bleichen zum Friseur, oder sie hatte von Natur aus diese unglaubliche Haarfarbe. Die kleine Schönheit hatte sich ein Set aus Lederimitat in Schwarz und Rot gekauft (Modell *Divine*, Bustier ab 99,95 €, Tai-Slip ab 32,99 €). Wenn Männer wüssten, was manche Frauen untendrunter anhatten, würden sie wohl schön die Augen aufreißen.

«Sagt mal, ihr seid doch alle verheiratet, habt ihr eigentlich noch Sex mit euren Männern?» Sabrina schaute fragend in die Runde. Anscheinend hatte die Sektmenge auch bei ihr deutlich die Hemmschwelle gesenkt.

Allgemeines Schweigen, verlegenes An-die-Wände-Starren.

«Ich frage ja bloß. Wir reißen uns hier ein Bein aus, kaufen tolle Wäsche und wollen sexy aussehen, und bei unseren

Männern können wir froh sein, wenn sie täglich die Unterhose wechseln.»

«Im Ernst, möchtest du, dass dein Sven Tangaslips oder Schlüpfer im Tigermuster trägt? Dann bestelle ich die für die nächste Verkaufsparty», bot ich an.

«Da kommt's mir ja schon hoch, wenn ich mir Daniel in so einem Pornostring nur vorstelle!» Victoria lachte und schüttelte sich. «Ich steh auf diese eng anliegenden Unterhosen mit etwas Bein – Trunks heißen die, glaube ich. Nicht zu verwechseln mit den schlabbrigen Boxershorts, die finde ich eher abtörnend.»

«Knackiger Hintern ist wichtig – ist doch egal, was drum herum ist, oder? Bleibt doch dann eh nicht lange an.» Susanne schenkte sich Sekt nach. «Ralf hat mich neulich mit eng anliegenden Shorts überrascht, bei der auf den Beinen Supermann-Motive aufgedruckt waren, und in der Mitte stand *Man of Steel*. Zum Kaputtlachen, aber auch ganz schön sexy.»

«Wie oft ist denn eigentlich normal?» Sabrina war noch nicht am Ende mit ihren Gedanken. «Manchmal denke ich, man müsste öfter mal. Aber dann habe ich mir meistens schon meinen Jogginganzug angezogen, eine Flasche Wein geöffnet und es mir vor dem Fernseher gemütlich gemacht ...»

«Da gibt es keine Regel, das muss doch jeder selbst entscheiden. Das hängt doch davon ab, ob kleine Kinder im Haus sind, ob man viel arbeitet ...» Ich war sicher, dass es auf der ganzen Welt kein Nachschlagewerk gab, in dem stand, wie oft man es tun musste, um als verheiratete Sexgöttin mit Kind durchzugehen.

«Ilse, das sind nur blöde Ausreden dafür, dass man in Wirklichkeit keine Lust hat. Hast du von dieser Frau aus Amerika gehört, die ihrem Mann zum Geburtstag ein Jahr lang jeden Tag Sex geschenkt hat?», fragte Susanne.

«Jeden Tag?» Ich überlegte kurz, ob ich mir das überhaupt vorstellen wollte.

«Jeden Tag, außer wenn jemand krank war oder sie ihre Regel hatte. Die haben sich immer neue Plätze und Möglichkeiten gesucht, um eine Nummer zu schieben.»

«Als wenn man sonst nichts zu tun hätte.» Victoria verdrehte die Augen. «Ich finde, Ilse hat recht, das muss jedes Paar für sich herausfinden. Mir reicht es am Wochenende und vielleicht noch zu besonderen Anlässen wie Weihnachten oder an Geburtstagen.» Sie zog ihre langen schlanken Beine aufs Sofa und lehnte sich zurück.

«Laut renommierten Psychologen ist eine Erhöhung der sexuellen Aktivität bei langen Beziehungen oftmals förderlich für das Liebesleben», dozierte Annette.

«Was du nicht sagst.» Wieso musste ich ausgerechnet jetzt an Oke denken? Trug er eigentlich Trunks oder gewöhnliche Slips? Ob ich ihn das per SMS fragen konnte? Offenkundig zeigte der Alkohol auch bei mir seine Wirkung. «Muss man denn mit dem Ehemann schlafen, oder geht es einfach nur darum, Sex zu haben?»

Alle vier angeschickerten Damen starrten mich an.

Sabrina hatte sich als Erste wieder gefasst. «Hast du etwa einen Lover? Ist er jünger oder älter? Ist das der Typ, von dem mir Sylvia neulich erzählt hat, dieser Bäcker, den du auf Sylt getroffen hast?»

Ich spürte, wie sich meine Gesichtshaut wie unter der kalifornischen Sonne erwärmte und in etwa den Farbton von Modell *Sally* annahm (Set aus Seidensatin, raffinierter Mittelsteg mit Schnürdetail, Halbschalen-BH ab 77,95 €, Retroslip ab 49,95 €): dunkelrot. «Quatsch. Der ist kein Bäcker, sondern Koch, ein ziemlich guter sogar.»

Jetzt hatte Sabrina erst recht Lunte gerochen. «Ha! Ich fasse es nicht, unser Mauerblümchen hat sich einen jugendlichen Liebhaber genommen, um dem Ehealltag zu entfliehen. Soll das ein Liebesverhältnis bleiben, oder planst du etwas Größeres? Raus damit!»

«Das ist doch Unsinn. In meiner Ehe läuft alles bestens, und Oke ist einfach ein Freund von Elissa, der auf ihrer Geburtstagsparty gekocht hat und den ich am Bahnhof zufällig wiedergetroffen habe, als Sylvia dazukam. Das Beispiel mit dem Lover war nur so dahingesagt. Man liest doch immer wieder von Prominenten, die eine Affäre haben, und danach geht's auch in der eigenen Ehe wieder ab wie Schmidts Katze, wenn ihr versteht?» Eine schwache Ablenkung, aber sie funktionierte.

Victoria sprang jedenfalls sofort darauf an: «Das habe ich auch schon gelesen. Oft sind es übrigens die Frauen, die sich einen Typen suchen und nicht umgekehrt. Aber dass mich mein Mann betrügen würde, kann ich mir nicht vorstellen. Der liebt mich, egal wie oft ich mit ihm schlafe.»

«Wenn du dich da mal nicht täuschst, Herzchen.» Annette nahm einen großen Schluck Sekt und schob Sabrina ihr Glas zum Nachfüllen zu. «Man kann sich nie sicher sein. Ich dachte auch immer, Boris geht schön jeden Tag in sein Amt, kümmert sich um Baugenehmigungen und freut sich, wenn es abends Gulasch oder Linsensuppe gibt. Dann fing er irgendwann an, später nach Hause zu kommen, musste auf einmal an den Wochenenden auf irgendein Grundstück und was nachsehen. Dieses Grundstück entpuppte sich nach hartnäckigen Recherchen meinerseits als eine junge Architektin, die ein Praktikum in seiner Verwaltung machte.»

Ich war platt. «Dein Boris hat dich betrogen?»

«Dazu ist es nicht gekommen.» Annette grinste siegesgewiss. «Er hatte sich mit der Lady einige Male zum Kaffeetrinken getroffen, bevor ich dahintergekommen bin. Als ich ihn zur Rede stellte, war er fast erleichtert und rechtfertigte sich damit, dass ich mich immer mehr von ihm abwenden würde, auch körperlich. Da hat er die Nähe anderswo gesucht.»

«Was für ein Quatsch.» Sabrina schenkte uns allen noch einmal Sekt nach. «Und wieder mal sind die Frauen schuld.»

Susanne räusperte sich. «Ich sehe das so: Im Grunde bin ich doch nichts Besseres als eine Prostituierte mit nur einem Freier. Mein Mann bekommt von mir genau so viel Sex, wie er haben möchte – und glaubt mir: Männer wollen *immer*. Ich bekomme dafür von ihm eine Karte für unser gemeinsames Konto. Er nötigt mich nicht, einen Job anzunehmen, und ich frage nicht, wo er seine Überstunden macht.»

Victoria war entsetzt. «Nur weil du Hausfrau bist, musst du doch nicht die Beine breit machen, sobald dein Mann nach Hause kommt.»

«Ihr tut ja so, als wäre Sex so etwas wie eine doppelseitige Lungenentzündung. Ob ihr's glaubt oder nicht, ich habe Spaß daran, fast jeden Tag mit meinem Mann zu schlafen. Vielleicht solltet ihr in dieser Richtung mal einen Zacken zulegen, der Appetit kommt ja bekanntlich beim Essen.» Susanne grinste uns an. «Und wenn ich mal keine Lust habe, lass ich meinen Gatten trotzdem ran, weil er dann einfach viel ausgeglichener ist. Männer sind da anders als wir, die brauchen das wirklich.»

«Nach den Recherchen für mein neues Buch kann ich euch

nur sagen, dass es nicht einfach ist, heutzutage ein ganz normales Sexleben zu pflegen», warf Annette ratgeberhaft ein. «Inzwischen wird sogar in Frauenzeitschriften über Stellungen gefachsimpelt, überall gibt es Nachhilfe in Sachen ‹Wie werde ich eine Sexgöttin› oder ‹Wie bringe ich meinen Mann um den Verstand›.»

«Da muss ich mich kaum anstrengen – mein Mann hat einen Großteil seines Verstandes schon während des Studiums auf diversen Trinkgelagen eingebüßt», scherzte Victoria, deren Artikulation inzwischen sehr nach geschwollener Zunge klang.

«Ich muss dann auch mal los.»

Die Diskussion hier wurde mir langsam zu heiß. Ich war nur froh, dass die Inhalte von den Liebhabern wieder zu den Ehemännern gewechselt hatten. Aber würde ich denn Oke als meinen Liebhaber bezeichnen? Dazu gehörte meiner Meinung nach doch etwas mehr als ein paar Textnachrichten, ein Kuss und eine gemeinsame Nacht ohne Körperkontakt.

14. Kapitel

Komme morgen nach Berlin und treffe mich mit einem alten Freund, der im Restaurant 44 im Swissôtel arbeitet – treffen dort um 13 Uhr zum Essen?

Nach Okes gestriger SMS war ich wie ferngesteuert durch den Tag und den Abend gestolpert, hatte morgens wie in Trance die Kinder in die Schule gebracht, die heute beide nicht vor dem frühen Abend zurück sein würden, und war nun auf dem Weg in das Restaurant am Kurfürstendamm in Berlin.

Natürlich hatte ich hin und her überlegt, ob ich mich wirklich mit Oke treffen sollte. Elissa fand, dass ich mich endgültig *für* eine Affäre entschied, wenn ich ihm zusagte. Zumal ich Toni nichts davon erzählen musste, weil der gerade in Barcelona einen Werbespot für eine neue Eissorte eines Joghurt- und Milchkonzerns drehte und erst morgen wieder zurück sein würde. Für meine Verhältnisse hatte ich ausgesprochen lange unschlüssig vor dem Kleiderschrank gestanden und mich schließlich für ein knielanges, schlichtes zweiteiliges dunkelbraunes Kleid und dazu passende Stiefel entschieden. Darüber zog ich eine hellblaue Strickjacke. Sicher nichts, das einem Karl Lagerfeld Jubelschreie entlockt hätte, aber ich fand, schlichtes Schwarz machte alt. Und alt wollte ich bei einem Treffen mit Oke auf keinen Fall aussehen. Mit dem Make-up hatte ich mir besonders Mühe gegeben, und es war mir tatsächlich gelungen, natürlich und frisch und nahezu ungeschminkt auszusehen.

Im Parkhaus des Hotels blieb ich einen kleinen Moment zögernd im Auto sitzen. Dann sagte ich mir, dass ich endlich herausfinden musste, warum ich diese SMS-Sucht entwickelt hatte und warum mir die fast täglichen Nachrichten von Oke so wichtig geworden waren. Nicht zuletzt wartete ein phantastisches Essen auf mich.

Mit dem Fahrstuhl konnte ich direkt ins Restaurant im vierten Stock fahren und dabei im großen Wandspiegel noch einmal mein Outfit überprüfen. Meinen Mantel hatte ich im Wagen gelassen und nur die Handtasche mitgenommen. Sah einfach schicker aus, wenn mir auch eigentlich zu kalt war. Beim Versuch, aus dem Lift auszusteigen, wurde ich fast von einem älteren Ehepaar umgerannt – er im dunkelblauen Anzug mit Marineknöpfen, diagonal gestreifter Krawatte und Leichenbittermiene vorneweg, sie im sandfarbenen Kostüm hinterher, wild gestikulierend und offensichtlich nicht bester Laune. «Isch hobbe die Foxn digge! Mior schdähd's bis hior ohm!»

War das Essen hier so schlecht? Oder war das einfach eine Ehe, die das Haltbarkeitsdatum überschritten hatte? Die Fahrstuhltür schloss sich hinter den beiden.

Ich stand noch in Schockstarre da, als ich angesprochen wurde. «Ilse? Ilse, bist du das?»

«Oke! Hallo!»

«Ich war mir bei deiner Rückansicht nicht ganz sicher, ob du's bist. Toll, dass es geklappt hat. Komm, ich stell dir den Freund vor, der hier kocht.»

Er gab mir kurz wie einer entfernten Bekannten die Hand und drehte sich um. Ich dackelte Oke das kleine Stückchen vom Flur zum Restaurant hinterher. Eigenartig, ihn hier in Berlin zu treffen. Mir war noch nicht klar, ob ich mich freute oder ob es mir doch ein wenig unheimlich war, mich meinen Gefühlen für ihn so auszusetzen.

In diesem Restaurant war ich noch nie gewesen. Elissa hatte mir erzählt, dass der Koch aus Kroatien kam und den Betrieb vom viel gefeierten Tim Raue übernommen hatte. Sein Nachfolger hatte sich auf das Kochen mit Kräutern spezialisiert. Vor allem der Mittagstisch war bei Geschäftsleuten sehr beliebt, weil man sich sein Menü aus den angebotenen Gängen selbst zusammenstellen konnte. Das Interieur erschien mir sehr edel, runde Tische mit weißen Tischdecken, hellbeigefarben bezogene hochlehnige Stühle mit elegantem Rückenschwung. Modern, aber nicht ungemütlich. Der Raum war mit Tannenzweigen in hohen Bodenvasen und geschmackvollen kleinen Gestecken auf den Tischen weihnachtlich dekoriert, überall brannten weiße Kerzen in schmalen Leuchtern. Ohne Oke hätte ich mich wegen der vielen Kellner und unzähligen Bestecke geängstigt, ein ganzes Essen ohne Fleckenunfälle und Peinlichkeiten zu überstehen. Aber sein Lächeln und die Wärme, die von seinem Körper ausging, beruhigten mich.

Ein freundlicher junger Kellner nickte Oke zu und führte uns zu einem Tisch am Fenster. «Herr Kresovic kommt gleich zu Ihnen. Kann ich etwas zu trinken anbieten? Vielleicht einen Champagner?»

«Gerne.» Ein Glas durfte ich mir wohl gönnen, ohne dass ich gleich den Wagen stehen lassen musste. Schließlich würde ich gleich reichlich zu essen bekommen.

«Ich nehme nur ein stilles Wasser, bringen Sie uns bitte eine große Flasche», orderte Oke.

Der Kellner verschwand. Kurz darauf erschien eine junge Kollegin an meiner Seite, die mit einem freundlichen «Darf ich?» meine Handtasche vom Boden aufhob und auf ein kleines Holzbänkchen stellte. Beeindruckend.

«Woher kennt ihr euch denn, du und dieser Koch hier?», versuchte ich, die leicht sperrige Stimmung mit Smalltalk aufzulockern.

«Totaler Zufall. Wir sind uns am Flughafen in Tokio über den Weg gelaufen, als unsere Maschine mehrere Stunden Verspätung hatte. Danijel hatte Imagawayaki dabei, so ein rundes gefülltes Gebäck, und bot mir davon an. Darüber kamen wir zum Thema Kochen und stellten fest, dass wir beide in Japan unterwegs gewesen waren, um Küchen zu testen und möglichst viele Gerichte zu probieren … Da kommt er ja.»

Ein junger, mittelgroßer Mann mit wenig – fast gar keinen – Haaren, fröhlich blitzenden braunen Augen und Lachfältchen kam strahlend auf unseren Tisch zugeeilt.

«Oke, mein Lieber! Ich dachte, du kommst zum Schnippeln in die Küche, statt dich hier bewirten zu lassen.» Er lachte, zog Oke aus dem Stuhl in seine muskulösen Arme und tätschelte ihm den Rücken. «Haaach, Junge, ist das schön, dich zu sehen.» Dann schob er Oke zurück und drehte sich zu mir. «Entschuldigen Sie die Unhöflichkeit, aber die Wiedersehensfreude … Willkommen. Sie müssen Ilse sein, ich habe schon viel von Ihnen gehört.» Er reichte mir formvollendet die Hand und setzte sich dann, um dem Kellner Platz zu machen, der mit den Getränken an den Tisch getreten war.

Wie war denn das gemeint: ‹schon viel von Ihnen gehört›? Was hatte Oke über mich gequatscht? Egal, das konnte ich später herausfinden. Ich griff nach der Speisekarte und vertiefte mich in das Mittagsangebot.

«Karte könnt ihr vergessen, ich habe etwas für euch vorbereitet», unterbrach er mich, kaum hatte ich zu lesen angefangen, und fuhr dann an Oke gerichtet fort: «Wenn du magst, komm nachher in die Küche, dann stelle ich dir die Kollegen vor und zeige dir alles. Kannst bestimmt noch was von mir lernen.» Er lachte, klopfte dann mit der Handfläche auf den Tisch und stand auf. «Lasst es euch schmecken. Bis später.» Und ging, nicht ohne mir ein letztes Lächeln zu schenken und Oke zuzunicken.

«Netter Typ. Überhaupt sehr schön hier», stellte ich anerkennend fest.

«Du müsstest mal im Sommer herkommen.» Oke deutete in Richtung Terrasse. «Da hinten auf dem Dach hat Danijel einen Kräutergarten eingerichtet, mitten in der Stadt, das ist schon einzigartig. Und die Idee, mittags kleiner portionierte Gänge zu servieren, funktioniert hervorragend.»

«Wäre das auch was für dein Restaurant?»

«Nee, auf Sylt würde das nicht funktionieren. Da frühstücken die Leute spät und reichlich und gehen dann am Abend schön essen. Aber was den Kräutereinsatz angeht, kann ich mir bestimmt noch etwas von Danijel abgucken.»

Zwei Kellner kamen an unseren Tisch und stellten zeitgleich die kleinen Teller mit dem obligatorischen Gruß aus der Küche vor uns ab. Einer der beiden kommentierte, was uns da grüßte: glasierter Räucheraal mit Pumpernickel, Schwarzwurzeln und Meerretticheis, angerichtet wie bei einem Shooting für ein Edel-Kochbuch. Eigentlich aß ich lieber Stracciatella, aber nur im Sommer. Zu dem Fisch war das Meerretticheis ein echter Knaller, scharf, aber durch die Konsistenz auch wieder mild. Köstlich.

Während die Kellner Wasser nachschenkten, teilten sie uns mit, dass Herr Kresovic auch die korrespondierenden Weine für uns ausgesucht habe. Ich kam gar nicht dazu einzuwenden, dass ich keinen Alkohol mehr trinken wollte. Egal, sollten sie bringen, was der Weinkeller hergab. Ich würde einfach nur an meinen Gläsern nippen. Auf keinen Fall wollte ich wieder so die Kontrolle verlieren wie an unserem ersten Abend. Schließlich war ich hier, um herauszufinden, ob Oke in meinem Leben eine Rolle spielte – und wenn ja, welche.

Die Vorspeise bestand aus einer gebratenen Garnele mit Avocadocreme. Aber weil ich so damit beschäftigt war, Oke anzusehen und seinen Restaurant-Geschichten zuzuhören, konnte ich mich auf das kunstvoll arrangierte Essen kaum konzentrieren. Beim Hauptgang (Rinderfilet mit Steinpilzen, Blaubeeren und Molejus) verstummte mein Gesprächspartner und gab sich ganz dem Essen hin.

«Himmel, ist das gut», schwärmte er. «Auf die Idee wäre ich nie gekommen, es statt der roten Früchte zu so einem winterlichen Gericht mit Blaubeeren zu versuchen. Muss ich mir merken.»

Als mir endlich klarwurde, dass Oke mich nur eingeladen hatte, um nicht allein essen zu müssen, und keinesfalls, weil er mir gegenüber besondere Gefühle hegte, geschweige denn einen Plan für nach dem Essen hatte, war ich fast ein wenig enttäuscht.

«Was ist denn eigentlich Molejus?», fragte ich, um mich abzulenken und außerdem das Gespräch unverfänglich wieder in Gang zu bringen.

«Mole ist eine scharfe Kakao-Gewürzmischung, mit der der entfettete eingekochte Fleischfond oder Bratensaft, also Jus, abgeschmeckt wird. Du bist doch die Feinschmeckerin, wenn du die Augen schließt, schmeckst du bestimmt eine Menge heraus.»

Ich versuchte es. Tatsächlich, wenn ich mich ganz auf den Geschmack konzentrierte, konnte ich einiges erkennen. «Schokoladenaroma? Oder Marzipan? Warte ... Nüsse!» Ich öffnete die Augen wieder.

Oke grinste. «Gar nicht schlecht. Ist aber bei Mole schwierig, weil es so viel ist. Es ist eine mexikanische Mischung aus Kakao, schwarzem Pfeffer, Chili, Knoblauch, Zimtblüten, manchmal auch Anis und Vanille. Ein tolles Gewürz. Auf meiner Karte in Westerland habe ich Kaninchenrücken mit Karotte in Kaffeebutter und Molejus.»

Typisch Oke, beim Thema Kochen und Essen kam er ins Plaudern. Was unsere gemeinsame Nacht auf der Insel anging, herrschte Schweigen. Schließlich brachten die überaus freundlichen, aber höflich zurückhaltenden Kellner das Dessert: einen lauwarmen Glühweinkuchen mit Valrhona-Schokolade, Vanille- und Mandarinensorbet. Auch der Nachtisch sah aus wie gemalt.

«Bevor du fragst, Valrhona ist eine der ersten Adressen für Schokolade in Frankreich. Die beliefern berühmte Restaurants in aller Welt, wie das Ducasse in Monte Carlo und das Cirque in New York. Phantastische Produkte, immer mit mindestens vierzig Prozent Kakaoanteil.»

Oke beendete seinen Vortrag, um sich genießerisch einen Löffel Sorbet in den Mund zu schieben.

Wir quatschten über die Feiertagsgäste, die nach und nach auf Sylt eintrafen, über die Weihnachtswünsche meiner Kinder und die Zutaten der Gerichte. Ich fühlte, wie die Anspannung langsam von mir abfiel.

Nach dem Dessert wurde hausgemachte Kokos- und Lavendelschokolade gereicht, und Danijel kam noch einmal zu uns. «Tut mir leid, dass ich nicht mehr Zeit für euch hatte. Hat es geschmeckt?» Er blieb am Tisch stehen und musterte uns fragend.

«Es war phantastisch. Ich weiß nicht, wann ich zuletzt so unglaublich gut gegessen habe.» Ich meinte jedes Wort, wie ich es sagte.

«Das freut mich. Frauen essen ja gern leicht, da kommt meine Kräuterküche gut an.»

«Das gilt nicht nur für Frauen, mein Lieber.» Oke erhob sein Glas in Richtung des Küchenchefs. «Ich fand es auch herausragend. Einiges habe ich trotz eiserner Konzentration nicht herausgeschmeckt, darüber müssen wir in Ruhe reden.»

«Kauf dir mein Kochbuch!» Die Männer lachten und klatschten sich ab. «Sehen wir uns gegen sechs wieder hier? Dann können wir mit den Kollegen fachsimpeln.»

«Gern», lächelte Oke.

Danijel verabschiedete sich, spazierte zurück zur Küche und blieb unterwegs immer wieder an einem der Tische stehen, um mit den Gästen zu sprechen.

«Wenn du Lust hast, können wir einen Ku'damm-Bummel machen. Ich müsste nur meine Jacke aus dem Zimmer holen», schlug Oke schließlich vor. «Willst du mitkommen oder hier auf mich warten?»

«Ich komme mit.» Nie im Leben hätte ich auch nur eine Sekunde allein im Restaurant sitzen und warten können. Ich wäre durchgedreht oder hätte in kürzester Zeit einen Zustand der Volltrunkenheit erreicht.

«Wieso hast du eigentlich ein Zimmer? Bleibst du länger in Berlin?», fragte ich kurze Zeit später.

Au Backe, klang das jetzt nach Hoffnung? Oke ging vor mir einen typischen Hotelflur entlang, hellbrauner Fußboden, links und rechts nummerierte Türen, Bilder an den Wänden, alles sehr ordentlich, edel und relativ neu. Als er stehen blieb, um das Kärtchen in den dafür vorgesehenen Schlitz an seiner Tür zu stecken, rannte ich ihn beinahe um. Es durchfuhr mich wie ein Blitz – da war er wieder, dieser wunderbare Geruch. Ich wollte Oke küssen, das war das Einzige, woran ich denken konnte. Ich wollte seine weichen Lippen spüren und mich einfach fallen lassen. Wann hatte ich das letzte Mal mit Toni geschlafen? Wieso konnte ich mich daran nicht erinnern?

Es entstand ein kurzer Moment der Verlegenheit. Ich kam mir vor wie damals, als ich im Sportunterricht in meiner ausgeleierten Minnie-Maus-Unterwäsche vor der ganzen Klasse am Seil hatte hochklettern müssen, weil der Lehrer mich dazu erziehen wollte, die Sportklamotten nicht mehr zu vergessen. Tatsächlich erreichte er nur, dass ich ihn für den Rest meiner Schulzeit abgrundtief hasste.

Oke schob die Tür auf, und mir stockte bei dem phantastischen Ausblick fast der Atem. Drei riesige Fenster eröffneten den Blick über die Stadt. Auf der einen Seite sah ich die Gedächtniskirche, auf der anderen Häuser, so weit ich unter dem grauen Winterhimmel schauen konnte.

Eigentlich bewohnte Oke kein Zimmer, sondern eine Suite. Es gab einen Schreibtisch, ein breites Bett mit dunkelbraun gemusterter Tagesdecke und eine kleine Sitzecke mit beigefarbenen Polstersesseln und einem kleinen Sofa neben einem der Fenster. Im modernen Wandschrank war bestimmt ein Flatscreen versteckt, denn daneben lag eine Fernbedienung. Außerdem entdeckte ich eine moderne Kaffeemaschine, für die George Clooney Werbung machte.

«Bin gleich wieder da – dann muss ich noch kurz mit meinen Leuten in Westerland telefonieren. Danach können wir los.» Damit verschwand Oke im Badezimmer.

Ich setzte mich auf das Bett, streifte meine Stiefel ab und lehnte mich in die weichen Kissen zurück. Nur für einen kurzen Moment entspannen. In der letzten Nacht hatte ich so schlecht geschlafen. Erst hatte ich lange wach gelegen, dann war ich mehrmals wegen sehr phantasievoller Träume aufgewacht, in denen meistens ein Koch die Hauptrolle spielte. Kein Wunder also, dass ich nach dem Alkohol am Mittag das Gefühl hatte, jemand würde mir mit Gewalt die Lider zudrücken. Nur für ein Minütchen die Augen schließen …

* * *

«Ilse, Iiilse. Halloooo!»

Als ich aufwachte, blickte ich direkt in Okes blaue Augen. Er kniete vor dem Bett und versuchte, mich sanft zu wecken. Mist, ich war tatsächlich einfach so weggepennt. Wie peinlich. Und wie unglaublich blau diese Augen waren, wie sinnlich diese Lippen direkt vor meinem Gesicht meinen Namen flüsterten. Dann war da auch wieder dieser Geruch, bei dem ich mir wie in einer Umarmung vorkam. Der Alkohol, der Schlafmangel der vergangenen Nacht und dieser Duft … Ich war wie berauscht.

Ich drehte leicht den Kopf und brachte meine Lippen noch näher an die von Oke. Die Wärme seines Körpers fühlte sich vertraut an. Es war, als würde mich ein unsichtbarer Magnet immer dichter an seine Lippen ziehen, noch ein Stückchen näher und noch ein Stückchen. Und dann küssten wir uns. Es war genauso wunderbar wie in meiner Erinnerung. Seine Lippen waren weich und warm, sein Mund schmeckte nach Schokolade und Kaffee. Ich zog ihn zu mir auf das Bett und streifte ihm den Pullover über den Kopf, um seine Haut zu spüren. Plötzlich fühlte ich mich wieder wie mit fünfzehn, als ich mit meinem ersten Freund gefühlte Stunden knutschend in seinem Jugendzimmer verbracht hatte.

Oke war zunächst zurückhaltend, ließ sich eher von mir küssen, als selbst die Initiative zu ergreifen. Vorsichtig erkundete er mit der Zungenspitze meinen Mund. Aber dann schob er seine Hand unter meine Bluse und begann, sie aufzuknöpfen, während er mich weiterküsste. Seine Hand strich zart über meinen Bauch, und mich überlief ein Schauer, als er den Stoff des Oberteils von meiner Haut schob. Langsam tasteten sich seine Finger über meinen Rücken zum Verschluss des BHs und versuchten, ihn zu öffnen. Gut, dass ich *Belinda* angezogen hatte (zauberhafter Push-up-BH in Rosé mit zarter Stickerei in Dunkelrot und zierlichen Spaghettiträgern ab 67,95 €, dazu passender figurschmeichelnder Shorty-Slip ab 24,95 €). Relativ schlicht, aber aufregend. Oke stöhnte.

Und dieses Stöhnen ließ mich zur Besinnung kommen. Was machte ich hier eigentlich? Das war ja schlimmer als in jeder Vorabendserie im Fernsehen. Ich rappelte mich auf.

Oke zog seine Hand wieder zurück und sah mich fragend an. «Was ist denn los?»

«Ich kann das nicht. Tut mir leid.» In Wahrheit hätte ich ihn bei seinem Anblick am liebsten weitergeküsst.

Oke setzte sich ebenfalls auf. Er gönnte mir noch einen

kurzen Blick auf seinen durchtrainierten Oberkörper, bevor er nach seinem Pullover angelte und ihn wieder mit Schurwolle verhüllte. Er sah mich ernst an.

«Ilse, *du* hast *mich* geküsst. Es kam mir nicht so vor, als hätten wir irgendetwas gemacht, was du nicht willst. Ich hatte nicht geplant, mit dir eine Nummer zu schieben. Verstehen muss ich dieses Hin und Her nicht, oder?»

Während ich meine Bluse zuknöpfte, versuchte ich, Ordnung in das Chaos in meinem Kopf zu bringen.

«Ich weiß es ja selbst nicht. Kann sein, dass ich mich in dich verknallt habe, kann aber auch sein, dass ich mich gern in dich verknallen *würde,* weil mein Leben ein wenig Aufregung gut vertragen könnte. Wenn ich sehe, wie du lebst, bin ich wirklich neidisch. Im Moment würde ich nichts lieber tun, aber ich kann trotzdem nicht mit dir schlafen. Wenn ich mir vorstelle, mein Mann ginge mit einer anderen ins Bett, weil er sich mit mir langweilt ...» Es schüttelte mich.

Oke ging zu der Kaffeemaschine, um sie einzuschalten, und sagte leise: «Ich glaube, es wäre besser, wenn du jetzt gehst. Vielleicht denkst du mal in Ruhe darüber nach, was in deinem Leben so mies läuft, dass du auf dem Rücken Dritter nach einer Lösung suchst. Richtig ist das nicht, und so hätte ich dich auch nicht eingeschätzt.» Er konzentrierte sich ganz und gar auf die Zubereitung seines Kaffees und schaute mich nicht an.

Ich spürte, wie mir die Tränen in die Augen stiegen, griff hastig nach meinen Stiefeln und schlüpfte hinein. Die Handtasche lag auf dem Fußboden, ich raffte sie an mich und drehte mich noch einmal zu Oke um.

«Es tut mir leid. Ich wollte dir nicht weh tun, und es war keine böse Absicht, als ich zugesagt habe, mich mit dir zu treffen. Ich hatte gehofft, ich könnte herausfinden, was ich für dich empfinde ...»

«Und, weißt du das jetzt?»

«Nein. Also ... du bist mir nicht egal. Es macht mich traurig, dass ich dich enttäuscht habe, aber ich kann nicht aus meiner Haut.»

In dem Moment, in dem ich es aussprach, wusste ich, dass dies genau der Wahrheit entsprach. Ich war zur Ehebrecherin einfach nicht gemacht.

«Schon gut.» Oke drehte sich um und nahm eine Kaffeekapsel, die er in die Maschine steckte. «Wir sollten die Dinge nicht zerreden. Eigentlich hatte ich gehofft, dass wir über ein paar Angelegenheiten miteinander sprechen könnten.»

Ich war überrascht von seiner Besonnenheit, aber er war noch nicht am Ende.

«Ihr Frauen seid echt seltsam. Ich hab keinen Schimmer, was du eigentlich willst. Aber das bequatschen wir wohl lieber ein andermal.»

Er drehte sich demonstrativ von mir weg, und ich verließ leise weinend das Zimmer.

15. Kapitel

Im Parkhaus versuchte ich mich zu beruhigen. Was war da gerade passiert? War ich tatsächlich um Haaresbreite mit einem anderen Mann ins Bett gegangen? Und warum hatte ich es dann doch nicht gekonnt? Ich war einfach zu dämlich. Oke war ein toller Mann, und ich hatte ihn behandelt wie den letzten Dreck. Ließ mich von ihm mit Meisterküche vollstopfen, verführte ihn und zog im letzten Moment den Stecker. Wie musste er sich denn jetzt vorkommen? Ich an seiner Stelle würde nie wieder im Leben auch nur ein Wort mit mir sprechen. Am liebsten hätte ich Elissa angerufen, aber die war den ganzen Tag in Hamburg auf einem Seminar.

Meine Taschentuch-Vorräte neigten sich dem Ende zu, außerdem musste ich langsam nach Hause. In einer Stunde würden meine Kinder zurück sein. Meine Kinder! Unverantwortlich, in was ich mich da beinahe hineingeritten hätte. Wenn ich eine Sekunde an Hanna und Tom gedacht hätte, wäre es nie zu diesem Kuss gekommen, geschweige denn zu mehr. Wie hatte ich auch nur einen Moment meine Familie vergessen können, die Menschen, die ich am meisten liebte? Wie hatte ich alles Denken ausschalten und meinem Körper das Kommando überlassen können? Ich war doch kein Teenager mehr.

Ich wollte sofort Toni anrufen, um mich seiner Liebe zu vergewissern. Ich brauchte seine warme Stimme, die mir sagte, dass er mich vermisste und ganz bald wieder zu Hause sein würde. Mir war klar, dass ich mit ihm ausführlich und in Ruhe sprechen musste. Dass ich an unserer Beziehung arbeiten und neue Wege zurück zu ihm, zu meiner großen Liebe finden musste. Daran sollte ich jetzt denken.

Nachdem ich die Nummer von seinem Hotel in Barcelona gewählt hatte, ertönte zunächst das Freizeichen. Ich schaute auf die Uhr im Auto. Es war kurz nach fünf. Da für heute ein Nachtdreh angesetzt war, sollte Toni eigentlich auf seinem Hotelzimmer zu erreichen sein.

«Jaaa?? Halloo? Hallo, wer ist denn da?»

Ohne zu antworten, drückte ich die rote Taste an meinem Handy. Denn am anderen Ende hatte mir eine verschlafene Frauenstimme geantwortet.

Zur Sicherheit verglich ich die gewählte Nummer mit der, die ich in meinen Kalender geschrieben hatte. Für eine Sekunde setzte mein Herzschlag aus. Tatsächlich hatte ich die richtigen Zahlen eingetippt. Ich versuchte, Toni auf seinem Handy zu erreichen, aber das war ausgeschaltet.

Wer war die Frau, die im Zimmer meines Ehemannes wie selbstverständlich ans Telefon ging? Hatte Elissa mit ihren Anschuldigungen am Ende doch recht, und Toni betrog mich seit Ewigkeiten mit irgendeiner Angestellten?

Womöglich war er in den vergangenen Wochen deswegen so selten zu Hause gewesen, und vielleicht hatte er mich gerade aus diesem Grund zu der Reise nach Sylt gedrängt? Bei genauerer Überlegung gab es unzählige Dinge, die auf einmal einen neuen Sinn bekamen. Manchmal telefonierte er und legte schnell auf, wenn ich ins Zimmer kam. Seit Wochen hatte er keinen sexuellen Annäherungsversuch gestartet und mich nicht einmal nach meiner Rückkehr aus Westerland mehr als nur gestreichelt und geküsst wie eine alte Freundin. Wie hatte ich bloß so blind, so naiv sein können?

Kurz überlegte ich, wieder zu Oke zurückzukehren. War ja jetzt ohnehin egal. Vielleicht konnte ich mit ihm ein wenig knutschen und kuscheln oder mich wenigstens ein bisschen von ihm trösten lassen.

Aber ich war innerlich wie tot und zu keiner Regung fähig. Sogar zum Weinen war ich zu geschockt.

Außerdem war Oke wütend auf mich und wollte mich ganz sicher nicht so schnell wiedersehen. Und es wäre nicht gerade ein Plus auf meinem Konto, mich nun von ihm küssen zu lassen, nur weil ich wusste, dass mein feiner Ehemann mich betrog.

Ich musste nach Hause. Ich musste Elissa anrufen. Ich musste nachdenken.

* * *

«Nun sprich doch erst einmal mit Toni, wenn er nach Hause kommt. Du hast doch überhaupt keine Ahnung, ob deine Vermutungen stimmen. Vielleicht war das nur eine Kollegin, die sich bei ihm auf dem Sofa ausgeruht hat oder nach einem ausgedehnten Essen aus Versehen eingeschlafen ist.» Elissa konnte die Sticheleien wegen meiner Begegnung mit Oke einfach nicht lassen, während sie gleichzeitig versuchte, mich zu beruhigen. «Das soll ja in den besten Familien vorkommen.»

«Ja, sehr witzig. Du bist eine echte Freundin, wirklich. Es tut mir schon fast wieder leid, dass ich dich angerufen habe. Vielleicht hätte ich den ersten Teil über mich und Oke für mich behalten sollen.»

«Ach, Ilselein, das ist doch Unsinn. Und die ganze Aufregung auch. Es bringt niemanden auch nur ein Stück weiter, wenn du jetzt Tonis Sachen packst und vor die Tür schmeißt. Du hast doch selbst ständig beteuert, wie sehr du deinen Mann liebst und wie unfehlbar er ist. Und nun zweifelst du beim allerkleinsten Anzeichen einer Affäre an diesem Traummann?»

«Ha! Siehst du, du sagst auch, er hat eine Affäre.» Wenn ich nicht so wütend gewesen wäre, hätte ich vor lauter Tränen kein Wort herausbekommen. Aber nach dem ersten Schock hatte ich bereits auf der Heimfahrt meine Verzweiflung aus mir herausgeheult. Zu Hause angekommen, war ich darum bemüht gewesen, Haltung zu bewahren. Um die roten Augen und die laufende Nase zu erklären, hatte ich den Kindern etwas von einem Allergieschub vorgeflunkert und versucht, den Abend so gewöhnlich wie möglich ablaufen zu lassen.

Hanna hatte probiert, Toni zu erreichen, der aber weder am Handy noch in seinem Zimmer abnahm. Meine Tochter erklärte sich das mit dem geplanten Nachtdreh, der ihrer Meinung nach wahrscheinlich früher begonnen hatte, und tröstete sich damit, dass ihr geliebter Papi ja bald wieder da sein würde.

Ich wusste es natürlich besser und hatte Elissas Nummer gewählt, sobald die Kinder eingeschlafen waren.

«Ich habe lediglich gesagt, dass eine fremde Frau am Telefon deines Mannes ein *Anzeichen* für eine Affäre ist. Nicht dass er eine *hat*.» Elissa klang wie die Ratgebertante eines billigen Frauenmagazins. «Wenn du so zweifelst, muss doch mehr vorgefallen sein. Habt ihr euch gestritten, oder lag mal ein Spitzenslip in deinem Wäschekorb, der nicht aus dem Hause Lucinda stammte? Waren Lippenstiftspuren an Tonis Hemdkragen, oder macht er mehr Überstunden als sonst?»

Darüber hatte ich auch schon nachgedacht. «In den letzten Tagen ist es ein paarmal passiert, dass Toni plötzlich ein Telefongespräch abgebrochen hat, wenn ich ins Zimmer gekommen bin. Mit den Überstunden kenne ich mich in der Werbung zu wenig aus. Bisher dachte ich, dass ich es merken würde, wenn Toni mich anlügt.» Ich spürte schon wieder einen dicken Kloß im Hals.

«Dann musst du jetzt Detektiv spielen. Guck dir seine E-Mails und seine Handyrechnung an, kontrollier, ob er bestimmte Nummern häufiger anruft als andere, und vielleicht wirfst du einen Blick in seinen Kalender …»

«Das kann ich nicht.» Allein die Vorstellung war mir zuwider. «Bloß nicht. Das wäre ein totaler Vertrauensmissbrauch. Ich möchte auch nicht, dass Toni Mails liest, die nur für mich bestimmt sind. Stell dir vor, er wüsste, was wir beide austauschen. Oder er würde in meinen Dessous herumwühlen …»

«Das würde euch beiden aber mal ganz guttun, vor allem, wenn es dabei nicht um die Muster in deinem Büro geht, sondern um die Modelle, die du am Körper trägst.» Elissa kicherte, fasste sich dann aber gleich wieder. «Und was das Vertrauen angeht, bist du in Sachen Oke auch nicht gerade mit dem besten Beispiel vorangegangen, meine Beste. Du musst jetzt über deinen Schatten springen und alles gute Benehmen vergessen. Wenn du wissen willst, ob an deinem Verdacht etwas dran ist, dann such nach Anhaltspunkten oder frag Toni, wenn er wieder da ist.»

«Und wenn er mich anlügt?»

«Tja, Herzchen, dann kann ich dir leider auch nicht helfen. Ich komme gern zu dir nach Brandenburg, tröste dich und ertränke den Kummer mit dir im Wein. Aber deine Ehe musst du schon allein retten.»

«Ach, Elissa, warum bist du bloß so weit weg? Ich wünschte,

du könntest kurz auf ein Glas vorbeikommen, und wir könnten zusammen über alles reden.»

«Aber das tun wir doch gerade.»

Ich versuchte, mir die Tränen zu verkneifen. «Ja, aber du bist nicht hier, um mich in den Arm zu nehmen und ...»

«Das ist das Letzte, was du jetzt brauchst», gab Elissa sich Mühe, mir Mut zu machen. «Bewahr dir deine Wut und lass dich nicht kleinkriegen. Wenn, und ich betone: *Wenn* Toni dich wirklich betrügt, kannst du es sowieso nicht mehr ändern. Sondern nur überlegen, wie du damit umgehen willst. Du solltest dich allerdings fragen, ob es dir unter diesen Umständen leidtut, was heute mit Oke vorgefallen – oder besser *nicht* vorgefallen ist.»

«Das eine hat doch mit dem anderen überhaupt nichts zu tun!» Oder doch?, schrie eine böse Stimme in meinem Kopf.

«Nicht? Bist du sicher?», ließ auch Elissa nicht locker.

Nein, das war ich natürlich nicht. Aber um nicht an mein eigenes schlechtes Gewissen denken zu müssen, machte ich mich auf Spurensuche in meinem Haus.

Ich griff in jede Sakko- und Hosentasche im Kleiderschrank und fand altes Kaugummipapier, eine Tankquittung und etwas Kleingeld. In der Tasche von Tonis grauer Strickjacke versteckte sich ein Haargummi von Hanna, und in der hinteren Tasche der neuen Jeans hatte er den Kassenbon eines Supermarkts vergessen, in dem er vor einigen Tagen eine Cola und eine Tüte Weingummi gekauft hatte.

Als Nächstes führte mich mein detektivisches Unterfangen in Tonis Arbeitszimmer gleich neben den Kinderzimmern im ersten Stock. Alles hier roch nach Mann. Toni hatte sich mit diesem Raum einen Traum erfüllt und ihn eingerichtet wie in einem englischen Roman: In einer Ecke stand ein dunkelgrünes Zweisitzer-Chesterfield-Ledersofa mit dazu passendem Sessel, davor ein kleiner dunkelbrauner Holztisch, auf dem einige Bildbände über Werbedesign und Städte wie New York oder San Francisco lagen. Im Regal dahinter befanden sich neben Aktenordnern und weiteren Büchern mehrere Flaschen Malt-Whisky und die dazugehörigen Gläser. Hier brütete Toni abends oft über seinen Ideen für neue Kampagnen oder sortierte die Abrechnungen. Er sagte, es wäre für ihn weniger schlimm, viel zu arbeiten, wenn wir ganz in der Nähe seien. Im Moment kam mir das nur heuchlerisch vor. Vielleicht war er manchmal einfach lieber in diesem Büro, weil ihn hier die Kollegen nicht ständig störten, wenn er mit seiner Angebeteten telefonierte. Wer war diese doofe Ziege überhaupt? Und wo hatte er sie kennengelernt? Bestimmt war sie jünger als ich und sah besser aus. War sie womöglich diese Nachwuchsschauspielerin, die sich durch den Joghurt-Werbespot den großen Durchbruch im Showgeschäft erhoffte? Mit der war er jedenfalls auch im Herbst in der Karibik zu einem Dreh gewesen, der fast zwei Wochen gedauert hatte. Ich war nicht sicher, wann Tonis Gleichgültigkeit mir gegenüber angefangen hatte. Etwa zu dieser Zeit? Hatte er nicht unverhältnismäßig viel von dieser Blondine erzählt? Auf einmal fiel es mir wesentlich leichter, mich als Miss Marple zu betätigen.

Tonis Schreibtisch, ebenfalls aus dunkelbraunem Holz, stand direkt vor dem Fenster. Darauf befanden sich eine grüne Bibliotheksleuchte, ein Laptop und mehrere übereinandergestapelte Ablagekörbe, in denen Toni die Quittungen für die Steuererklärung aufbewahrte. Diese Fächer nahm ich mir als

Erstes vor. Ich blätterte mich durch alte Verträge, Rechnungen für Fahrdienste und Beleuchtungsanlagen, durch Bestellformulare für Druckerpapier und Tonerpatronen ... und stieß schließlich auf den ersten Hinweis: einen Kassenzettel aus einem Juweliergeschäft für eine goldene Kette mit Anhänger. Der Beleg war eine knappe Woche alt. Toni hatte das Schmuckstück also kurz vor seiner Abreise gekauft. So weit war es also schon! Er besorgte teure Geschenke für seine Freundin. Ein Weihnachtsgeschenk für mich konnte diese Kette auf keinen Fall sein, denn Toni und ich hatten bereits vor Jahren vereinbart, uns keine Geschenke mehr zu machen und stattdessen im Skiurlaub zu zweit richtig edel essen zu gehen.

Der Skiurlaub ... Der fiel dann ja wohl aus. Was unsere Freunde sagen würden, wenn sie hörten, dass Toni und ich uns trennten, weil er seit Wochen mit einem C-Sternchen herummachte? Bei dem Gedanken daran, wie die Kinder reagieren würden, kamen mir die Tränen. Vor allem für Tom bräche eine Welt zusammen, wenn wir uns trennten. Was wäre mit dem Haus, und wie sollte ich mich finanziell über Wasser halten, wenn Toni sein Geld lieber für die neue Geliebte ausgab als für mich und die Kinder? Allein von den Dessous-Partys konnte ich Benzin, Lebensmittel und die Schulsachen für die Kinder niemals bezahlen. Wie viel Unterhalt stand einem denn nach fünfzehn Jahren Ehe zu? Mir wurde schlecht, wenn ich darüber nachdachte, womit ich mich womöglich würde beschäftigen müssen.

Andererseits hatte ich noch keinen wirklichen Beweis. Und vor allem hatte ich noch nicht einmal mit Toni über alles gesprochen. Vielleicht war alles nur ein dummes Missverständnis. Ich versuchte, mich zu beruhigen, durchzuatmen und mein Herzklopfen zu ignorieren. In den vergangenen Jahren hatte Toni sich immer bemüht, mein Leben angenehm und schön zu machen. Sollte er sich so sehr geändert haben?

Ich brauchte mehr Indizien. Also schaltete ich seinen Computer an und loggte mich mit seinem Namen und Kennwort ein. Was die PIN-Codes der EC-Karten oder die Onlinezugänge bei Internethändlern anging, hatten wir keine Geheimnisse voreinander. Daher konnte ich problemlos die Buchstaben- und Zahlenkombinationen eintippen und hatte nun freien Zugang zu seinen E-Mails und Dateien. Ich setzte mich auf den ergonomisch geformten Schreibtischstuhl – falls ich auf weitere eindeutige Hinweise stieß, wollte ich gewappnet sein. Im Internetbrowser überprüfte ich zunächst in der Chronik, welche Seiten Toni in den letzten Tagen aufgerufen hatte: verschiedene Partyausstatter, einen Internet-Buchhändler, einen Spezialisten für Visitenkarten und mehrere Hotel- und Reiseveranstalter. Hotels, natürlich! Wahrscheinlich wartete er nur darauf, dass ich mich schnell wieder vom Acker machte, um dann mit seiner Liebsten in irgendeiner Suite Champagner zu trinken und den Tag zur Nacht zu machen. Vielleicht hatte er mich so zu der Sylttour gedrängt, weil er sich zur gleichen Zeit anderweitig vergnügen wollte?

Langsam scrollte ich mich durch die eingegangenen und noch nicht gelesenen Mails.

«Frau Müller gibt Ihnen einen Kredit», ein Angebot für eine besondere Lego *Star Wars*-Edition, Werbemails von Parfümerieketten und Drogerien und die «Bestätigung Ihrer Bestellung» einer Firma für Partybedarf, die sich als Order für mehrere Heizpilze und ein großes beheizbares Zeit herausstellte, wahrscheinlich für irgendeinen Dreh. Abgesehen davon, dass es ungewöhnlich war, dass Toni sich als Chef der Firma selbst um derartigen Kram kümmerte, waren die E-Mails unauffällig. Das einzig Merkwürdige war, dass es überhaupt keine private Nachricht in seinem Posteingang gab. Auch der Papierkorb war komplett gelöscht. Fehlte nur noch der Spam-Ordner.

Engelchen, alles bleibt wie besprochen, wir treffen uns dann um 16 Uhr bei Julio.

Das war kein Junk, das wusste ich genau. Der Absender «Werbung1@romagnolo.de» war die Praktikantenadresse seiner Agentur, und «Julio» war das spanische Café gleich um die Ecke vom Büro in Berlin-Mitte, sozusagen die Kantine der Werbeagentur Romagnolo. Hier traf sich Toni mit Kunden zu Gesprächen, hier machte die Belegschaft ihre Kaffeepausen. Und hier hatte ich mehrmals mit Toni zusammen gesessen, wenn ich zum Shoppen nach Berlin gefahren war.

Ich musste tief durchatmen, als ich mir vorstellte, dass die Praktikantin seiner Firma sich in diesem Café ganz ungeniert mit «Engelchen» traf. Vermutlich war das Mädchen gerade mal aus dem Alter raus, in dem sie Toni wegen Verführung Minderjähriger drankriegen konnte, und schon machte sie dem Chef schöne Augen. Tja, auch die Jobs in der Werbebranche waren heiß begehrt, da brauchte es neben Talent und Ideenreichtum offensichtlich manchmal auch echten Körpereinsatz. Immerhin hatte sie meinen Mann bereits dazu gebracht, ihr eine sauteure Halskette zu kaufen. Bestimmt war sie mit zu dem Dreh gefahren, lag nun neben ihm im Bett, himmelte ihn an und schwärmte von der Zweisamkeit an wunderschönen Stränden. Diese blöde Ziege. Der würde ich es zeigen! Mir meinen Mann auszuspannen und unsere Familie zu zerstören! Das würde ich nicht zulassen. Eine Frau, die mit dem Namen Ilse durchs

Leben gehen konnte, konnte kämpfen, die gab nicht gleich auf, weil ein Größe-34-Heidi-Klum-Double versuchte, ihr den Mann auszuspannen.

Ich brauchte einen Plan. Und ein Glas Wein.

16. Kapitel

Mama, wusstest du eigentlich, dass Teenie-Mädchen immer in Rudeln auftauchen? Die sind nie, nie, nie allein unterwegs oder so wie ich mit *einem* Freund. Das nervt so! Wenn da eine in den Bus einsteigt und vor der Tür stehen bleibt, dann sind da in der nächsten Sekunde gleich noch viel mehr Mädchen.» Seit Tom vor einer knappen halben Stunde aus der Schule nach Hause gekommen war, quasselte er ununterbrochen. Er holte kurz Luft, um das Ende seiner aufregenden Geschichte zu erzählen. «Aber ich weiß, wie ich durch die durchkommen kann: Kurz vor meinem Stopp kommt eine Kurve, und dann halte ich mich an der Haltestange fest. Wenn der Bus bremst, lasse ich mich einfach schwingen, und weil mein Ranzen so schwer ist, sause ich einfach durch die ganzen Mädchen auf einmal mit einem Megaschwung durch und kann aussteigen. Mama, ist das nicht eine echt coole Idee?»

Ich hörte nur mit einem Ohr hin, was mein Sohn da plapperte. Mein anderes Ohr lauschte auf das Klappen der Haustür, denn Toni hatte für diese Zeit seine Rückkehr angekündigt.

Ich saß in einer quietschengen Jeans und einem weißen Langarmshirt am Tisch, barfuß und dezent geschminkt. Ich wollte phantastisch und verführerisch aussehen, aber auch nicht so übertrieben, dass Toni dachte, ich wäre noch vom Abend vorher übrig geblieben.

Noch gestern Nacht hatte ich mir bei einer Flasche Rotwein eine genaue Liste gemacht, wie ich wann reagieren, wann ich was zur Sprache bringen würde und was ich lieber für mich behalten wollte. Was meinen Körper an Flüssigkeit durch die Augen verließ, füllte ich in Form von Alkohol wieder nach.

Ich hatte die Quittungen wieder an ihren Platz zurückgelegt und auch sonst in Tonis Arbeitszimmer alles wieder in seinen Urzustand versetzt.

Auf den Rat von Elissa hatte ich dieses Mal verzichtet und mir stattdessen im Internet Informationen aus verschiedenen Artikeln zusammengesucht, die ich unter den Schlagwörtern «Ehebruch», «Betrug der Ehefrau» und «Scheidung» gegoogelt hatte.

Um mich in den kommenden Tagen nicht von unerwünschten Ereignissen wie SMS-Nachrichten ablenken zu lassen, hatte ich nach dem ungefähr siebzehnten Glas Merlot eine SMS an Oke verfasst, in der ich mich für mein dämliches Benehmen im Hotel entschuldigte. Ich schob die Aktion mit der abgebrochenen Nummer auf mein hohes Alter und die damit einhergehenden Stimmungsschwankungen und bat ihn, mir nicht böse zu sein. Ich versprach, mich bald mit ausführlichen Erklärungen bei ihm zu melden. Das schien mir die richtige Entscheidung zu sein. Wahrscheinlich war ich sowieso nie richtig in Oke verliebt gewesen, sondern lediglich in die Vorstellung, dass mich ein wesentlich jüngerer Mann attraktiv fand. Um Oke tatsächlich für die nächste Zeit aus meinem Gehirn zu verbannen, merkte ich mir eine weitere Weisheit aus dem Internet: «Die Qualität zweier Männer soll man nur vergleichen, wenn es sich um Friseure handelt.»

Als ich am frühen Morgen in das leere Ehebett gewankt war, ging es mir besser. Ich war zwar wie zerschlagen, aber optimistisch, meine Ehe retten zu können.

«Wo ist denn eigentlich Hanna?», riss mich Tom aus meinen Gedanken. Er stopfte sich mit den Fingern den Rest eines Fischstäbchens in den Mund, nachdem er es reichlich in Ketchup gebadet hatte.

«Die wollte nach der Schule zu Jana gehen und mit ihr für die Mathearbeit lernen.»

«Hahahaha, das stimmt ja wohl überhaupt gar nicht!» Tom grinste mich verschmitzt an und griff nach einem weiteren Fischstäbchen.

«Wieso stimmt das nicht?» Ich sah meinen Sohn an, der mit seinen Ketchupspuren rund um den Mund aussah wie nach einer Schlacht.

«Na, weil Hanna einen Freund hat, und zu dem ist sie gegangen. Die küssen sich sogar, hab ich heute auf dem Schulhof genau gesehen. Da, wo die Großen sich immer verstecken, wenn sie heimlich Zigaretten rauchen wollen.» Tom triumphierte, weil er etwas wusste, was mir neu war. «Wenn du mir nicht glaubst, kannst du Matthie fragen, der hat es auch gesehen. Wir haben fast gekotzt, ey, das war voll eklig, ich glaube, die haben sogar gegenseitig Spucke in ihren Mund gemacht.» Er schüttelte sich in Erinnerung an diesen gruseligen Moment.

Für den beinahe zehnjährigen Tom teilte sich die Welt noch ganz klar in die männlichen Gewinner mit dreckigen Jeans und ungekämmten Haaren und die ekligen Mädchen mit rosa Schultaschen, Glitzer-Haarspangen und Hello-Kitty-T-Shirts. Mütter befanden sich je nach Laune irgendwo dazwischen.

Aber dass Hanna einen Freund hatte, hätte sie mir doch sicher erzählt? Das fehlte mir noch, dass ich mich um eine Teenie-Liebschaft kümmern musste. Als hätte ich nicht genug mit mir selbst zu tun. Wahrscheinlich hatte Tom mit seinem Kumpel Matthias irgendeine Freundin von Hanna beobachtet und machte eine große Geschichte daraus, um sie gegen einen Nachtisch einzutauschen.

«Kann ich ein Eis haben?», fragte Tom wie zur Bestätigung, wischte sich mit dem Ärmel die Ketchupspuren aus dem Gesicht und sah mich fragend an.

«Hallo, jemand zu Hause? Ich bin wieder dahaaa.» Die Haustür fiel ins Schloss, und Tom sprang von seinem Stuhl auf.

«Papa!»

Ich blieb am Esstisch sitzen und nippte an meinem Kaffee, während ich versuchte, mein heftig schlagendes Herz wieder zu beruhigen.

Tief durchatmen und an *den Plan* denken.

Zunächst einmal wollte ich heute so tun, als ob alles in Ordnung wäre. Meine Detektivaktion von gestern Abend würde ich Toni gegenüber lieber ganz unter den Tisch fallen lassen und unter der Kategorie «bevor man vernünftig wird, muss man unvernünftig gewesen sein» abhaken. Natürlich fiel es mir schwer, ihn nicht sofort zu fragen, wer aus der Agentur ihn «Engelchen» nennen durfte, aber das hätte meine Columbo-Aktion sofort verraten. Toni würde es mir sicher nicht als Pluspunkt anrechnen, dass ich beim Schnüffeln so erfolgreich gewesen war.

«Boaahh, ist die schwer. Hast du mir was mitgebracht, Papa?» Tom schleppte die Reisetasche des Heimkehrers ins Wohnzimmer und schnaufte dabei wie eine Dampflok.

«Nee, Süßer. Dieses Mal hatte ich leider keine Zeit, nach einer tollen Überraschung Ausschau zu halten», entschuldigte sich Toni.

Klar, wahrscheinlich hatte er Halsketten und andere

Schmuckstücke besorgen und mit seiner kleinen Geliebten nach den schönsten und teuersten Handtaschen und Designerpumps Ausschau halten müssen. Wen interessierten da schon die Kinder?

«Hallo, Bella. Schön, dass du zu Hause bist. Machst du mir auch einen Kaffee? Meine Güte, das war vielleicht ein Theater bei diesem Dreh. Das Model hat sich gleich am ersten Tag bei dem Versuch, mit dem Fahrrad einen klitzekleinen Hügel herunterzurollen, hingepackt und sich das Handgelenk angebrochen.» Toni gab mir einen zarten Kuss auf die Wange, fläzte sich auf einen Stuhl und sah mir dann dabei zu, wie ich ihm an unserer Espressomaschine einen Kaffee mit viel Milchschaum zubereitete. «Da konnte ich dann sehen, wo ich schnell einen passenden Ersatz herbekomme. Aber du kennst mich ja: Ich habe meinen unverwechselbaren Charme spielen lassen und in einer Disco ein echtes Naturtalent aufgetan. Wunderhübsches Mädchen, supernatürlich und ein ganz und gar unverbrauchtes Gesicht. Jetzt wird der Spot sogar noch viel besser als vorher. Findet der Kunde auch.»

«Papa, wo soll ich deine Tasche hinbringen?», krähte Tom, der inzwischen mit dem Gepäck die Treppe nach oben erklommen hatte.

«Stell sie einfach ins Schlafzimmer, mein Großer. Ich danke dir.»

«Darf ich Wii spielen? Meine Hausaufgaben habe ich fertig.» Tom nutzte die Gunst der Stunde und schätzte genau richtig ein, dass ihm in der allgemeinen Heimkehrstimmung niemand den Wunsch abschlagen würde.

Toni sah mich fragend an, und ich nickte. «Ja, eine halbe Stunde. Schau bitte selber auf die Uhr, okay?»

«Geht klar.» Wir hörten Türenklappern und dann die Startmelodie des Computerspiels, mit dem Tom sich momentan am liebsten die Zeit vertrieb.

Ich stellte meinem Mann den Kaffee auf den Tisch und versuchte, unauffällig an ihm zu schnuppern, als ich hinter ihm stand. Wenn dieses junge Luder bei ihm übernachtet hatte, dann hatte sie sicher auch Duftspuren hinterlassen.

«Und was hast du so getrieben, während ich weg war?»

Toni nippte an seinem Kaffee und lehnte sich zurück. Mit seinen strubbeligen roten Haaren sah er zum Anbeißen aus. Am liebsten wäre mir gewesen, er hätte mich in die Arme genommen und mit den Lippen zarte kleine Küsse hinter meine Ohren gepustet. So wie früher.

Wann war uns bloß dieses «Früher» abhandengekommen? Wann hatten Supermarktbesuche und Ausflüge in die Waschstraße die romantischen Spaziergänge und Kinoabende abgelöst? Und war es wirklich möglich, alles wieder an den Punkt null zurückzubeamen?

Ich setzte mich ihm gegenüber an den Tisch und trank weiter meinen Kaffee, der inzwischen fast kalt geworden war. «Ach, wie immer. Die Kinder und Lucinda, ein paar Weihnachtsvorbereitungen ... Du kennst das ja, die Zeit vergeht wie im Flug. Jetzt bist du zurück, und ich habe nicht einmal die Hälfte der Dinge geschafft, die ich mir vorgenommen hatte.»

Toni beugte sich vor und legte seine Hand auf meine. «Das hört sich ja beinahe so an, als wäre es dir lieber, ich würde meine Reisen ausdehnen. Ich hatte gehofft, dass ich dir auch nach fünfzehn Jahren Ehe ein kleines bisschen fehle, wenn ich beim Einschlafen nicht neben dir im Bett liege.»

Seine Finger brannten auf meinen wie ein Bügeleisen. Dieser Heuchler. Was ging nur in Männern vor, die ihre Frauen so schamlos anlogen? Ich war kurz davor, ihm alles, was ich wusste, ins Gesicht zu brüllen. Aber dank der einschlägigen Internet-Ratgeber war mir bewusst, dass ich für ein klärendes Gespräch einen geeigneten Moment abwarten musste. Und der war keineswegs am Kaffeetisch zwischen Tonis Heimkehr und der Zubereitung des Abendessens.

«Natürlich fehlst du mir.» Ich konnte auch lügen, ohne rot zu werden. «Und Tom würde sowieso am liebsten mit dir zu deinen Drehs fahren, als bei uns Mädchen zu Hause zu bleiben. Er will übrigens in der Schule gesehen haben, wie Hanna einen Jungen geküsst hat.» Schnell auf ein anderes Terrain wechseln, bevor mir noch übler wurde.

«Was?? Hanna ist doch viel zu jung für einen Freund!»

«Hanna ist fünfzehn. Andere Mädchen sind in dem Alter schon Mutter.»

Toni sah aus, als würde er gleich in Tränen ausbrechen. «Mal den Teufel nicht an die Wand. Hast du mit ihr …? Ich meine, hat sie dich …? Oder soll ich mal …?» Schön, dass er sich wenigstens um seine Kinder Gedanken machte.

«Keine Sorge, ich habe mehrfach mit ihr über Verhütung und Sex gesprochen. Sie war auch schon bei meiner Frauenärztin, um mit einer neutralen Person über all die Dinge sprechen zu können, die ihr mir gegenüber vielleicht peinlich sind. Sie weiß, wie man Kondome benutzt, und sie kann selbst einen Termin bei der Gynäkologin machen, wenn sie die Pille verschrieben haben möchte. Haben wir alles ausführlich beredet.» Ich zog meine Hand unter der von Toni hervor, um meinen Becher in den Geschirrspüler zu räumen.

Er saß da und starrte nachdenklich in seinen Kaffee. Geschah ihm recht, dass er sich Sorgen um unsere Tochter machte. Wahrscheinlich war die Praktikantin, mit der er noch vor wenigen Stunden ein Hotelzimmer geteilt hatte, nur wenige Jahre älter als sie. Vielleicht brachte ihn das ja zur Besinnung.

Ich schüttete den Rest des Kaffees in den Ausguss, bevor ich meinen Becher in das Drahtgestell der Spülmaschine stellte. Am allerliebsten wäre ich einfach aus dem Haus spaziert, zum Bahnhof gegangen und zu Elissa nach Sylt gefahren. Bei Champagner und gutem Essen würden sich sicher alle Probleme in Luft auflösen. Aber vermutlich würde ich auf der Insel auf Oke treffen. Pest gegen Cholera – mein Leben war ein Desaster.

«Ilse?» Ich war so in Gedanken versunken, dass ich Toni erst hörte, als er wiederholt meinen Namen rief.

«Ja? Entschuldige, ich muss ständig an eine Nachricht von Elissa denken. Sie hat mir geschrieben, dass eine ehemalige Klassenkameradin sich nach fast zwanzig Jahren Ehe von ihrem Mann scheiden lässt, weil der sie mit seiner wesentlich jüngeren Sekretärin betrogen hat.»

Ein zaghafter Versuch, Toni aus der Reserve zu locken. War auch so eine Idee aus einem Internetchat. Eine ebenfalls betrogene Ehefrau hatte berichtet, sie habe ihren Mann mit einer erfundenen Geschichte derart aufs Glatteis gelockt, dass er sich verquatschte. Für dieses Paar führte das folgende Gespräch zu einer neuen Qualität in ihrer Beziehung.

«Unsinn, das gibt's doch nur in schlechten Filmen.» Toni grinste, als hielte er diese Geschichte tatsächlich für einen Drehbuchstoff.

Bei ihm funktionierte diese subtile Nummer leider gar nicht. Dieser Blödmann. Langsam fragte ich mich, für wie bescheuert er mich eigentlich hielt. Sekretärin oder Praktikantin – so groß war der Unterschied nun ja wirklich nicht. Da musste ich wohl doch den entscheidenden Moment abwarten und ihn mit den Tatsachen konfrontieren.

«Musst du noch mal ins Büro?»

«Nein, heute nicht mehr. Aber ich wollte von hier aus noch ein paar Mails schreiben und telefonieren», erklärte er. «Sollen wir nachher essen gehen oder etwas bestellen?»

«Ich habe keine Ahnung, wann Hanna nach Hause kommt. Sie hat sich noch nicht gemeldet.»

«Sie ist doch nicht bei diesem Jungen, von dem wir überhaupt nichts wissen? Oder weißt du, wer das ist und was seine Eltern machen?»

Meiner Meinung nach war die Aufregung um das Liebesleben unserer Tochter ein bisschen übertrieben.

«Toni, bisher habe ich nur von Tom die Information, dass er Hanna beim Küssen auf dem Schulhof beobachtet hat. Noch ist gar nicht klar, wie viel an dieser Geschichte wahr ist. Lass mich in Ruhe mit Hanna reden. Wenn du sie darauf ansprichst, macht sie sofort zu, und dann erfahren wir gar nichts.»

«Was soll das denn heißen? Glaubst du, ich habe keinen guten Draht zu meiner Tochter und sie vertraut mir nicht?», plusterte Toni sich auf.

Doch ihm war klar, dass ich recht hatte. Hanna war in einem schwierigen Alter. Wenn man etwas von ihr erfahren wollte, musste man darauf warten, dass sie von sich aus erzählte. Aber da war Toni ganz der italienische Papa. *Seine* Tochter durfte sich nicht an irgendeinen Bengel aus der Schule verschwenden. Sollte er herausfinden, dass ein Junge sie zum Rauchen oder Trinken verführte, konnte der nur hoffen, nie auf den eifersüchtigen Beschützer-Vater zu treffen. Hanna würde immer sein kleines Mädchen bleiben – küssen war da schon hart an der Grenze. Dass unsere Tochter mittlerweile mit Damenbinden ebenso selbstverständlich umging wie mit Mascara und die Absätze ihrer Schuhe in den vergangenen Jahren um einige Zentimeter gewachsen waren, hatte er schlichtweg ignoriert. Peter Pan war nichts gegen meinen blauäugigen Mann.

«Dann lass uns Sushi bestellen. Wenn Hanna später nach Hause kommt, wird wenigstens nichts kalt.» Toni stellte seinen leeren Kaffeebecher neben die Spüle und gab mir einen zarten Kuss auf die Wange. «Ich gehe dann mal an meinen Computer.»

«In Ordnung. Kannst du bitte checken, ob Tom die halbe Stunde Spielzeit noch im Blick hat?» Ich deutete nach oben in Richtung der Kinderzimmer.

17. Kapitel

Am frühen Abend kam Hanna mit roten Wangen und strahlenden Augen nach Hause. Sie reagierte abwesend auf alle Fragen, die ich ihr zum Schultag und ihrer Freundin stellte. Die Sushis schaufelte sie gleichgültig in sich hinein. Ganz klar, an unserem Tisch saß ein verliebter Teenager. Und der kleine Bruder dieses Teenagers war natürlich unsensibel genug, diesen höchst privaten Zustand zum Tischgespräch zu machen.

«Hanna, warum packt dein Freund dich eigentlich beim Küssen am Hintern an? Hat der Angst, dass du ihm abhaust?» Tom musste über seinen eigenen Witz so sehr lachen, dass ihm die Reiskörner aus dem Mund flogen.

«Was für ein Freund?» Hanna war die Unschuld selbst. Wäre dieses sphinxhafte Lächeln nicht gewesen, hätte ich ihr sogar geglaubt. Aber wer einen kleinen neugierigen Bruder auf derselben Schule hat, braucht keine Feinde.

«Dieser Typ aus deiner Parallelklasse mit den komischen Haaren, hab ich doch gesehen, wie der dich heute abgeknutscht hat. Matthie und ich mussten danach erst mal kotzen gehen.» Tom machte Würgegeräusche.

«Tom! Nicht beim Essen!» Immerhin hatte unser Sohn es geschafft, Toni aus seinen Gedanken zu reißen, der bisher ähnlich verträumt wie meine Tochter am Tisch gesessen hatte.

«Aber das stimmt, Papa. Echt, Mann.» Tom griff beleidigt nach weiteren Sushi-Röllchen mit Gurkenfüllung und schüttete reichlich Sojasoße darüber.

Toni sah Hanna streng an. «Vielleicht klärst du deine Eltern darüber auf, wer dieser Junge ist, über den Tom so gut Bescheid weiß», versuchte er es mit väterlicher Güte. «Kennen wir ihn?»

Hanna wurde rot. «Ich hab doch gesagt, ich hab keinen Freund.»

«Hanna. Du kannst uns alles sagen. Wir sind nicht nur deine Eltern, sondern auch deine Freunde.» Toni klang wie ein alter Onkel in einem Mafiafilm.

Hanna verdrehte die Augen. Zu Recht, wie ich fand. Selbst ein Mann musste doch merken, dass sie sich bei jedem weiteren Nachfragen nur weiter verschloss.

«Weißt du, Mama und ich, wir würden gern an deinem Leben teilhaben, aber du erzählst uns ja nichts mehr. Und manchmal mache ich mir einfach Sorgen, man hört doch immer wieder von Jugendlichen, die Drogen nehmen oder auf Partys so viel Alkohol trinken, dass sie ins Krankenhaus eingeliefert werden müssen, oder …» Derartigen Unsinn hatte Toni doch früher nicht von sich gegeben?

«Mensch, Papa, krieg dich wieder ein.» Hanna warf wütend die Essstäbchen auf ihren Teller. «Ich will nicht heiraten und bin auch nicht schwanger. Du wirst bei mir keine Zigaretten finden, Bier und Wein schmecken mir nicht, und Drogen machen einen schlechten Teint, auf den ich gut verzichten kann. Wenn du irgendein Problem hast, dann such dir einen Psychiater und nerv mich nicht.» Beim Aufstehen stieß sie heftig ihren Stuhl zurück.

Toni starrte sie an. So einen Ausbruch hatte er an diesem Tisch noch nicht erlebt, erst recht nicht von seinem kleinen Mädchen.

«Kann ich in mein Zimmer gehen? Ich muss noch lernen.» Hanna sah mich fragend an.

«Ja, natürlich. Für mich ist das in Ordnung.» Ich warf Toni einen warnenden Blick zu. Er nickte nur und schenkte sich Wein nach.

Hanna rauschte ab.

«Bohh ey, was ist denn mit der los? Mama, ganz in echt, ich hab dich nicht angelogen, ich hab Hanna bestimmt mit diesem Typen gesehen. Der hat so coole Turnschuhe an, die mit dem Reißverschluss an der Seite, die du mir nicht kaufen wolltest, weil sie zu teuer waren.»

«Wir glauben dir ja. Und Hanna lügt auch nicht unbedingt. Wenn man Dinge verschweigt, dann ist das nicht gleich gelogen», erklärte Toni seinem Sohn.

Das war ja mal eine ganz neue Weltanschauung. Damit könnte Toni prima in die Politik wechseln. Wir sagen einfach mal nicht, dass das Geld für die Rentner knapp wird, dann haben wir nicht gelogen, wenn es am Ende nicht reicht. Wir sagen nicht, dass die Deiche die nächste Flut vermutlich nicht halten, dann macht es nichts, wenn beim nächsten Tauwetter alles unter Wasser steht. Wir sagen auch nicht, dass wir mit der Praktikantin rummachen, dann ist die Nummer mit dem treuen Ehemann keine Lüge.

Ich war froh, dass ich saß, denn ich spürte, wie mir die Beine zitterten. Ich holte tief Luft. «Das ist aber wirklich Unsinn. Du kannst doch nicht behaupten, nur weil man Dinge verschweigt, sind sie keine Lügen.» Das musste jetzt einfach raus.

Toni sah mich erschrocken an. Anscheinend war mein Tonfall etwas schärfer ausgefallen als beabsichtigt.

«Im Einzelfall mag das ja stimmen, aber ich möchte schon,

dass ihr mir sagt, wenn etwas nicht gut gelaufen ist.» Ich wandte mich an Tom. «Wenn du zum Beispiel in einer Klassenarbeit eine Fünf bekommst und uns nichts erzählst, dann ist das zwar nicht gelogen, aber umso schlimmer, weil das zeigen würde, dass du kein Vertrauen zu uns hast. Spätestens am Schuljahresende sehen wir an deinem Zeugnis sowieso, wie du mitgearbeitet hast.»

«Geht ja gar nicht. Du musst doch alles unterschreiben, sonst kriege ich Ärger von Frau Plompun.»

«Das war ja nur ein Beispiel von Mama.» Toni sah allerdings nicht weniger verwirrt aus als Tom.

«Also hat Hanna kein Vertrauen? Sonst hätte sie das Knutschen zugegeben, oder?» Klar, dass Tom diese wirren Erklärungen zum Thema Wahrheit und Lüge nicht nachvollziehen konnte. In seinem Alter gab es Schwarz und Weiß, kein Grau dazwischen.

«Vielleicht war es ihr peinlich, vor uns allen darüber zu sprechen», musste ich sie in Schutz nehmen. «Weißt du, wenn man sich zum ersten Mal verliebt, ist das etwas sehr Persönliches. Lass sie doch erst einmal alleine damit klarkommen.»

Man konnte Tom förmlich ansehen, wie er versuchte, diesen Gedanken in seinem kleinen Hirn zu verarbeiten. Es war schon ein paar Wochen her, da hatte er mich abends gefragt, ob ich Toni oder Toni mir eigentlich zuerst gesagt hatte, dass er mich lieb hätte. Weil er nicht wusste, wie er einem Mädchen in seiner Klasse sagen sollte, dass er sie mochte, konnte er nicht einschlafen. Die Sorgen eines Zehnjährigen!

Aber offensichtlich erinnerte er sich jetzt daran, dass ich weder Hanna noch Toni von der Klassenkameradin erzählen durfte, denn er nickte und sagte: «Okay.» Dann stopfte er sich noch ein Sushi-Röllchen in den Mund und spülte mit Apfelsaft nach. «Darf ich auch aufstehen?»

Toni nickte nur, und Tom flitzte die Treppen hinauf in sein Zimmer.

«Was war das denn für eine Rede? Ist es etwa falsch, wenn ich wissen möchte, mit wem sich meine Tochter herumtreibt?», machte Toni seinem Unverständnis Luft, sobald Tom verschwunden war.

Ich spürte, wie in mir langsam die Wut aufkochte. «Erstens ist Hanna *unsere* Tochter. Und zweitens kann von Herumtreiben überhaupt keine Rede sein, wenn sie auf dem Schulhof einen Freund trifft.»

Toni schlug mit den flachen Händen links und rechts neben seinen Teller. «Von wegen, auf dem Schulhof einen Freund treffen. Sie hat den ja vor allem auf den Mund getroffen. Und wir wissen nichts davon! Ich erwarte, dass Hanna uns so wichtige Dinge erzählt. Schließlich geht es uns auch etwas an, wenn …»

«Wenn der Typ sein Taschengeld als Dealer aufbessert oder Hanna zu Flatrate-Sauf-Partys abschleppt, ja, dann ginge uns das etwas an. Aber wenn *unsere* Tochter sich verliebt und sie den neuen Freund am Anfang für sich alleine haben will, weil sie sich noch nicht sicher ist, ob das eine längerfristige Sache ist, dann sollten wir ihr die Entscheidung überlassen, was sie uns erzählt.» Ich versuchte, mich zu mäßigen, was mir einigermaßen schwerfiel. «Kannst du dich nicht mehr daran erinnern, wie es war, als du das erste Mal verliebt warst? Als alles so zerbrechlich und neu und ungewohnt war, dass man morgens beim Aufwachen Angst hatte, alles nur geträumt zu haben? Die letzten Menschen, denen man dann mit dieser Unsicherheit und ersten Verliebtheit kommen will, sind die uncoolen Eltern.»

«Aber wir sind doch nicht uncool!» Toni sah verzweifelt aus.

«Doch. Für Hanna sind wir spießige Eltern, die den Rasen mähen, im Supermarkt nach Sonderangeboten Ausschau halten und von Teenies und ihren Leidenschaften keine Ahnung haben.» Meine Güte, Toni glaubte wirklich, er wäre der beste Kumpel seiner Tochter. Zeit, ihn aus dem Peter-Pan-Traum aufzuwecken. «Wenn sie dich für ihren Freund halten würde, hätte sie sich jetzt mit dir aufs Sofa vor dem Kamin gekuschelt und über Zungenküsse und Petting diskutiert.»

«Jetzt übertreibst du aber.»

«Ach?» Um mich abzulenken, stand ich auf, holte eine Flasche Wasser aus dem Kühlfach und Gläser aus dem Küchenschrank. Dann setzte ich mich wieder zu Toni an den Tisch. «Hast du deinen Eltern immer gleich alles auf die Nase gebunden? Bei Pubertierenden muss man schon ein wenig nachsichtig sein! Wenn sie so weit ist, wird sie damit herausrücken, wer ihr Freund ist und wie ernst sie die Sache nimmt. Aber wenn du sie bedrängst oder versuchst, über Tom mehr herauszufinden, verspielst du das letzte bisschen Vertrauen, das sie in dich hat. Das kann ich dir versprechen.»

Toni sah mich nachdenklich an, trank einen Schluck Wasser und nickte. «Vermutlich hast du recht. Wenn wir erwarten, dass Hanna uns vertraut, sollten wir ihr dasselbe zugestehen.»

War das jetzt der Moment? Die passende Gelegenheit für ein klärendes Gespräch? Sollte ich das Stichwort zum Anlass nehmen, um über unsere Beziehung zu sprechen? In meinem Magen fühlte es sich an, als veranstaltete eine Zwergenmannschaft eine Weltmeisterschaft im Achterbahnfahren.

Und was sollte ich sagen, wenn Toni meine Vermutungen bestätigte? Wenn er mir erklärte, dass er sich in die Praktikantin verliebt habe und mit ihr morgen nach Mallorca fliegen werde, er sei nur kurz nach Hause gekommen, um seine Badehose zu holen? Außerdem hatte ich mir noch nicht überlegt, wie ich reagieren würde, wenn er mich anlog und alles abstritt. Mitten in diese Überlegungen hinein piepte mein Handy und signalisierte den Eingang einer Kurznachricht.

«Was Wichtiges?» Toni sah mich fragend an.

«Keine Ahnung. Kann ich später checken.» Ich begann, die Teller zusammenzustellen und die Reste unseres Abendessens zu den Abstellflächen in der Küche zu tragen.

Toni stand auf und schob seinen Stuhl an den Tisch. «Ich gehe dann in mein Arbeitszimmer, wenn das okay ist. Oder brauchst du Hilfe?»

«Nein danke, ich komm schon klar. Alles gut.»

Toni schenkte sein Weinglas noch einmal voll und nahm es mit nach oben.

Ich räumte Besteck und Teller in den Geschirrspüler, bis mir die SMS wieder einfiel. Das Handy lag neben der Kaffeemaschine. Es zeigte eine Nachricht von Elissa an:

Ruf mich an, wenn du allein bist oder lass uns chatten – warum meldest du dich nicht? Habe Oke getroffen!!!!

Ach, du liebe Güte. Was konnte Oke ihr erzählt haben, was sie noch nicht von mir wusste? Angesichts der vielen Ausrufezeichen bestand dringender Handlungsbedarf. Wenn ich mich nicht bald bei Elissa meldete, hatte ich hier Dauerbeschallung durch Textnachrichten und Anrufe. Aber erst musste ich mich um Hanna kümmern.

* * *

Hanna erzählte mir nichts über ihren Freund, obwohl ich alles versuchte, um mehr Informationen aus ihr herauszukitzeln. Weder geheucheltes Desinteresse noch Schmeicheleien oder erfundene Geschichten über die eigene erste Liebe führten zu Ergebnissen. Als Detektivin war ich wohl doch nicht so gut wie angenommen. Entweder war da tatsächlich nichts, oder ich stellte mich einfach zu dumm an. Hatte ich außerdem nicht selbst gesagt, wir sollten abwarten, bis sie von sich aus erzählte, welche Veränderungen es in ihrem Leben gab? Es ging meiner Tochter gut, sie wirkte glücklich und zufrieden, mehr konnte man als Mutter kaum verlangen.

Elissa schickte ich eine kurze Nachricht, dass es heute Abend mit einem ausführlichen Gespräch nicht klappen werde, weil Toni zu Hause sei. Ich erklärte ihr, dass ich lieber am nächsten Tag in Ruhe anrufen wollte.

Inzwischen schliefen beide Kinder, und ich lag ebenfalls im Bett und wartete auf Toni. Ich hatte ein Bad genommen, mich mit meinem betörend duftenden Körperöl eingerieben und eines der heißesten Outfits angezogen, das die Lucinda-Kollektion zu bieten hatte. Modell *Céline* (atemberaubendes, sexy schwarzes Minikleid mit wunderschöner Blumenstickerei, schwarzer Netztüll verleiht dem Stück seine leichte Optik, Träger aus einzigartiger Guipure, Nighty mit String ab 139,95 €). Nur die dazu passenden halterlosen Strümpfe hatte ich weggelassen, damit wäre ich mir unter der Bettdecke doch ein wenig nuttig vorgekommen. In *Céline* fühlte ich mich sexy und unwiderstehlich. Ich hatte mir fest vorgenommen, noch heute Abend den ersten Schritt auf dem Weg zur Rettung unserer Ehe zu machen. Früher hatten Toni und ich großartigen Sex gehabt. Aber nach der Geburt von Hanna hatten wir die Häufigkeit unserer körperlichen Begegnungen deutlich eingeschränkt. Ich war immer so müde gewesen. Als Hanna klein war, hatte ich ständig Angst, sie könnte aufwachen und dann in der Tür stehen und uns beobachten. Das konnte bekanntlich ein Trauma für den Rest des Lebens verursachen. Bis zu meiner Schwangerschaft mit Tom waren wir bereits dazu übergegangen, nur noch hohe Feiertage und Geburtstage mit Sex zu feiern. Nach der Geburt des zweiten Kinds schafften wir es, nahezu ganz auf den Beischlaf zu verzichten. Ich war zu kaputt, zu ungeduscht, zu lustlos, zu bequem geworden. Mit einem Glas Wein auf dem Sofa zu sitzen und irgendeinen belanglosen Film anzusehen, war mir schöner vorgekommen, als mich zwischen den Laken abzumühen. Sex und Lust brachte ich da schon lange nicht mehr in einen Zusammenhang. Diese Haltung war mir mit den Jahren so zur Gewohnheit geworden, dass ich fast schon verlegen wurde, wenn es in einem Film zwischen zwei Menschen besonders heiß herging und Toni neben mir auf dem Sofa saß. Natürlich hatten Toni und ich uns Auszeiten genommen und waren ab und zu übers Wochenende in ein schönes Hotel gefahren. Dann gingen wir nicht nur zusammen shoppen oder besuchten ein Museum, sondern wir nutzten diese Gelegenheiten auch, uns körperlich nah zu sein. Manchmal fühlte ich mich dann, als wären wir Teenager, die lieber knutschten, statt zum Frühstücksbuffet zu gehen. Allerdings konnte man es wohl nicht als gutes Zeichen werten, wenn einem der eigene Ehemann nach so vielen Jahren im Bett fremd und ungewohnt vorkam.

Wieso machte ich mir erst jetzt diese Gedanken über mich

und meine Beziehung zu Toni? Warum hatte mir der Sex nie gefehlt, und warum sprachen wir nie miteinander über unsere Bedürfnisse? Wenn ich ehrlich war – und jetzt war es allerhöchste Zeit dafür –, dann musste ich zugeben, dass ich irgendwann aufgehört hatte, mir Mühe zu geben. Toni umschwärmte mich weiter mit Blumen und Pralinen, brachte mir von seinen Reisen kleine Geschenke wie Parfüm oder Lederhandschuhe mit, und fast immer ging es von ihm aus, wenn wir zu Hause Sex hatten. Konnte man verlernen, Lust zu haben? Konnte man sich abgewöhnen, mit dem eigenen Mann, den man liebte, im Bett Spaß zu haben? Wenn das so war, dann konnte ich vielleicht auch das Gegenteil bewirken. Deshalb hatte ich mich auf diese Nacht besonders vorbereitet und wartete nun auf Toni, um ihm zu zeigen, dass ich auch anders konnte – dass er sich seinen Spaß nicht bei einer anderen Frau zu holen brauchte.

Wie lange lag ich eigentlich schon hier und grübelte? Es kam mir vor wie eine Ewigkeit. Die Digitaluhr auf dem Nachtschrank rechnete die Ewigkeit in knapp drei Stunden um. Also stand ich auf, schlüpfte in meinen roten Satin-Morgenmantel und huschte in Richtung Büro. Mein Herz klopfte wie wahnsinnig. Womöglich tauschte Toni gerade mit seiner neuen Flamme am Telefon heiße Liebesschwüre aus? Langsam näherte ich mich der Tür seines Arbeitszimmers. Es war kein Geräusch zu hören, also drückte ich leise die Türklinke hinunter und schaute in den schummerig beleuchteten Raum. Es brannte lediglich die Schreibtischlampe, auf dem Computermonitor rotierte ein Bildschirmschoner, und die Papiere an seinem Arbeitsplatz sahen aus, als hätte noch vor einer Sekunde jemand darin geblättert. Toni saß mit ausgestreckten Beinen auf dem Sofa, sein Kopf ruhte in einer sehr unbequemen Haltung auf dem Holzrand der Rückenlehne. Er schlief mit offenem Mund und schnarchte. Auf dem Tisch vor ihm ein halb volles Glas Malt, ein Glas Wasser sowie der aufgeschlagene Bildband, den ich ihm aus Westerland mitgebracht hatte. Vermutlich hatte er sich eine kleine Pause gönnen wollen und war darüber eingeschlafen. Super Voraussetzungen für meinen Verführungsversuch. Und ein weiteres deutliches Anzeichen dafür, dass meine sexuelle Anziehungskraft in den vergangenen Monaten – oder Jahren – doch stark nachgelassen hatte.

Ich nahm die Wolldecke vom Fußende des Sofas, rollte sie zusammen und bettete vorsichtig Tonis Kopf darauf. Murrend ließ er sich gefallen, dass ich seine Beine auf die Polster hob. Dann zog ich meinen Morgenmantel aus und deckte ihn damit zu.

Kurz überlegte ich, ob ich Tonis Handy auf neue Nachrichten oder häufig gewählte Nummern kontrollieren sollte. Aber das erübrigte sich, als ich feststellte, dass er das Gerät in die vordere Hosentasche gesteckt hatte. Wenn ich danach griff, würde er sicher aufwachen. Und bei unserer «leidenschaftlichen» Vergangenheit wäre es mehr als unglaubwürdig, mich dann mit einem Annäherungsversuch herauszureden. Auch ein erneutes Checken seiner Mails und der besuchten Internetseiten sparte ich mir, denn das helle Licht des Computerbildschirms hätte ebenfalls nur den Schlaf des Ehebrechers gestört.

Ich fühlte mich erschöpft und unglaublich müde. So musste es sein, wenn man meinte, man hätte einen Berg erklommen, und am Ziel erkannte, dass man lediglich einen Aussichtspunkt erreicht hatte und der Gipfel noch in weiter Ferne lag. Keine eindeutigen Beweise, keine Spuren, keine Ergebnisse. Vielleicht würde ich am Morgen klarer sehen.

18. Kapitel

Als ich am nächsten Morgen beim Frühstück saß, klingelte es an der Tür Sturm.

Hanna war bereits im Unterricht. Tom hatte ich zur Mutter eines Schulfreunds gefahren, die die beiden später in die Schule bringen würde, denn die Jungs starteten heute zu einer dreitägigen Klassenfahrt. Toni hatte nach dem Aufstehen und einem innigen Abschied von Tom im Stehen schnell einen Espresso getrunken, irgendetwas von «Kunde meldet sich gleich im Büro, Videokonferenz» gemurmelt, mir einen hastigen Kuss auf die Wange gegeben und dann eilig das Haus verlassen. Nicht einmal ein Dankeschön für das Zudecken in der Nacht. Ich konnte mir bestens vorstellen, wie dieser «Kunde» aussah und was während dieser Konferenz so passierte.

Todunglücklich hatte ich danach am Küchentresen gesessen und in meinen Milchkaffee geweint. Ich bedauerte mich selbst. Hatte ich nicht immer alles für meine Familie und vor allem für meinen Mann getan? Was sollte werden, wenn jetzt alles auseinanderbrach? Mitten in meine furchterregenden Gedankengänge bimmelte unerbittlich die Türglocke. Wahrscheinlich wieder irgendein Paketbote.

«Hallo, schöne Frau! Wie Sie aussehen, haben Sie wohl nicht mit Besuch gerechnet. Werden Sie demnächst wirklich erst vierzig? Was ich vor mir sehe, lässt eher auf ein Alter nahe der sechzig schließen!» Elissa lachte und zog mich in ihre Arme. «Hey, Süße, mach mal den Mund wieder zu und lass mich rein, es ist arschkalt hier draußen.»

«Was machst du hier? Ich habe mit allem gerechnet, aber nicht mit dir.»

«Enttäuscht?» Elissa schob mich ins Haus und trat mit dem Fuß die Tür hinter sich zu, während sie ihren schicken roten Mantel aufknöpfte. «Ich soll in Berlin eine Fernsehproduktion beraten», erklärte sie mir, während sie aus den australischen Fellstiefeln schlüpfte und mich langsam vor sich her zurück in den Wohnbereich schob. «Die wollen eine neue Kochshow etablieren, bei der eine Hausfrau gegen einen Spitzenkoch antreten soll, und das Publikum entscheidet, was besser schmeckt. Um den Aufwand zu ermitteln und mögliche Kochkandidaten zu checken, haben die mich engagiert. Wenn die Sendung nicht gleich nach der ersten Werbepause wieder abgesetzt wird, habe ich bis zum Sommer ein ganz gutes Finanzpolster. Außerdem bin ich dann regelmäßig in Berlin, und wir können uns sehen. Toll, oder?»

Im Wohnzimmer angekommen, schaute sie sich um. «Wow, seit ich das letzte Mal hier war, hat sich ja einiges verändert. Die Sofas sind neu, nicht wahr?» Sie zeigte auf die breiten kuscheligen Sitzgelegenheiten links und rechts vom Kamin mit den unzähligen Kissen darauf. «Setzen wir uns? Machst du mir einen Kaffee? Ich bin heute schrecklich früh los, weil ich vor dem Termin unbedingt bei dir vorbeischauen wollte. Ans Telefon gehst du ja anscheinend gar nicht mehr. Kein Wunder. Vorgestern habe ich Oke getroffen, und der hat mir einiges erzählt. Was bei dir abgeht, ist ja schlimmer als bei *Gute Zeiten, schlechte Zeiten*.»

Meine Freundin ließ sich seufzend zwischen die Kissen fallen und schloss die Augen. «Haach, eigentlich geht es dir doch wirklich gut hier. Schönes Haus, nette Gegend, in weniger als einer Stunde bist du mitten im Berliner Getümmel, und trotzdem hast du diese wunderbare Idylle, vor allem im Sommer.» Sie breitete die Arme aus und legte sie links und rechts auf der Rückenlehne ab, dann sah sie sich wieder um. «Jetzt im Winter sieht es natürlich ein wenig trist aus, aber du hast ein Händchen für Dekoration und Stil.» Sie deutete mit dem Kinn in Richtung Fenster. «Mit diesen runden Leuchten und den geschmückten Bäumchen und Lichterketten in eurem Vorgarten sieht es sogar an einem grauen Tag wie heute einladend aus, wenn man auf die Auffahrt kommt.»

Inzwischen hatte ich den Milchkaffee für Elissa fertig, stellte ihn auf einem der beiden flachen Tische bei den Sofas ab und machte es mir ihr gegenüber zwischen den Kissen gemütlich. Ich konnte es immer noch nicht fassen, dass sie gerade vor mir saß. Aber dafür hatte ich Elissa immer schon geliebt: Auch wenn sie oft auf eine schmerzhafte Art direkt wirkte, war sie im Kern die beste Freundin, die man sich wünschen konnte. In Notsituationen stets zur Stelle, verteidigte sie wie eine Löwin, was ihr lieb war, und kümmerte sich bis zur Selbstaufgabe um diejenigen, die ihre Hilfe brauchten. So wie ich jetzt.

«Es ist so schön, dass du hier bist», brachte ich gerade noch heraus, bevor mir wieder die Tränen kamen.

Sanft zog Elissa mich in ihre Arme. «Ich konnte dich doch nicht mit deinem Kummer alleine lassen. Du brauchst jemanden, der einen klaren Kopf behält, damit du keine Fehler machst, die du später bereust. Und dazu hast du deine liebe Freundin Elissa.» Sie setzte sich aufrecht hin und lächelte. «Jetzt erzähl mal. Was hat dein Göttergatte zu seiner Verteidigung vorgebracht? Oder hat er zugegeben, dass da etwas läuft, bist du deshalb so fertig?» Sie sah mich erwartungsvoll an.

«Nein, also ich meine … nichts von beidem. Wir hatten noch keine Gelegenheit, über alles zu sprechen …»

Elissa machte ein Gesicht wie eine Lehrerin, die ihrer unartigen Schülerin eine Standpauke hält. «Ilse! Wie willst du von der Stelle kommen, wenn du Toni nicht zur Rede stellst? Bisher sind alle deine Verdächtigungen nur Vermutungen.»

«Es hat halt nicht gepasst», rechtfertigte ich mich. «Ich muss auch an die Kinder denken. Da kann ich nicht einfach beim Abendessen fragen, ob Toni seine Geliebte nicht mal mitbringen will oder ob ich mir einen Scheidungsanwalt nehmen soll.»

«Das verstehe ich, aber kann es vielleicht sein, dass du dich auch deshalb mit deinen Fragen zurückhältst, weil du Angst davor hast, was danach kommt?» Elissa deutete auf die Sitzgruppe. «Dass du aus deinen bequemen Sesseln raus und dich wieder selbst um dein Leben kümmern musst?»

Ich schluckte. «Noch ist ja nichts bewiesen.»

«Nein, das ist es nicht. Aber eins kann ich dir versprechen: Toni wird bestimmt nicht mit Pralinen und einem Blumenstrauß nach Hause kommen und sagen: ‹Meine liebe Ilse, hier ist der Brief von meinem Anwalt, schau doch mal, ob die Konditionen unserer Trennung in deinem Sinne geregelt sind. Ich habe mir eine Wohnung genommen, mach es dir hier mit den Kindern bequem.›» Sie lehnte sich wieder zurück und schnaubte durch die Nase, als könnte sie das alles nicht fassen.

«Was willst du damit sagen?»

«Damit will ich sagen, dass sich in meinem Freundeskreis bereits einige Paare getrennt haben», wurde Elissa laut. «Und ich kenne keines, bei dem es nach jahrelanger Beziehung und dem Anhäufen von Besitztümern ohne Streit abgegangen wäre.

Es gab immer jede Menge Zoff um irgendwelche Eichentische von Oma oder Vasen aus dem Italienurlaub. Von Regelungen der Besuchszeiten für die Kinder ganz zu schweigen.»

«Ich würde Toni niemals verbieten, die Kinder zu sehen.» Wahrscheinlich behaupteten unzählige Frauen in unzähligen Gesprächen dieser Art das Gleiche.

«Das sagst du jetzt. Aber was ist, wenn sich herausstellt, dass Toni tatsächlich eine knackige Zwanzigjährige vögelt?» Elissa zweifelte noch immer an der Geschichte, das hörte ich ihr an. Trotzdem redete sie gnadenlos weiter. «Was ist, wenn die mit deinem kleinen süßen Tom in den Zoo oder zum Schlittschuhlaufen geht? Denkst du, das ist dir dann immer noch egal? Das glaube ich nämlich nicht.»

«Was wolltest du mir eigentlich von Oke erzählen?», versuchte ich, Elissa auf ein anderes Thema zu bringen. Über Toni und mich konnte ich mir später Gedanken machen.

«Ja. Oke.» Elissa trank einen Schluck Kaffee und tat, als müsste sie überlegen, was sie eigentlich hatte erzählen wollen. «Also, den habe ich gestern rein zufällig vor dem LatteMar in Westerland getroffen. Er kam gerade vom Joggen am Strand, und ich war auf dem Weg zum Bahnhof, um ein Ticket für den Autozug zu kaufen.»

«Habt ihr über mich gesprochen?» Ich gab mir Mühe, meine Frage so beiläufig wie möglich klingen zu lassen.

«Sagen wir mal so …»

«*Was* denn nun?» Es machte mich wahnsinnig, dass Elissa mich so auf die Folter spannte.

«Du hast doch nach dieser vergeigten Nummer mit Oke erkannt, dass du deinen Mann auf keinen Fall mit einem Jüngeren betrügen kannst?»

«Darüber haben wir ausführlich genug gesprochen. Ich fühlte mich so unglaublich mies und hatte auf einmal eine solche Sehnsucht nach Toni, dass mir klarwurde, dass das mit Oke nur eine fixe Idee und kein wirklicher Wunsch nach einem Abenteuer oder gar einem Liebhaber war. Was hat das mit deinem Gespräch mit Oke zu tun?»

Elissa grinste. «Oke hat mir gesagt, er hätte mehrfach versucht, dich anzurufen und per Mail zu erreichen, aber du meldest dich nicht zurück.»

«Das stimmt. Ich wollte Abstand zwischen uns bringen, weil ich dachte, wenn erst ein bisschen Zeit vergangen ist, könnten wir normal miteinander umgehen. Wie Freunde.» Das wollte ich wirklich. Darüber hatte ich lange nachgedacht und war immer wieder zum gleichen Ergebnis gekommen.

«Ja, das wünscht Oke sich auch.»

Ich atmete erleichtert aus. «Ich dachte, er wäre sauer auf mich.»

«Nee, gar nicht.» Elissa schüttelte heftig den Kopf und grinste. «Eigentlich wollte er sich nur in Ruhe mit dir unterhalten, deshalb hat er dir ständig Nachrichten geschickt. Ich hatte ihm versprochen dichtzuhalten, aber ich glaube, du brauchst gerade ein wenig Aufmunterung. Da darf ich mein Versprechen wohl brechen.»

Ich spürte, wie mir abwechselnd heiß und kalt wurde. Das klang nach lebensverändernden Neuigkeiten.

Elissa genoss es sichtlich, Okes Geheimnis an mich weiterzutratschen. «Oke war nur nach Berlin gefahren, um sich mit dir auszusprechen. Weder hatte er Interesse an weiteren Knutschereien noch am Austausch von Körperflüssigkeiten.»

«Aber ...»

«Aber du bist ihm zuvorgekommen und hast ihn überrumpelt. Es ist ja nicht so, dass er dich nicht leiden könnte, im Gegenteil. Allerdings hat er eure gemeinsame Nacht mit etwas mehr Abstand in die Rubrik ‹schönes Abenteuer› einsortiert und sie damit abgehakt.»

Das waren in der Tat besondere Nachrichten von der Insel. «Aber er hat mir doch ständig Nachrichten geschickt!»

«Ja, aber ohne den Inhalt zu kennen – das waren wohl eher belanglose Informationen als innige Liebesschwüre, oder?»

Als ich nickte, berichtete Elissa weiter von ihrer Begegnung mit dem Koch. «Siehst du. Nun ist es so, dass Oke im Restaurant täglich unglaublich interessante Menschen kennenlernt, ab und an sind auch Frauen darunter ... Ich mach's kurz: Er hat sich verknallt. Das wollte er dir erzählen, weil er fand, er wäre es dir schuldig.»

Ich ließ mich in die Sofakissen sinken. Mit allem hatte ich gerechnet, aber nicht damit, dass mich nun auch noch mein Liebhaber betrog. Mein Mann hatte eine Affäre, meine Affäre hatte eine Freundin, und ich? Wenige Tage vor meinem vierzigsten Geburtstag hatte ich gar nichts mehr. Mein ganzes Leben lag in Trümmern. Was sollte ich jetzt machen? Nicht einmal mit Oke durchzubrennen war jetzt noch eine Option.

«Ilse, alles in Ordnung? Du bist so blass.» Elissa sah mich besorgt an. «Ich dachte, du wärst erleichtert, wenn du zumindest von dieser Seite Ruhe hast. Aber anscheinend habe ich alles noch schlimmer gemacht. Sag doch was oder heul weiter, aber sitz nicht einfach nur so da!» Sie schüttelte mich an der Schulter.

«Ich kann nicht mehr weinen. Alles an Flüssigkeit ist aus mir raus. Ich habe in den letzten Tagen immer geweint, wenn ich alleine war. Den Kindern und Alma habe ich etwas von Allergien, traurigen DVDs oder geschälten Zwiebeln vorgegaukelt. Toni hat nicht einmal gefragt, ob es mir schlecht geht.» Ich versuchte, den trockenen Klumpen in meinem Hals herunterzuschlucken. «Der guckt mich ja kaum noch an und ist sowieso kaum zu Hause. *Wenn* er zu Hause ist, hockt er in seinem Büro und tuschelt irgendetwas ins Telefon oder hackt etwas in seinen Computer.»

Elissa schüttelte den Kopf. «Du kannst dich aber nicht so hängenlassen. Nur weil du dich möglicherweise von deinem Mann trennst, ist dein Leben nicht zu Ende.» Sie tätschelte mir mütterlich die Schulter. «Du bist nicht nur die Frau von Toni. Du bist auch meine Freundin Ilse. Du bist die Mutter von Tom und Hanna, die Bekannte vieler Menschen und hast Freunde, die dich mögen und brauchen, weil du so bist, wie du eben bist.» Besänftigend streichelte sie mir über den Rücken. «In einer Zeitschrift habe ich ein Interview mit Tom Hanks gelesen. Der ist seit über zwanzig Jahren mit Rita Wilson verheiratet und sagt, er sei ein glücklicher Mann, aber Rita hätte es besser treffen können. Der hat es kapiert. Man darf sich selbst nicht so wichtig nehmen und muss trotzdem dafür sorgen, dass es einem gut geht. Ich hab's dir früher schon gesagt: Kümmer dich darum, dass es *dir* gut geht. Geh zur Kosmetikerin oder komm mich öfter auf Sylt besuchen und nimm dir Urlaub von deiner Familie. Aber mach um Himmels willen nicht aus allem, was mit dir zu tun hat, ein solches Drama.»

Ich hätte Elissa umarmen können. Immer schaffte sie es, unübersichtlich wirkende Probleme auf den Punkt zu bringen. Immer war sie da, wenn ich sie brauchte, immer fand sie die richtigen Worte, um mich zu trösten. Egal ob meine Kameraausrüstung auf einem Festival geklaut wurde oder mir eine Klassenkameradin den Freund ausspannte. Warum hatte ich eigentlich nicht Elissa geheiratet?

Sie saß da und sah mich an. Offenbar wartete sie auf eine Reaktion von mir.

«Bleibst du über Nacht? Hast du deine Tasche noch im Auto?» Ich wünschte, wir könnten stundenlang weiterreden.

«Ilse, so geht das nicht.» Sie zog die Stirn in Falten. Oma Etti hätte nicht besorgter aussehen können. «Du kannst nicht ständig ausweichen, wenn es hart auf hart kommt. Ich werde nicht bleiben, ich muss gleich zu meinem Termin und heute Abend zurück auf die Insel. Morgen hat Johannes King zu einem großen Fest anlässlich seiner neuen Speisekarte eingeladen, darüber schreibe ich für zwei Magazine. Das kann ich nicht sausen lassen.»

«Aber ...» Der Klumpen in meinem Hals war immer noch da.

«Aber du kommst hier prima zurecht, wenn du dir selbst einen Tritt in den Hintern gibst. Zieh dir was Schickes an, koch was Tolles und mach deinem Mann einen romantischen Abend, damit er sieht, was er an dir hat – in jeder Hinsicht.»

«Das habe ich ja versucht, aber Toni ist einfach eingeschlafen.» Ich hörte selbst, wie jämmerlich das klang.

Elissa fand mich kein bisschen bedauernswert, sondern prustete los. «Waaaas? Mann, du bist echt ein Pechvogel, was? Immerhin hast du es versucht. Und besser, er schläft vor dem Sex ein als währenddessen. Immer positiv denken, Schätzchen.»

Ich spürte, wie es in mir zu kribbeln begann. «Ich hatte sogar das Top-Teil aus der neuen Lucinda-Kollektion an, um ihn richtig scharfzumachen. Und dann lag er da und hat gepennt.» Jetzt musste ich auch lachen. Im Nachhinein war es wirklich absurd. Da hatte ich mich endlich aufgerafft, um meinem Mann einen unvergesslichen Abend zu bereiten, und dann so etwas.

«Wenigstens weißt du wieder, wie es geht. Mach Toni nach dem Essen einen doppelten Espresso, und dann wiederholst du das Ganze. Wenn er trotzdem wieder wegpennt, ja dann …» Sie dachte nach.

«Was dann?»

«Dann hat er tatsächlich kein Interesse mehr an dir, und du musst dir was überlegen. Brüste vergrößern oder Arschlifting oder so!» Elissa bemühte sich um einen ernsthaften Gesichtsausdruck, kicherte dann aber doch wieder los.

Warum konnte das Leben nicht immer so leicht sein? Warum konnte ich schwierige Situationen nicht einfach laut weglachen? Warum war es so schwer, Luft abzulassen und von vorne anzufangen?

Nachdem wir uns die Lachtränen aus dem Gesicht gewischt und noch einmal ausführlich über meine aktuelle Lebenssituation gesprochen hatten, ging Elissa.

Ich verbrachte den restlichen Vormittag damit, meine Listen abzuarbeiten, neue Skihosen für die Kinder im Internet zu bestellen und den Weihnachtsschmuck aus dem Keller zu holen, um die bunten Kugeln zu reinigen und die Lichterketten zu entwirren. Gegen Mittag kam Hanna mit einer Freundin, um sich die Genehmigung für einen Übernachtungsbesuch und bei Erhalt derselben gleich die entsprechenden Klamotten dafür abzuholen. Tom war mit seinem Schulfreund fröhlich zur Klassenfahrt aufgebrochen. Ich hatte also Zeit, einen echten Ehetest-Abend zu planen und durchzuführen. Keine Kinder-Bauchschmerzen oder Teenie-Albträume würden mich dabei stören, meinen Mann für mich zurückzugewinnen.

19. Kapitel

Ich überlegte kurz, es so zu machen wie Samantha in *Sex and the City* und mich mit Sushi bedeckt nackt auf den Küchentresen zu legen. Aber angesichts der Jahreszeit kam ich wieder davon ab und entschied mich für den Klassiker: Überall verteilte ich Kerzen, ließ frühzeitig eine gute Flasche Rotwein vor sich hin atmen, besorgte Blumen und stellte sie in die große Bodenvase neben dem Tisch. Tatsächlich gelang es mir mit Hilfe meiner Kochbuchsammlung und zwei Telefonaten mit Oma Etti, etwas zusammenzustellen, das Ähnlichkeit mit einem Menü hatte.

Jetzt saß ich mit einem Glas Sherry in einem eleganten kleinen Schwarzen und meinen heißesten roten Dessous (so wie die Italienerinnen, die zum Jahreswechsel als Glücksbringer rote Unterwäsche trugen) auf dem Sofa. Ich starrte in das brennende Kaminfeuer und versuchte, mir vorzustellen, wie der Abend verlaufen würde. Noch immer hatte ich keinen blassen Schimmer, wie ich reagieren sollte, wenn Toni mir angesichts meines festlichen Auftritts eine große Beichte über seine außerehelichen Aktivitäten ablegte. Noch weniger wusste ich, wie ich damit klarkommen würde, wenn er mich weiter belog.

Zum Glück wurden meine Grübeleien bald durch das Geräusch des Schlüssels in der Tür, ein Rumpeln, als Toni seine Tasche auf den Boden im Flur fallen ließ, und ein fröhliches «Hallooo, jemand zu Hause?» unterbrochen.

Kurz darauf stand Toni mit einem Gesichtsausdruck zwischen Überraschung und Erschrecken im Eingang zum Wohnbereich. Er schnupperte dem Duft aus dem Backofen nach und lächelte mich verlegen an, als ich auf ihn zukam.

«Hab ich was vergessen? Hochzeitstag? Jahrestag? Haben wir im Lotto gewonnen?»

Ich küsste ihn auf beide Wangen und hauchte «Willkommen zu Hause» in sein Ohr. «Ich wollte uns mal wieder einen romantischen Abend machen», erklärte ich ihm. «Setz dich doch, ich habe eine Kleinigkeit vorbereitet.»

«So kenne ich dich ja gar nicht. Du bist doch sonst nicht gerade begeistert, was Menüfolgen angeht. Erkenne ich da den Einfluss einer gewissen Freundin? Hat Elissa dir etwa beigebracht, dass essen mehr ist als bloße Nahrungsaufnahme?» Toni ging zu dem alten schwarzen Apothekerschrank, in dem wir die Gläser und Spirituosen aufbewahrten, und schenkte sich einen Malt-Whisky ein. «Das riecht phantastisch. Sind die Kinder nicht da?» Er deutete mit dem Kinn in Richtung Tisch, auf dem nur zwei Gedecke standen.

«Wir sind ganz für uns. Nur du und ich und unsere Geheimnisse.» Bildete ich mir das ein, oder überzog Tonis Gesicht eine ganz leichte Röte? Hatte er nicht eben auffallend hastig noch einen Schluck Malt gekippt, um mich nicht ansehen zu müssen? Ich ging hinter den Küchenblock, um im Ofen nach dem Rinderfilet zu sehen.

Toni blickte in sein Glas, schenkte sich nach und starrte dann mit leerem Blick aus dem Fenster in unseren dunklen Garten. Ja, mein Lieber, nun lass dir schnell etwas einfallen, wie du aus der Nummer wieder herauskommst, dachte ich. Wäre ich nicht so unglaublich verletzt gewesen, hätte mir dieser Abend sogar Spaß gemacht.

«Setz dich, es gibt gleich die Vorspeise. Möchtest du ein Glas

Champagner oder lieber Weißwein? Ich habe Krabben und Thai-Spargel auf einem Bett von Rote-Bete-Sprossen vorbereitet, dazu passt beides.»

Toni lachte. Er lachte mich und meine Bemühungen um einen kulinarisch erleuchteten Abend einfach aus.

«Du klingst wie diese Typen in den Restaurants, wo meine Geschäftsessen stattfinden. ‹Auf einem Bett von› oder ‹im Sößchen aus› ... Werde ich heute Abend auch satt? Ich habe nämlich riesigen Hunger.» Toni fläzte sich in seinen Stuhl am Esstisch, und ich hatte Mühe, die Ruhe zu bewahren.

Vielleicht war es doch keine gute Idee, diesen Mann an meiner Seite halten zu wollen? Wie konnte ich jemanden lieben, der meine Anstrengungen um unsere Beziehung nicht einen Hauch zu schätzen wusste? Wieso wollte ich einen Kerl, der sich über meine Kochkünste lustig machte, wenn ich selbst mit einer Dose Ravioli glücklich sein konnte? Einen Moment war ich kurz davor, den Herd abzuschalten, meinen Koffer zu packen und ganz weit weg zu fahren.

Aber dann sah ich Tonis lachende Augen, seine vom Alkohol geröteten Bäckchen und seine Vorfreude auf das Essen und wusste wieder, warum ich ihn geheiratet hatte und seine Frau bleiben wollte.

«Ich nehme Champagner! Wenn ich schon in den besonderen Genuss komme, dass meine Frau mir ein Sternemenü kocht, will ich bei den Getränken klotzen. Immer her mit dem feinen Gesöff.»

Also doch eine Art von Anerkennung, das war immerhin ein Anfang. Ich nahm den Champagner aus dem Kühlschrank und schenkte uns ein. Beim Anstoßen sah ich Toni tief in die Augen, in der Hoffnung, dort irgendetwas zu erkennen: Liebe oder Abneigung oder eine andere Gefühlsregung, die mir endlich Aufschluss gab.

Toni deutete meine forschenden Blicke anders. «Bist du sicher, dass du essen willst, oder steht dir womöglich der Sinn nach etwas anderem?» Er grinste anzüglich und leckte sich mit der Zunge über die Lippen.

«Nein, erst essen wir», betonte ich nachdrücklich. Ich stellte mein Glas ab und ging zur Anrichte, um die vorbereiteten Teller mit den Vorspeisen zu holen. Weil ich den ganzen Tag kaum etwas gegessen hatte, spürte ich bereits den Alkohol. Während der nächsten Gänge musste ich darauf achten, mit reichlich Wasser auszugleichen, sonst würde aus meinem hehren Plan schnell ein alkoholisierter Fressabend ohne jede Eleganz. Dafür hatte ich nicht den ganzen Tag in der Küche gestanden.

Toni war begeistert von der Vorspeise und aß anschließend mit Genuss das Rinderfilet mit Möhrchen aus dem Ofen, die Bohnen im Speckmantel und die Rosmarinkartoffeln.

Ich hatte gerade den lauwarmen Schokoladenkuchen mit Vanilleeis gekrönt und mich wieder an den Tisch gesetzt, als ein Piepsen den Eingang einer Textnachricht auf Tonis Handy anzeigte. Er murmelte «Entschuldigung» und griff nach dem Telefon, um zu nachzusehen, wer ihm schrieb.

In mir begann es zu brodeln. Toni errötete schon wieder und versuchte, meinem Blick auszuweichen, während er begann, eine Antwort in sein Handy zu tippen. Ich rührte heftig Zucker in meinen Espresso, bemühte mich, Haltung zu bewahren und den wunderbaren Abend weiter zu genießen. Toni aß einen Löffel Kuchen mit Eis und verdrehte gerade genießerisch die Augen, als das böse Telefon das Eintreffen einer weiteren SMS verkündete. Wieder ein hastiger Blick auf das Display, die Andeutung eines Lächelns … Und in mir explodierte etwas. Mit Anlauf und Alarm.

«Na, ist das die Freundin von Engelchen? Will sie auch zum Essen kommen? Spinnst du eigentlich?» Mein Espressolöffel flog quer über den Tisch und verfehlte den Kopf meines Mister-Liebesnachrichten-Versenders nur um Millimeter. «Hältst du mich für komplett bescheuert?» Es tat unglaublich gut, den ganzen Druck des Abends endlich herauszulassen. Was in französischen Spielfilmen funktionierte, klappte bestimmt auch im Einfamilienhaus in Falkensee, dachte ich und warf die Tasse dem Löffel hinterher. Das Porzellanteil segelte an Tonis Ohr vorbei gegen die Wand und prallte davon ab, ohne zu zerbrechen, was meiner aufgestauten Wut nicht besonders guttat.

Mein Mann starrte mich fassungslos an, die Hand mit dem Löffel auf halber Strecke zum Mund wie eingefroren. Das Handy neben ihm piepte weiter.

«Du kannst doch nicht in aller Seelenruhe mir gegenübersitzen und mit deinem Verhältnis Liebesbotschaften austauschen! Eigentlich hatte ich gehofft, wir kriegen das wieder hin, haben einen schönen Abend, reden über alles und machen einen Neuanfang. Aber was deine Gefühle für mich angeht, lag ich anscheinend noch mehr daneben als vermutet. Wie groß muss deine Verachtung für mich sein, wenn du zu so etwas in der Lage bist …»

Bei jedem meiner Worte wurden Tonis Augen ein Stückchen größer. Er legte den Löffel ab und schnappte nach Luft. «Ilse, warte mal, was meinst du denn mit ‹Verhältnis›? Ich verstehe nicht …», versuchte er, mich zu unterbrechen.

«Du verstehst nicht? Verstehst du das besser?» Meiner Frage folgte ein weiteres Geschoss in seine Richtung. Dieses Mal mein Champagnerglas, das sofort zu Bruch ging und an der roten Wand einen nassen Fleck hinterließ. Während ich kurz darüber nachdachte, ob man die Tapete wohl neu würde streichen müssen, versuchte ich, die Tränen zu unterdrücken, die mit aller Macht hervordrängten. «Du fährst mit irgendeinem Mädchen in ein Hotel und erzählst mir etwas von Dreharbeiten für einen Werbespot. Du bist kaum noch zu Hause, und wenn, dann verschickst du heimlich Nachrichten mit deinem Handy oder suchst nach Liebes-Fluchtburgen im Internet für den nächsten Ausflug mit deinem Häschen.» Es fühlte sich an, als rutschte der Klumpen, der seit Tagen in meinem Hals klemmte, mit jedem Satz ein Stück tiefer in meinen Magen. «Während ich zu Hause den Laden zusammenhalte, mich um die Kinder kümmere und dafür sorge, dass der Kühlschrank gefüllt ist.» Ich kam mir selbst jämmerlich vor. Trotzdem konnte ich nicht verhindern, dass mir vor Selbstmitleid die Tränen aus den Augen schossen, die ich so mühsam zurückgehalten hatte. Ich fiel in mich zusammen wie ein misslungenes Soufflé und heulte wie ein Teenager.

Toni stand von seinem Stuhl auf, kam um den Tisch herum und legte seine Hände auf meine Schultern. «Jetzt reg dich mal wieder ab, und dann erklärst du mir in aller Ruhe, was du mit Engelchen, Häschen und Liebchen und so meinst. Ich stehe leider auf dem Schlauch und habe keine Ahnung, was hier gerade abgeht.»

Ich schniefte und versuchte, seine Hände abzuschütteln, die warm auf meinen Schultern lagen. Langsam ließ der Tränenfluss nach, und die Wut verschaffte sich wieder Raum. Wie hatte mir nur all die Jahre entgehen können, mit was für einem Lügner ich zusammenlebte? Machte einen auf Unschuldslamm, stopfte sich mein mühsam zubereitetes Menü in den Rachen und sendete seiner Liebsten nebenher eindeutige Botschaften aufs Handy.

Toni gab seufzend auf. Er nahm seine Hände von meinen Schultern und setzte sich wieder auf seinen Platz. Dann schenkte er uns Wein nach, nahm einen tiefen Schluck aus seinem Glas und reichte mir seine Serviette, als er sah, dass meine bereits vollgeheult war. Ich hatte große Lust, noch mehr Dinge an die Wand zu werfen. Aber da aller Wahrscheinlichkeit nach ich diejenige sein würde, die den ganzen Dreck wieder wegmachte, beließ ich es dabei, Toni sein Papiertuch an den Kopf zu werfen. Das tat zumindest ein bisschen gut.

Er saß immer noch da wie der Depp vom Dienst. «Geht's wieder?», wollte er wissen und sah mich dackelig an.

«Nein, es geht nicht wieder.» Ich spürte, wie sich mein innerlicher Korken weiter löste und drohte, den Weg für eine Explosion aufgestauter Gefühle freizugeben. «Und es wird auch morgen nicht wieder gehen, wenn du nicht endlich mit dieser scheinheiligen Nummer aufhörst. Wie kannst du dich an den Tisch setzen, Wein in dich reinschütten und so tun, als wäre ich für dich die beste Ehefrau der Welt?»

«Aber das bist du doch ...», wandte er hilflos ein.

Langsam ging mir auf, dass die Idee mit dem tollen Essen und der körperlichen Annäherung harmlos ausgedrückt ein absoluter Schuss in den Ofen war. Scheiß auf Diplomatie. Ich trank einen Schluck Wein, der jedem Bauarbeiter zur Ehre gereicht hätte, und ließ den Korken sausen.

«Weißt du was, du bist ein echter Drecksack! Betrügst mich und machst einen auf liebender Ehemann. Fährst in der Weltgeschichte herum und schläfst mit einer anderen – ach, vielleicht war es gar nicht nur eine, vielleicht waren es sogar mehrere? Ich habe in deinem Büro Belege für Schmuck gefunden, im Internet suchst du nach besonderen Hotels ...»

Toni schlug mit der Faust so heftig auf den Tisch, dass der Brotkorb umfiel und sein Glas bedenklich wackelte. Ich hatte meinen Kelch sicherheitshalber in der Hand behalten und schenkte mir auf den Schreck großzügig nach.

«Die Frage ist ja wohl, wer hier den größeren Mist gebaut hat. Wieso fragst du mich nicht einfach, bevor du so wirres Zeug vor dich hin phantasierst?» Ich konnte mich nicht erinnern, meinen Mann jemals so wütend gesehen zu haben. «Ich habe keine Freundin oder Geliebte und auch keinen Harem. Ich betätige mich nicht nebenberuflich als Zuhälter oder Trainer einer Mädchen-Laufmannschaft. Du hast kein Recht, in meinen Unterlagen herumzuschnüffeln und in meinem Computer Dinge nachzulesen, die dich nichts angehen.»

«Selbstverständlich geht mich das etwas an!» Ich fühlte mich im Recht, schließlich hatte ich genügend Beweise gefunden.

«Ja, wenn ich dich betrogen hätte, würdest du dich jetzt bestimmt besser fühlen, weil du dann eine prima Ausrede hättest, warum du einen Fehler gemacht hast. So funktioniert es bei dir ja am besten: selber Mist bauen, und dann sind aber die anderen schuld.» Sein Ton wurde schärfer. «Hanna hat dir deinen Lebenstraum von der großen Karriere als Fotokünstlerin verdorben, weil sie zu früh auf die Welt wollte. Deine Mutter ist dafür verantwortlich, dass du so eine miese Köchin bist. Und alles andere kannst du ja mir in die Schuhe schieben.»

Ich wollte reagieren, aber mir fiel keine gute Antwort ein. Deshalb trank ich einfach weiter und hörte Toni wohl oder übel zu.

«Du musst endlich damit anfangen, dein Leben in den Griff zu kriegen. Wenn du wieder mehr fotografieren willst, dann mach das doch. Wer hindert dich daran? Ich bezahle dir gern die Meisterschule, wenn es das ist, was du gerne möchtest.» Er sah mich an, und ich konnte sehen, wie sich seine Wut in Mitleid verwandelte. «Wenn du keine Lust mehr hast, mit den Schlüppern durch die Wohnzimmer zu touren, dann lass es eben sein. Und wenn du mich nicht mehr liebst, dann lass mich gehen.» Toni stützte den Kopf auf die Hände und schloss die Augen. Er seufzte. «Ich kann nicht mehr. Es ist mir zu anstrengend, mich ständig dafür zu rechtfertigen, dass ich glücklich mit meiner Arbeit bin. Ich will kein schlechtes Gewissen haben, weil ich meine Kinder und meine Frau so sehr liebe, dass ich keine anderen Menschen brauche. Ich möchte nicht länger um Sex betteln müssen. Und ich werde kein Logbuch darüber führen, mit welchen Frauen ich beruflich zu tun habe, damit es zwischen uns nicht zu Missverständnissen kommt.»

Jetzt fiel mir wieder ein, was ich vergessen hatte. «Aber wer war dann die Frau auf deinem Hotelzimmer, als du angeblich beim Dreh warst und ich dich in Barcelona angerufen habe? Außerdem wüsste ich wirklich gern, warum eine Kollegin aus der Agentur dich Engelchen nennt.»

Er runzelte die Stirn, überlegte kurz und antwortete dann zögernd. «Im Hotel? Warte … Eigentlich ist es scheißegal, wer in meinem Zimmer war. Wenn ich dir sage, dass nichts passiert ist, dann sollte das wohl ausreichen.» Er schien tatsächlich sein Hirn zu martern, wen ich meinte. «Aber wenn du es unbedingt wissen willst, das war wohl Lizzy, das Model, von dem ich dir erzählt hatte. Wir mussten sie kurzfristig engagieren, und dann war auf einmal mitten am Tag das Licht Mist. Also haben wir eine Drehpause eingelegt, und Lizzy wollte sich einen Moment ausruhen. Da habe ich ihr mein Zimmer angeboten.» Er stieß zischend die Luft zwischen den Zähnen aus. «Da wir gerade dabei sind: Die Hotels habe ich im Internet angesehen, weil ich mit dir nach deinem Geburtstag verreisen wollte. Und die Quittung aus dem Juwelierladen war für dein Geburtstagsgeschenk.» Er hielt kurz inne. Standen ihm wirklich Tränen in den Augen? «Dann wären da noch die Wärmepilze und das große Zelt und die Einladungskarten für die Überraschungsparty zu deinem Geburtstag. Habe ich noch etwas vergessen?» Er tat, als würde er nachdenken. «Natürlich – Engelchen! Die Praktikantin hatte ich eingespannt, um mir beim Organisieren zu helfen. Und Hilke war der Meinung, dass ein so phantastisch organisiertes Fest höchstens durch das Wetter verdorben werden könnte. Darauf habe ich geantwortet, dass immer die Sonne scheint, wenn Engelchen reisen. Da hatte ich meinen neuen Spitznamen in der Agentur weg. Wärst du in der letzten Zeit mal vorbeigekommen, hättest du gehört, dass sogar Andreas und Jürgen mich Engelchen nennen. Aber vielleicht leide ich ja unter Altershomosexualität und nehme alles mit, was nicht bei drei auf dem Baum ist.»

«Das ist doch nicht wahr.» Ich konnte nur noch flüstern.

«Wieso darf das nicht wahr sein? Weil du mir nicht zutraust, dass ich eine Riesenparty auf die Beine stellen kann? Ilse, du hast alles verdorben. Nicht nur mir, sondern auch den Kindern. Die haben mir nämlich geholfen, Ideen zu entwickeln und umzusetzen. Tom bastelt seit Tagen heimlich an den Einladungskarten, und sogar Hanna war Feuer und Flamme, einen coolen DJ aufzutreiben. Wir wollten deinen Vierzigsten für dich zu etwas ganz Besonderem machen.» Er stieß ein enttäuschtes Lachen aus. «Das zumindest ist dir gelungen – diese Überraschung werde ich so schnell nicht vergessen.»

«Aber ... du hast doch ... Es ist doch klar, dass ...» Doch auf einmal war mir gar nichts mehr klar. Toni saß vor mir und starrte den Tränen nahe in sein Glas.

In meinem Kopf drehte sich alles, und das lag nicht nur daran, dass ich in den letzten Minuten ein Glas Wein nach dem anderen in mich hineingeschüttet hatte. Ich war der letzte Dreck. Ein ekelhaft misstrauisches, spionierendes Weib, das einen liebenden Mann wie Toni nicht verdient hatte. In was für einen Wahnsinn hatte ich mich bloß mit meinen dummen Verdächtigungen hineingesteigert?

Ich legte meine Hand vorsichtig auf Tonis. «Es tut mir leid.»

Wütend schüttelte er meine Hand ab. «Es tut dir leid?», brach es förmlich aus ihm heraus. «Was genau tut dir denn leid? Dass du uns die Überraschung verdorben hast? Dass du dich wie ein unreifer Teenager benommen hast? Dass du mein Vertrauen missbraucht hast? Dass du mich nicht mehr liebst?» Für einen Moment schienen Tonis Augen Funken zu versprühen. «Ilse, ich weiß nicht, was ich sagen soll. Was machen wir denn jetzt?»

Ich konnte die Tränen nicht länger zurückhalten. Und dann begann auch Toni zu weinen. Schließlich saßen wir da wie zwei Darsteller in einem miserablen Film, zwischen leeren Weinflaschen, Essensresten, den Scherben des Geschirrs und unserer Ehe und heulten uns die Augen aus dem Kopf.

Ein Handy piepste beim Eingang einer SMS, aber Toni reagierte nicht. Schniefend putzte ich mir die Nase. Das Telefon gab noch einmal piepsend bekannt, dass es etwas Neues zu lesen gab.

«Willst du nicht nachsehen? Vielleicht ist es wichtig.»

Toni sah mich mit roten Augen an. «Das war nicht meins.»

Also fischte ich mein Handy hinter dem Brotkorb hervor. Tatsächlich hatte ich eine neue Nachricht. Von Oke. Ausgerechnet. Ein zusätzlicher Hinweis auf meinen miesen Charakter. Ich wollte jetzt nicht lesen, was er schrieb, und schaltete das Handy einfach aus.

«Ilse, auch wenn du mich für unsensibel hältst – du musst dir überlegen, ob ich noch der richtige Mann für dich bin. Ich habe doch in den letzten Wochen gespürt, dass du nicht ganz hier, bei mir, bei uns bist.» Er sah so traurig aus. Und ich hatte gedacht, *er* wollte *mich* verlassen. «Ich dachte, das hängt mit deinem runden Geburtstag zusammen. Damit, dass es für dich nicht einfach ist, vierzig zu werden. Aber vielleicht hast du ja auch einfach genug von mir. Wenn ich daran nichts ändern kann, müssen wir wohl herausfinden, wie wir getrennter Wege gehen können, ohne dass die Kinder Schaden nehmen …»

«Aber ich will mich gar nicht von dir trennen! Und es ist auch nicht wahr, dass ich dich nicht mehr liebe.» Langsam begriff ich, dass ich mit meinen Aktionen mehr Schaden angerichtet hatte, als ich mir jemals hätte vorstellen können.

«Aber irgendetwas stimmt doch nicht mehr zwischen uns», beharrte Toni. «Du willst nicht mehr mit mir schlafen, du erzählst kaum noch etwas, du unterstellst mir ein Verhältnis … Das klingt für mich nicht nach einer Frau, die sich nach ihrem Ehemann verzehrt.»

Es war absurd und absolut unpassend, aber auf einmal musste ich unfreiwillig über seine Formulierung grinsen. Auch Tonis Mundwinkel verzogen sich ganz leicht nach oben. Und dann noch ein wenig.

«Witzig ist das eigentlich nicht», sagte er dann.

«Nein, das ist das Gegenteil von witzig», stimmte ich ihm zu. «Das ist so bescheuert, dass man eigentlich nur darüber lachen kann. Du hättest die allerbesten Gründe, dich entweder auf der Stelle von mir zu trennen oder mich umgehend in die geschlossene Abteilung der Psychiatrie einweisen zu lassen. Und jetzt muss ich dir was erzählen: Ich habe angefangen, dir zu misstrauen, weil ich mich selbst fast in einen anderen Mann verliebt hätte.» Jetzt war meine letzte Chance, reinen Tisch zu machen und Toni ehrlich zu erklären, warum ich auf ihn so verändert gewirkt hatte. «Ich war total aus dem Häuschen, als plötzlich jemand die Frau in mir sah. Und nicht die Mutter oder die Ehefrau oder die Dessous-Vertreterin. Wie sehr ich dich liebe, habe ich erst gespürt, als es fast zu spät gewesen wäre. Als ich dir dann ganz nah sein wollte, war da plötzlich diese Frau am Telefon, und da dachte ich …»

Von einer Sekunde auf die nächste war Toni das Lächeln wieder wie aus dem Gesicht gewischt. «Du hast gedacht, wenn du mich betrügst, würde ich das wohl auch mit dir machen?! Mein lieber Scholli, du tickst echt nicht richtig. Das ist ja alles noch viel schlimmer, als ich befürchtet habe.» In seinen Augen konnte ich sehen, wie kurz der Zorn in ihm aufwallte. Aber schon in der nächsten Minute hatte er sich wieder unter Kontrolle. Er stützte sein Gesicht auf beide Hände und sah mich an wie ein Hund, der um eine Streicheleinheit bettelt. «Und wer ist der Typ?»

«Das ist doch egal. Es ist ja nichts gelaufen, und es wird auch nichts laufen. Ich fühlte mich geschmeichelt, weil ein jüngerer Mann mich toll fand. Das war auch schon alles.»

Wieder saßen wir da und starrten uns an. So offen und lange

hatten wir seit Monaten nicht miteinander geredet. Endlich zeichnete sich auf Tonis Gesicht so etwas wie ein heller Sonnenstrahl zwischen grauen Regenwolken ab.

«Vielleicht sollten wir die Kinder zur Adoption freigeben, dann hätten wir öfter Abende wie diesen, an denen wir uns in Ruhe unterhalten können. Dann käme es nicht zu solchen schlimmen Missverständnissen. Ich liebe dich nämlich. Sehr.»

«Ich glaube nicht, dass jemand Interesse an einem pubertierenden Teenager und einem quasseligen Tierfreak hat, das können wir vergessen.» Ich spürte, wie es in mir zu gluckern begann.

«Hast du den Kassenbon aufbewahrt? Möglicherweise können wir die beiden gegen zwei gute Flaschen Rotwein umtauschen.» Toni prustete los, und ich merkte, wie sich die gesamte Anspannung der letzten Zeit in einem riesigen Lachanfall Bahn brach.

* * *

Ein paar Stunden später saßen wir zusammen auf dem Fußboden vor unserem breiten Sofa und knutschten wie vor fünfzehn Jahren. Es lief eine uralte Kuschelrock-CD, ein Glas kippte um, und Toni schmeckte nach der Schokolade vom Nachtisch und roch nach Ankommen und Zuhausesein. Ich dachte wirklich nur ganz kurz darüber nach, wie ich den fetten Rotweinfleck aus dem Teppich wieder herausbekommen sollte, wenn er erst einmal eingetrocknet war.

Wir quatschten über unsere alten Studentenzeiten, über Hannas ersten Schultag und Toms Kuschelbedürfnis. Wir machten uns auf die Suche nach den Tagen, an denen die große

Verliebtheit zwischen uns verschwunden und die vielen Dinge, die uns früher wichtig gewesen waren, im Alltag untergegangen waren. Wir forschten nach den Fäden, die uns und unsere Beziehung über die Jahre zusammengehalten hatten. Die wollten wir wieder aneinanderknüpfen, dazu waren wir beide bereit. Wir redeten und weinten, wir lachten und erklärten uns, tauschten Erinnerungen aus und kuschelten uns aneinander. Aus dem Kuscheln wurde Küssen, und das Küssen steigerte sich gerade zu mehr, als es an der Haustür klingelte.

«Wer kann das sein?» Toni sah auf die Uhr und rappelte sich auf, während er sein Hemd in den Hosenbund stopfte. «Um diese Zeit?»

Ich schob ihn mit sanftem Druck zurück. «Bleib liegen, Engelchen. Ich gehe nachsehen. Vielleicht hat Tom es nicht in einem Zimmer mit fünf anderen Jungs ausgehalten, die von Körperhygiene ungefähr so viel verstehen wie von Atomphysik, und wollte lieber zwischen seine eigenen sauberen Laken schlüpfen», suchte ich nach einer Erklärung für die Störung.

Ich öffnete die Haustür.

«Ilse! Gott sei Dank, du bist da. Ich hätte sonst nicht gewusst, wohin …»

Etwas sehr Mageres und Verzweifeltes, das mich ein wenig an Sylvia erinnerte, fiel mir um den Hals und brach in Tränen aus.

«Mein Männe hat mich rausgeworfen. Er hat was mit dem Dreckstück Gundula, das bei ihm die Buchhaltung macht. Kannst du dir das vorstellen? Das Weib ist dreimal so dick wie ich und trägt ausschließlich Tweedröcke und Twinsets. Was findet er bloß an so einer?»

Ich versuchte, das heulende Etwas von mir wegzuschieben.

«Nun beruhig dich doch erst mal. Mensch, Sylvia, und was willst du jetzt von mir? Warum bist du nicht zu einer von deinen Yoga-Freundinnen gefahren?»

«Spinnst du? Wenn ich bei einer von denen auftauche, erzählen die das doch überall herum, und ich kann mich nirgendwo mehr sehen lassen. Das wäre unerträglich peinlich!» Sie klang, als könnte sie nicht glauben, dass ich überhaupt so eine blöde Frage stellte. «In einem Hotel kann ich auch nicht bleiben. Was, wenn mich dort jemand erkennt? Was sollte ich denn dann für eine Geschichte erzählen? Dass mein Ehemann mich mit einer wesentlich älteren und hässlichen Schrapnelle hintergeht, glaubt mir doch kein Mensch.»

Schicksalsergeben zog ich Sylvia ins Haus und sah erst jetzt die zwei Monsterkoffer hinter ihr, in denen mühelos der Inhalt meines gesamten Kleiderschrankes Platz gefunden hätte. «Du willst doch nicht hier übernachten?»

Wieder Sturzbäche von Tränen. «Ilseeee, ich habe doch sonst niemanden!»

«Aber hier bei uns, also ich weiß nicht ...» Ich wollte mich doch mit Toni aussöhnen. Das konnte ich jetzt ja wohl abhaken.

«Ist doch kein Problem. Das Gästezimmer ist frei, das Bett frisch bezogen, und genug zu essen und zu trinken ist auch im Haus.» Toni stand grinsend in der Tür zum Wohnzimmer. «Hallo, Sylvia. Natürlich sind wir in solch einem Notfall für dich da. Bleibst du länger?» Er deutete auf die Schrankkoffer.

«Ich habe nur eingepackt, was ich für ein oder zwei Nächte brauche.» Langsam ebbte Sylvias Schluchzen ab. «So richtig glaube ich noch nicht, was mein Männe mir da erzählt hat.

Das kann er doch nicht ernst gemeint haben, oder was meinst du, Ilse?»

Ilse meinte, dass dieses selbstgefällige Luder umgehend in ein Hotel fahren oder eine ihrer unterbelichteten Freundinnen beim Kalorienzählen stören sollte. Aber Toni führte Sylvia bereits ins Wohnzimmer und platzierte sie auf dem Sofa. Er schenkte ihr großzügig aus der offenen Flasche Rotwein ein und grinste mich hinter ihrem Rücken an.

«So, die Damen, dann will ich bei den Frauengesprächen nicht länger stören. Ich gehe ins Bett. Schlaft gut.» Als Toni an mir vorbeiging, streichelte er mir mit der Hand über den Po und flüsterte mir ins Ohr: «Mach nicht so lange, ich warte oben auf dich.»

Das hatte er sich ja großartig ausgedacht. Sylvia leerte in Rekordgeschwindigkeit ihren Wein, dann starrte sie mit leerem Blick an die Wand. Ich setzte mich ihr gegenüber und schenkte uns beiden nach. «Nun erzähl mir ganz in Ruhe, was eigentlich passiert ist. Vielleicht hast du dich ja verhört oder etwas missverstanden. Manchmal kommt es vor, dass zwei Menschen ein und dieselbe Sache völlig unterschiedlich interpretieren.»

«Ha!» Sylvias ohnehin strenge Gesichtszüge wurden noch strenger, soweit das bei den Botoxmengen unter ihrer Haut möglich war. «Von wegen, falsch interpretiert. Mein wunderbarer Ehemann hat sich heute nach dem Abendessen zurückgelehnt, sein Glas geleert und dann eiskalt verlangt, dass ich so schnell wie möglich *sein* Haus verlasse. Er würde sich um einen angemessenen Unterhalt für mich nicht drücken, aber ich könnte sicher einen Teil meiner Ausgaben künftig selbst bestreiten, da ich weder krank noch behindert wäre.»

Wow, so viel Auflehnung hätte ich Männe gar nicht zugetraut. «Vielleicht wollte er dich nur daran erinnern, dass *er* das Geld verdient, und wünscht sich von dir mehr Wertschätzung?»

«Ja, klar», konterte Sylvia sarkastisch. «Deswegen hat er auch die Kreditkarten zurückverlangt und meinen Autoschlüssel einkassiert.»

Jetzt begriff ich, warum kein Wagen vor unserer Haustür gestanden hatte, offenkundig hatte Sylvia ein Taxi genommen. «Bestimmt wünscht er sich von Gundula auch einfach nur Wertschätzung, selbstgestrickte Socken und ab und an eine heiße Hühnersuppe. Gundula, schon dieser Name!»

Vielleicht lag Sylvia damit gar nicht so daneben. Vielleicht hatte ihr Mann tatsächlich einfach Sehnsucht nach Geborgenheit und Liebe, statt ausschließlich als Hausbank betrachtet zu werden.

«Und woher weißt du von Gundula?» Vielleicht hatte sie ähnlich detektivische Fähigkeiten entwickelt wie ich in meiner jüngsten Vergangenheit?

«Das hat er mir erzählt. Du kannst dir vorstellen, dass ich komplett unter Schock stand, als er mir die Kreditkarten abgenommen und ein paar hundert Euro für die nächsten Tage hingelegt hat. Ich dachte, jeden Moment springt dieser gruselige Typ mit der versteckten Kamera um die Ecke.» Sylvia war der Schreck immer noch anzusehen. «Stattdessen musste ich mir anhören, dass da diese Frau ist. Gundula eben. Aus der Buchhaltung seiner Kanzlei. Natürlich habe ich die schon gesehen, bei Weihnachtsfeiern oder wenn ich mal da war, um ein paar Einkaufstaschen abzustellen oder so. Die sieht aus wie eine Freundin meiner Mutter. Wenn das jemand erfährt, bin ich geliefert.» Sylvia kippte den Inhalt ihres Weinglases in einem Zug herunter und schenkte sich, ohne zu fragen, den Rest aus der Flasche ein.

«Also geht es dir gar nicht um deinen Mann, sondern darum, dass du nicht doof dastehst? Wenn dein Mann dich mit einem achtzehnjährigen Topmodel betrügen würde, würde es dir nichts ausmachen, verstehe ich das richtig?» Anscheinend hatte ich Sylvia falsch eingeschätzt.

«Wer redet denn hier von betrügen? Du glaubst doch nicht im Ernst, dass die Sex miteinander haben? Allein die Vorstellung ist so ekelhaft, dass ich gleich Herpes-Pickel kriege. Igitt!! Die spielen vielleicht Scrabble oder gehen walken, aber die ziehen sich doch nicht nackt aus ... Oh mein Gott, nein, das *will* ich mir nicht vorstellen.»

Sylvia blieb, was sie war: ein selbstsüchtiges, egoistisches Miststück. Eigentlich fand ich, sie hatte genau so eine Situation verdient. Und eigentlich hätte man sofort Plakate von Männe und Gundula drucken lassen und an allen Litfaßsäulen ankleben müssen, um niemanden über die neuen Tatsachen im Unklaren zu lassen. Andererseits tat mir Sylvia auch ein wenig leid. Der eigene Mann wollte lieber ein gemütliches Vollweib statt seiner durchdesignten Ehefrau, die ihr ganzes Taschengeld für eine neue Nase und pralle Pobacken ausgegeben hatte. Ihre Freundinnen waren in Wahrheit lediglich Botoxgefährtinnen, Shoppingberaterinnen oder Diätassistentinnen. Kinder hatte sie nicht, und zu ihrer Familie hatte sie seit Jahren kaum noch Kontakt. Ihre Eltern waren mit der Ehe nicht einverstanden gewesen und nicht einmal zu der pompösen Hochzeitsfeier erschienen.

Nun stellte sich heraus, das Sylvia in all den Jahren, in denen bei ihr alles um die richtige Figur, die richtigen Klamotten und das richtige Aussehen gegangen war, komplett vergessen hatte, was für *sie* das Richtige war. Und jetzt war Sylvia richtig allein.

Ich legte meinen Arm um sie, als sie wieder zu schluchzen begann. «Jetzt leg dich erst einmal hin und schlaf dich aus. Morgen überlegst du dann, ob du nicht vielleicht in deiner Ehe auch einige Dinge falsch gemacht hast. Ich bin sicher, dass dein Mann nichts dagegen hat, sich noch einmal mit dir hinzusetzen und darüber zu sprechen.»

«Aber ohne Gundula.»

«Ja, selbstverständlich ohne Gundula.»

«Hach.» Sylvia schnäuzte sich wie ein Waldarbeiter in eine meiner gestärkten Festtagsservietten. «Ich weiß gar nicht, ob ich ihn wiederhaben will. Es war wirklich bequem, immer genug Geld zu haben und nie darüber nachzudenken, was ich kochen soll. Aber manchmal habe ich dich um deine Familie, deine Kinder und deinen Job beneidet.»

«Um die Dessous-Partys?» Wieso mich jemand um diesen Job beneidete, konnte ich wirklich nicht verstehen. Berufe zum Neidischwerden waren doch eher Chirurgin oder Polarforscherin.

«Ja, das ist doch ein tolle Sache: Du bist umgeben von himmlischer Wäsche und verdienst damit auch noch Geld. Das muss dich unglaublich zufrieden machen.»

Dass Sylvia noch nie die hellste Kerze auf der Torte gewesen war, war mir klar, aber für derart oberflächlich hatte ich sie nicht gehalten.

«Sylvia, ich mache diesen Job nur, weil er sich prima mit dem Familienleben vereinbaren lässt. Ich kann selbst bestimmen, wann und wie viel ich arbeite. Wenn eins meiner Kinder krank ist, rufe ich die Gastgeberin eben an und verschiebe die Party auf einen anderen Abend. Natürlich macht mir das auch Spaß, aber ursprünglich hatte ich ganz andere Träume.»

Sylvia hatte sich inzwischen vom Esstisch den Teller mit der angegessenen Nachspeise geholt, die Toni dort hatte stehen lassen, und schaufelte sich den Rest in einem Affentempo in den Mund. Anscheinend hatte sie Angst, sich bald auch kein Essen mehr kaufen zu können.

«Efft?? Waff wollteft du denn ma machen?», nuschelte sie zwischen Vanilleeis und Brocken von Schokoladenkuchen.

«Eigentlich wollte ich Fotografin werden.»

«Ftimmt. Jepft erinner ich mich.» Sie schluckte das Dessert herunter. «Du hast doch damals diese coolen Bilder von unserer Abschlussparty gemacht. Mensch, sahen wir da noch alle gut aus. Nicht eine Falte hatte ich und eine Haut zum Niederknien.»

«Daran hat sich doch nichts geändert.»

Sylvia wollte sich gerade wieder den Löffel in den Mund schieben, doch dann musste sie unfreiwillig kichern. «Stimmt, aber heutzutage habe ich das glatte Gesicht nicht meiner Jugend zu verdanken, sondern dem Konto meines Mannes … oder Exmannes?» Sie schaute mich unglücklich an, wieder stiegen ihr die Tränen in die Augen.

«Willst du mehr Schokoladenkuchen? Es ist bestimmt auch noch Vanilleeis da. Wenn du möchtest, kann ich die Torte ein bisschen warm machen.» Essen war doch immer eine gute Medizin. Aber zu spät, die Tränen kullerten bereits, bevor ich aufgestanden war.

«Ich habe es gar nicht verdient, dass du so nett zu mir bist. All die Jahre habe ich mich immer nur darum gekümmert, Geld auszugeben und schön zu sein. Und nun sitze ich hier und heule, weil mein Mann mich mit einer fetten alten Schachtel betrügt und ich das keiner meiner Freundinnen erzählen kann, weil die mich alle auslachen würden.» Sie schwang ihre Gabel in meine Richtung. «Scheiß auf die Kalorien und die schlanke Linie. Gib mir eine doppelte Portion von deinem Kuchen und Schlagsahne auch, wenn welche da ist. Jetzt fängt ein neues Leben an!»

Einige Monate später

Der Wind war so eiskalt, dass mir die Augen tränten. Die Böen zerzausten mein Haar, und ich ärgerte mich, dass ich die Mütze bei Elissa vergessen hatte, als ich zu meinem Spaziergang am Meer aufgebrochen war. Zwar hatte ich mich in meine wärmste Jacke gekuschelt und die unsexy Skiunterwäsche angezogen, aber der Nordseewind war einfach mächtiger als jedes Kleidungsstück, das ich in meinem Schrank hatte. Dennoch genoss ich das Gefühl der Atemlosigkeit, wenn eine neue Böe mir mit voller Wucht von vorn ins Gesicht schlug. Ich betrachtete die Wellen und den Flutsaum und gab mich meinen Gedanken hin.

Ich war allein nach Sylt gekommen, um mit Elissas Hilfe meine erste kleine Fotoausstellung auf die Beine zu stellen. Meine allerbeste Freundin war inzwischen häufiger in Berlin und würde gegen Ende dieses neuen Jahres vielleicht sogar komplett in die Hauptstadt übersiedeln. Die Fernsehsendung, die sie beriet, hatte sich zu einem echten Straßenfeger entwickelt, sodass sie beinahe wöchentlich bei der Produktionsfirma auftauchen musste. Außerdem fand sie es spannend, in der neuen «Hauptstadt der Vegetarier» Restaurants zu entdecken.

Nach Ostern sollte meine Vernissage in Okes Restaurant stattfinden. Dort würde man meine Fotos dann drei Monate lang ansehen können. Elissa und ich wollten zusammen die Motive aussuchen und uns um die Rahmung kümmern. An den letzten Wochenenden hatte ich mir in und um Berlin meine Motive gesucht, dafür brauchte ich keinen von der Innung abgesegneten Meistertitel. Ich hatte außergewöhnliche Typen getroffen und besondere Gesichter abgelichtet. Lächelnd, traurig und ernst würden diese Menschen demnächst im Großformat in Westerland von den Wänden schauen. Zwar keine große Galerie und keine Ausstellungshalle, aber es war ein Anfang. Doch, ich war durchaus ein bisschen stolz auf mich.

Für Oke fiel mein neuer Anfang mit einem eigenen Neustart zusammen. Er hatte sich entschieden, mit seiner Freundin nach Süddeutschland zu ziehen. Ihre Eltern betrieben dort eine gut gehende Pizzeria und trugen sich schon lange mit dem Gedanken, ein zweites, edleres Restaurant zu eröffnen. Da kam ihnen der Neue ihrer Tochter gerade recht. Oke war bis über beide Ohren verknallt und konnte sich tatsächlich vorstellen, mit seiner Liebsten sesshaft zu werden. Wir beide hatten uns ausgesprochen und zu einem freundschaftlichen Ton gefunden. Ich gönnte ihm sein Glück von Herzen, und in meinem würde er immer einen besonderen Platz haben. Aber mit seinem Umzug würde er nicht nur von der Insel, sondern wahrscheinlich auch aus meinem Leben verschwinden.

Toni wollte mit den Kindern zur Vernissage herkommen. Unsere Ehe war auf einem guten Weg. Natürlich würde nicht gleich morgen alles wieder so sein wie zu Beginn unserer Beziehung, aber der Anfang war gemacht. Es war uns klargeworden, dass uns nichts von all den anderen Paaren unterschied, die im Alltag über Kindererziehung und Steuererklärung ihre Gefühle füreinander verloren und vergaßen, warum sie sich einst ineinander verliebt hatten. Doch anders als andere Paare hatten wir gerade noch rechtzeitig die Reißleine gezogen. Anders als andere Paare waren wir dank unserer Bindung gegenüber äußeren Reizen immer noch fast immun. Anders als bei anderen war unsere Liebe so stark, dass wir selbst beim schlimmsten Streit noch lachen konnten, dass wir nicht vergessen hatten, was dem anderen guttat und was sein Leben bereicherte. Mir war klar, dass Toni nie weniger arbeiten würde als jetzt. Aber die vergangenen Wochen hatten mich gelehrt, wieder mehr auf meine innere Stimme zu hören. Mich an das zu erinnern, was ich einmal vom Leben gewollt und über meinen Kindern und dem Haus und den Dessous fast vergessen hätte.

Toni, Hanna und Tom hatten mir zu Weihnachten ein neues Objektiv für meine Kamera geschenkt. Statt meinen Geburtstag mit der geplanten Überraschungsparty zu feiern, hatte Toni die Kinder davon überzeugt, mir gemeinsam ein Fotolabor im Keller unseres Hauses einzurichten, sodass ich meine alte Leidenschaft wieder aufleben lassen und wie früher meine Schwarz-Weiß-Abzüge selber machen konnte. Aus der großen Überraschung war also doch noch etwas geworden.

Hanna war tatsächlich verliebt, in einen Jungen aus der Klasse über ihr. Toms Informationen hatten also nicht ganz der Wahrheit entsprochen. Nach langem Zögern hatte sie Titus mit zu uns nach Hause gebracht, damit wir ihn «abchecken» konnten. Er entpuppte sich als ein kluger netter Kerl mit einem Hang zur Ironie. Toni murrte zwar, dass sein kleines Mädchen viel zu jung für eine Beziehung sei. Aber nach einem peinlichen Abendessen, während dem er den armen Jungen mit Fragen nach seinen Alkohol- und anderen Drogenerfahrungen, den Berufen seiner Eltern und seinen eigenen Zukunftsplänen bombardierte, gab er es auf, Hanna ständig hinterherzutelefonieren, sobald sie das Haus verließ.

Nach der Vernissage würde ich nach London fliegen. Mit Sylvia. Wir waren zwar nicht die dicksten Freundinnen, aber während ihres fast zweiwöchigen Aufenthalts bei uns war ich auf ihren guten inneren Kern gestoßen. Sie hatte in diesen Wochen vor allem Hanna zur Seite gestanden, die in ihrer ersten Verliebtheit gerne mit einem Erwachsenen reden wollte, aber natürlich auf keinen Fall mit mir oder ihrem Vater. Letztendlich war sie es gewesen, die Hanna den Anstoß gab, uns von ihrem Liebsten zu erzählen. Und wir beide lernten uns bei manch einer gemeinsam gekillten Flasche Prosecco besser kennen. Sylvia stellte mich einer Reihe von Freunden ihres baldigen Exmannes vor, die in der Berliner Kunstszene unterwegs waren und mir bei den ersten Schritten in mein neues Berufsleben helfen würden. Außerdem begleitete sie mich auf meinen Fototouren durch ganz Brandenburg und Berlin, wobei sie sich als talentierte Motivsucherin mit einem feinen Blick für besondere Gesichter entpuppte. Die endlos gewälzten Kataloge über Nasen und Wangenpartien waren also schließlich doch noch zu etwas gut gewesen.

Sylvia hatte sich endgültig von ihrem «Männe» getrennt. Ihr war klargeworden, dass sie und Manfred sich unterschiedliche Dinge voneinander und vom Leben wünschten. Und nachdem sie ihre verletzte Eitelkeit überwunden hatte, hatte sie sich darauf besonnen, neu zu beginnen. Mit Männes finanzieller Unterstützung, versteht sich. Der zeigte sich großzügig und kaufte ihr eine schöne Altbauwohnung in Berlin-Charlottenburg. Sylvia übernahm meinen Job bei Lucinda-Dessous und entdeckte dabei ihre Geschäftstüchtigkeit. Hier konnte sie ihre eigene Begeisterung für edelste Kleidung ungefiltert an die Kundinnen weitergeben und fuhr so wesentlich höhere Umsätze ein, als ich es je vermocht hätte. Die anfängliche Angst, ihre «Freundinnen» könnten sich über sie lustig machen, weil

Männe mit der dicken Buchhalterin zusammenleben wollte, schlug schnell in Zufriedenheit um, als sie spürte, dass von ihnen statt Häme eher Mitleid kam. Die Yogatruppe veranstaltete sogar eine Party für die verlassene Ehefrau, um sie aufzumuntern. Bedauern und Neugier führten zu immer mehr Anfragen für Dessous-Partys, und rasch war Sylvia wieder da, wo sie am liebsten sein wollte: im Mittelpunkt.

Das Jahr hatte gerade erst begonnen, aber es war schon so viel passiert, dass eigentlich Juli sein müsste. Ich war gespannt auf alles, was die Zukunft für mich bereithielt.

Auf einmal war der Wind nicht mehr schneidend, sondern nur noch frisch. Die Möwen sangen, statt zu kreischen, und die Gischtkronen auf dem bewegten Meer erinnerten mich an Sahnehäubchen. In diesem Moment brach die Wolkendecke auf, und zwischen dem Grau in Grau schimmerte gelblicher Sonnenschein.

Rezepte

* * *

Vorspeise

Marco Müller, Weinbar Rutz

Wildlachs & Vichy Tomate, Kirsche, Kakaobohne

Für 4–6 Personen

200 g Alaska Wildlachsfilet, Mittelstück | 1 EL Meersalz | 1 TL Anissaat, Fenchel | 2 Stück angeschlagener Sternanis | 1 TL Senfsaat | 2 EL Olivenöl | 100 g Heu | 1 EL Olivenöl | Kirschkrokant zum Dekorieren

Das grätenlose Wildlachsfilet mit den angegebenen Zutaten 8 Stunden marinieren. Eine Pfanne auf den Herd stellen und mit dem Heu so heiß werden lassen, dass es zu räuchern beginnt. Das abgewaschene Lachsfilet auf das Heu setzen, mit gleich großer Pfanne deckeln und 45 Sekunden räuchern. Den Fisch dann mit Olivenöl einpinseln, auf Pergament setzen, mit Aluminiumfolie abdecken und bei 80 °C im Ofen 5–7 Minuten glasig garen. Mit Basilikumgelee und Kirschkrokant garnieren.

Zur weiteren Verfeinerung: 12 Taggiasca Oliven, halbiert | 15 Stück eingelegte Kirschen, geviertelt | 1 TL angerösteter Kakaobohnenbruch | 12 Blätter Basilikum | 12 Stück geschälte Walnusskerne | 4 EL Tomatengelee, weiß | 4 Stück kandierte Lachshaut

Danijel Kresovic,
Restaurant 44 Swissôtel

Gebackenes Bio-Ei, Nigella, Flüssiger Kräutersalat, Rote Bete

Für 4 Personen

Flüssiger Kräutersalat

½ Bund Kerbel | ½ Bund Blattpetersilie | ½ Bund Basilikum | 2 Zweige Koriandergrün | ½ Bund Brunnenkresse | 2 Liebstöckelzweige | 400 ml Gemüsefond | Cayennepfeffer | gemahlener Koriander aus der Mühle | Salz | frisch gemahlener schwarzer Pfeffer

Kräuter von den Stängeln zupfen, für ca. 20 Sekunden in kochendem Salzwasser blanchieren, danach sofort in Eiswasser abschrecken. Herausnehmen, überschüssige Flüssigkeit ausdrücken und mit der Gemüsebrühe sehr fein mixen. Mit Cayennepfeffer, Koriander, Salz und Pfeffer kräftig würzen.

Gebackenes Bio-Ei

4 frische Bio-Eier | 2–3 EL Champagneressig | ½ TL Nigella | 6 EL Pankow (japanische Brotkrümel) | 1 TL Shichimi Togarashi | 2 Bio-Eier | 4 EL Mehl | Öl zum Frittieren | Salz | 200 g Feta, zerbröselt | 1 Rote Bete, gekocht und in 1 × 1 cm kleine Würfel geschnitten

Ca. 2 l Wasser in einem Topf aufkochen, Champagneressig zugeben und die 4 Bio-Eier vorsichtig einzeln mit einer Suppenkelle ins Wasser geben. Darauf achten, dass das Eigelb nicht beschädigt wird. Mit einem Löffel das Eigelb im Wasser komplett mit Eiweiß überziehen, die Hitze reduzieren und 4 Minuten garen, bis das Eiweiß fest, aber das Eigelb noch weich ist. In Eiswasser abschrecken. Für die Panade die Nigellasamen im Mörser etwas andrücken, mit dem Pankow vermengen und mit Shichimi Togarashi würzen. Die pochierten Eier sehr vorsichtig erst in Mehl, dann im verquirlten Ei und in der Nigella-Pankow-Mischung wälzen. In einem kleinen Topf ausreichend Öl erhitzen und die Eier bei mittlerer Hitze darin goldbraun ausbacken. Auf einem Küchenpapier abtropfen lassen und salzen.

Anrichten: In einen tiefen Teller den Flüssigen Kräutersalat vorsichtig eingießen und die Fetakäse- sowie Rote-Bete-Würfel darin verteilen. Das gebackene Ei in der Mitte platzieren und mit Kräutern ausdekorieren.

Hauptgang

Stefan Hartmann,
Hartmanns Restaurant

Gebratener Seeteufel auf Sepialack, Karotten-Sternanis-Püree, Erbsen und gebackene Calamaretti

Für 8 Personen

2 Seeteufelfilets à 800 g, pariert | 500 g Karotten, geschält und grob gewürfelt | 150 g Butter | Salz, Zucker, weißer Balsamico | 4 Stück Sternanis | 200 ml Karottensaft | Olivenöl | 4 Packungen Sepiatinte | 100 ml Geflügelfond | 80 g Erbsen, frisch | 24 Calamaretti-Köpfe | 2 Zweige Rosmarin | 2 Zweige Thymian | 1 Zitrone

Die Seeteufelfilets in 4 gleich große Stücke schneiden, mit Salz und Pfeffer würzen und in einer Pfanne mit wenig Öl scharf anbraten. Nach dem Anbraten die Fischstücke in eine Cocotte legen.

In der Pfanne Butter aufschäumen und je einen Zweig Rosmarin und Thymian dazugeben, über den Fisch gießen und beiseite stellen.

Für das Karottenpüree den Ofen auf 160 °C vorwärmen. Karottenstücke in eine ofenfeste Form geben. 3 EL Butter, 4 Stück Sternanis, je eine Prise Salz und Zucker dazugeben. Form mit Alufolie abdecken und in den Ofen stellen, ca. 1½ Stunden garen.

Die restliche Butter in einen Topf geben und bräunen. Den Karottensaft in einem kleinen Topf reduzieren, bis er dickflüssig ist.

Die garen Karottenstücke ohne den Sternanis, aber mit dem reduzierten Karottensaft zu der gebräunten Butter geben und pürieren. Eventuell mit Pfeffer und dem weißen Balsamico abschmecken.

Für den Sepialack 100 ml Geflügelfond mit einem Zweig Thymian aufkochen und die Tinte dazugeben. Dann den Sud reduzieren, bis er sehr dickflüssig ist.

Tipp: Die Tinte im Tiefkühlfach aufbewahren, dann kann man sie einfacher handhaben.

Die Calamarettiköpfe leicht in Mehl wenden und gut abklopfen. In einem Topf mit heißem Fett kross backen und mit Salz und Zitronensaft würzen.

Die Erbsen blanchieren und zur Seite stellen.

Die Seeteufelstücke in der Cocotte in den Ofen geben und bei 150 °C 5 Minuten garen.

Die Fischstücke aufschneiden und anrichten. Dazu den Sepialack auf Teller streichen, die Fischstücke daraufsetzen, mit Calamarettiköpfen, Erbsen und dem Karottenpüree garnieren.

Johannes King,
Söl'Ring Hof Sylt

Kross gebratener Kalbsschwanz auf karamellisierten Schwarzwurzeln und Trüffelkompott

Für 6 Portionen

Kalbsschwanz

3 kg Kalbsschwanz in 6 cm langen Stücken | Öl zum Braten | 2 Gemüsezwiebeln | 100 g Lauch | 100 g Möhren | 100 g Sellerie | 100 g Champignons | 20 g Tomatenmark | 20 g brauner Zucker | 100 ml roter Portwein | 100 ml Madeira | 250 ml Rotwein | Kalbs- oder Gemüsefond | 10 weiße Pfefferkörner | 3 Lorbeerblätter | 3 Wacholderbeeren | 10 Pimentkörner | Meersalz, Pfeffer aus der Mühle | 2 Knoblauchzehen | 2 Zweige Rosmarin | 2 Zweige Thymian | 10 g Senf | Meersalz, Pfeffer und Koriander aus der Mühle | Mehl und Sonnenblumenöl zum Braten

Schwarzwurzeln

9 Schwarzwurzeln | Vollmilch zum Einlegen | Meersalz, Pfeffer, Muskat | etwas Butter und Zucker zum Braten

Trüffelkompott

40 g Schalotten | 40 g Champignons | 10 g Butter | 100 g frischer Périgord-Trüffel | 60 ml Trüffelsaft | 40 ml Madeira | 25 g eiskalte Butter | Meersalz | Pfeffer

Den **Kalbsschwanz** mit Salz und Pfeffer würzen und von allen Seiten scharf anbraten. Herausnehmen und das grob zerkleinerte Gemüse und die Zwiebeln darin bei milder Hitze anrösten. Tomatenmark und braunen Zucker zugeben und kurz mitrösten. Portwein, Madeira und Rotwein angießen und einkochen lassen. Den Kalbsschwanz auf das Gemüse geben und mit Kalbsfond aufgießen, bis das Fleisch gut bedeckt ist. Aufkochen lassen und ca. 3 Stunden im auf 150 °C vorgeheizten Backofen schmoren, dabei das Fleisch mehrmals wenden. Kurz vor Ende der Garzeit die Gewürze, den Knoblauch und die Kräuter zufügen (der Kalbsschwanz ist weich, wenn er sich leicht vom Knochen löst). Kalbsschwanz aus dem Bräter nehmen und vom Knochen lösen, dabei von den großen Fettstücken befreien. Den Schmorfond abfetten und fein passieren.

Das noch warme Kalbsschwanzfleisch mit 200 ml Fond, Senf, Meersalz, Pfeffer und Koriander abschmecken und in eine rechteckige Terrinenform geben. Die Form sollte gut voll sein, sodass man mit dem Deckel das überstehende Fleisch in die Form pressen kann. Für 24 Stunden kalt stellen. Danach aus der Form nehmen und in Scheiben von 6 cm × 3 cm × 1 cm schneiden.

Die **Schwarzwurzeln** waschen, großzügig schälen und sofort in die Milch legen, damit sie nicht braun werden. Auf 6 cm Länge zuschneiden und in wenig gewürzter Milch weich kochen. In Eiswasser abschrecken und auf einem Tuch trocken tupfen.

Für das **Trüffelkompott** die gewürfelten Schalotten und Champignons in der Butter glasig dünsten. Den fein gewürfelten Trüffel dazugeben, mit Salz und Pfeffer würzen und kurz mit anschwitzen. Trüffelsaft und Madeira angießen und einkochen lassen. Die eiskalte Butter nach und nach unterrühren. Die Trüffelmasse darf nun nicht mehr kochen.

Anrichten: Die Schwarzwurzeln mit wenig Butter und Zucker goldgelb braten und je drei Stück in die Tellermitte legen. Die Kalbsschwanzscheiben von beiden Seiten mit Mehl bestäuben und in Sonnenblumenöl vorsichtig anbraten. Aus der Pfanne nehmen und auf die Schwarzwurzeln setzen. Den Bratensatz mit etwas Schmorfond lösen und sofort um den Kalbsschwanz geben. Eine Nocke Trüffelkompott daraufsetzen und mit frisch gemahlenem Pfeffer vollenden.

Tipp: Es ist ratsam, den Kalbsschwanz schon 1 bis 2 Tage vorher zu pressen, damit er gut durchkühlen kann und beim Schneiden nicht auseinanderbricht.

Danijel Kresovic,
Restaurant 44 im Swissôtel

Rehrücken/Brennnessel-Pfifferling-Kuchen/Orangenkarotten/Laugen-Macadamianüsse

Für 4 Portionen

Rehrücken

4 Rehrückenmedaillons ohne Silberhaut à 160 g | 40 ml Rapsöl | 30 g Butter | 4 Thymianzweige | 4 Wacholderbeeren angedrückt | 300 ml Reh- oder Kalbssoße | ca. 2 TL Mönchspfeffer aus der Mühle | Salz

Die parierten Rehrückenmedaillons leicht mit Salz würzen, in etwas Rapsöl bei mittlerer Temperatur von allen Seiten anbraten. Anschließend in einem Bräter im Ofen bei 150 °C für etwa 15 Minuten garen. Aus dem Ofen nehmen, in Alufolie einpacken und 2–3 Minuten ziehen lassen. Butter in einer Pfanne erhitzen, bis sie schäumt, Wacholderbeeren andrücken und den Thymian in die Butter geben. Medaillons einlegen und für etwa 2 Minuten nachbraten, mit Salz und Mönchspfeffer abschmecken. Reh- oder Kalbssoße in einem kleinen Topf erhitzen und mit dem Mönchspfeffer aus der Mühle würzen.

Orangenkarotten

4 dicke Karotten | 1 TL Zucker | 300 ml Orangensaft | 1 Estragonzweig | ½ TL gemahlener Mönchspfeffer | 30 g Butter | Salz

Die Karotten schälen und in 12 etwa 2 × 2 cm große Würfel schneiden. Zucker in einem Topf leicht karamellisieren lassen. Mit Orangensaft ablöschen, Karottenwürfel und den Estragonzweig dazugeben, mit einem Deckel abdecken, für 4 Minuten leise köcheln lassen. Deckel abnehmen, mit Salz und Mönchspfeffer würzen und den verbliebenen Fond mit der Butter abbinden.

Geflügelfarce (ergibt ca. 300 g)

200 g ausgelöste Poulardenbrust | 150 ml Sahne | 1 Eiweiß | Cayennepfeffer | Salz | frisch gemahlener schwarzer Pfeffer

Die Poulardenbrust in feine Würfel schneiden, mit Salz und Pfeffer würzen. Sahne und Poulardenbrust separat ca. 20–25 Minuten leicht anfrieren. Anschließend im Mixer zu einer glatten, glänzenden Farce verarbeiten, durch ein Paniersieb streichen und für 1 Stunde kühl stellen. Die abgekühlte Farce nochmals in den Mixer geben, das Eiweiß untermischen und mit Salz und Pfeffer abschmecken.

Brennnessel-Pfifferling-Kuchen

200 g Pfifferlinge | 300 g Brennnessel | 185 ml Milch | 90 g Mehl | 75 g flüssige Butter | 1 Messerspitze Muskatnuss | 2 Eier | 40 ml Olivenöl | 100 g Geflügelfarce | 20 g Butter | Salz | frisch gemahlener schwarzer Pfeffer

Pfifferlinge waschen und gut abtrocknen, Brennnessel ebenfalls waschen, von den Stielen befreien und in feine Streifen schneiden. Beiseite stellen. Den Backofen auf 140 °C vorheizen.

Die Milch mit dem Mehl und der flüssigen Butter verrühren, Eier unterziehen und mit Salz und Muskatnuss würzen. Für 25 Minuten ruhen lassen, dann in einer beschichteten Teflonpfanne zu dünnen Crêpes ausbacken. Die Pfifferlinge in einer Pfanne in etwas Olivenöl anbraten, Brennnessel dazugeben und mit Pfeffer und Salz würzen. Auf ein Küchentuch geben und abkühlen lassen. Die Brennnessel-Pfifferling-Masse mit der Farce gründlich vermengen, eventuell noch einmal nachwürzen. In 4 Metallformen à 8 cm × 4 cm zwei Mal abwechselnd Crêpes und Brennnessel-Pfifferling-Masse schichten, mit einem Crêpe abschließen. Mit kleinen Butterstückchen belegen und mit Alufolie gut abdecken. Im vorgeheizten Ofen für etwa 15 Minuten bei 160 °C backen, aus dem Ofen nehmen und in kleine Tortenstücke schneiden.

Vorsicht: Die Brennnessel am besten mit Latex- oder anderen Handschuhen bearbeiten, da sie ja bekanntlich brennen.

Laugen-Macadamianüsse

25 g Natron | 150 g Macadamianüsse

100 ml Wasser mit Natron aufkochen, Macadamianüsse für etwa 1 Minute darin ziehen lassen, entnehmen und im Ofen bei 180 °C etwa 7 Minuten rösten, bis sie sich leicht dunkel verfärben. Etwas auskühlen lassen und im Mörser grob zerdrücken.

Anrichten: Von dem gebundenen Orangenfond wenig auf den Teller gießen und die Karottenwürfel sowie die Tortenstücke vom Brennnessel-Pfifferlingskuchen darauf anrichten. Direkt daneben etwas Soße ziehen und das Reh darauf platzieren. Mit den grob gemörserten Macadamianüssen eine Linie ziehen.

Dessert

Johannes King, Söl'Ring Hof Sylt

Knusprige Apfelkrapfen

ergibt ca. 35 Stück

250 g Mehl | 125 ml Milch | 35 g Zucker | 25 g frische Hefe | 2 Volleier | 40 g eingeweichte Rosinen | 50 g gemahlene Haselnüsse | 1 kleine Prise Salz | etwas geriebene Zitronenschale | 250 g hauchdünn geschnittene Apfelspalten | 10 ml Calvados | 50 g geschlagene Sahne | geklärte Butter zum Ausbacken | Puderzucker oder Zimtzucker zum Bestreuen

Das Mehl in eine Schüssel sieben und eine Mulde in die Mitte drücken. Die frische Hefe mit lauwarmer Milch und Zucker auflösen und in die Mehlmulde geben. Mit einer Gabel etwas Mehl einrühren, sodass eine dickliche Masse entsteht. Die Schüssel mit einem Tuch abdecken und an einem warmen Ort ca. 15 Minuten stehen lassen.

Vollei, Rosinen, Haselnüsse, Salz und Zitronenschale dazugeben und zu einem Teig vermengen.

Die feinen Apfelblättchen vorsichtig untermengen und den Teig eine Stunde ruhen lassen. Dann Calvados und geschlagene Sahne einrühren.

Mit einem Esslöffel kleine Nocken von dem Teig abstechen und in auf 170 °C erhitzter geklärter Butter goldbraun ausbacken.

Die Krapfen mit Küchenpapier leicht abtupfen und dann mit Puderzucker oder Zucker-Zimt-Mischung bestreuen.

Tipp: Die geklärte Butter nicht zu stark erhitzen und die Krapfen nicht zu groß abstechen, sonst werden sie innen nicht durchgebacken. Der Teig lässt sich zugedeckt im Kühlschrank einen Tag aufbewahren.

Bernhard Moser, Weinschule Berlin

Kaiserschmarren mit Zwetschgenröster

Für 2 Personen

Kaiserschmarren

4 Eier | ein Schuss Milch (max. ⅛ l) | eine Messerspitze Salz | Zucker nach Geschmack | ca. 4–6 EL Mehl | Rumrosinen nach Geschmack (am Vortag Rosinen in Rum aufkochen, dann quellen lassen) | 80 g Butter

Zwetschgenröster

500 g tiefgekühlte Zwetschgen im Winter, frische im Sommer | 5 EL Zucker | 1 Zimtstange | 7 Nelken

Für den **Zwetschgenröster** alle Komponenten miteinander verrühren und bei 180 °C im Backrohr ca. 45 Minuten garen. Ab und zu umrühren. Auskühlen lassen. Gewürze herausnehmen.

Für den **Kaiserschmarren** Eier trennen, Eiweiß mit der Hälfte des Zuckers steif schlagen. Eigelb mit Milch, Mehl, Zucker, Salz zu einem glatten Teig rühren, bis er die Konsistenz von Tapetenkleister hat. Ist er zu flüssig, Mehl dazu, ist er zu trocken, mit Milch verdünnen. Das Eiweiß vorsichtig unter die Eigelbmasse heben.

Rumrosinen in die Masse geben.

Butter bei mittlerer Hitze in einer tiefen Pfanne erwärmen. Nicht braun werden lassen. Die Masse auf die Butter setzen, Deckel drauf und bei niedriger Hitze langsam von unten nach oben backen. Immer wieder Deckel hochheben und riechen: Irgendwann riecht es nicht mehr teigig, sondern gebacken. Dann die Masse unter der

Heizspirale des Backofens (ca. 5 cm Abstand) bei maximaler Hitze von oben bräunen. Unbedingt beobachten, verbrennt schnell.

Danach die Pfanne wieder auf die Platte geben und die Masse mit zwei Löffeln zerpflücken. Bei hoher Hitze die Stücke noch einmal braten, bis sie die richtige Konsistenz haben. Wer will, kann auch mit Butter und Puderzucker karamellisieren.

Marco Müller, Weinbar Rutz

Kalte Schokolade & Mandelstaub, Winterbirne, Holunderbeere

Für 4 Personen

Flüssige kalte Schokolade

250 g Kuvertüre Zartbitter | 150 g Kuvertüre Vollmilch | 1 Liter Sahne | 300 g Vollmilch | 100 g Honig | 2 Stück Vanilleschoten (das Mark) | 2 g Salz | 1 Messerspitze Tonkabohnen, gerieben | 1 Messerspitze geröstete Koriandersaat, gemahlen

Alle Zutaten bis auf die Kuvertüre einmal vorsichtig aufkochen. Diese Flüssigkeit über die Kuvertüre gießen. Die Masse vorsichtig vermengen und in eine Form geben, einfrieren – 24 Stunden im Frost lassen.

Danach aus der Form nehmen, auf ein Pralinengitter geben und im gefrorenen Zustand mit einem Schokoladen-Airbrush gleichmäßig einsprühen. Jetzt auftauen lassen und servieren.

Holundereis

1 l Holundersaft | 0,5 l Rotwein | 0,4 l Orangensaft | 100 g braunen Zucker | 30 g Melasse | 2 EL Glukose Stärkesirup | 2 Stück Vanilleschoten (das Mark) | 3 g Pektin | 3 Zimtstangen | 3 Stück Sternanis | 1 EL Gebirgsblütenhonig | 4 Messerspitzen Quatre Epices | 1 EL Zitronensaft

Holundersaft, Rotwein und Orangensaft auf 300 ml einreduzieren, dann alle weiteren Zutaten bis auf den Zimt hinzugeben. Die Zimtstangen mit einem Bunsenbrenner leicht anflämmen, und alles 3 Stunden am Herdrand ziehen lassen. Anschließend die Masse durch ein Sieb geben und in einer Eismaschine abdrehen.

Schokolack

300 g dunkle Kuvertüre | 300 g Kakaobutter

Langsam Schokolade und Kakaobutter über einem Wasserbad abschmelzen, in eine Lackiermaschine gießen und die flüssige Schokolade damit doppelt absprühen.

Schokoladen-Krokant-Hippe

330 g Puderzucker | 160 g Butter | 180 ml Crème de Cacao | 1¼ l Orangensaft | 180 g Glukose | 70 g Kakaopulver | 170 g Kakao

Glukose auf mindestens 50 °C erwärmen, mit den restlichen Zutaten zu einem glatten Teig kneten und mindestens eine Nacht gut durchkühlen lassen. Am nächsten Tag dünn auf Silikonmatten streichen und bei 180 °C ca. 7 Minuten knusprig backen.

Zur weiteren Verfeinerung: Pinienkern-Mandelstaub | Glühweinbirnenwürfel | Gewürzbirnengelee | Birnenkompott | Aniskresse

Dank

Ich möchte DANKE sagen und bitte jetzt schon um Verzeihung dafür, dass ich bestimmt jemanden vergessen habe!

Liebe Leserinnen und Leser: Danke, dass Sie «Herz auf Sendung» und jetzt «Mein Leben in 80 B» gekauft, verschenkt, verliehen und weiterempfohlen haben, dass Sie mir Briefe und Karten geschrieben, meine Facebook-Seite besucht, bei Wettbewerben für mich abgestimmt und mich so großartig unterstützt haben, wenn mir zum Beispiel mal kein schöner Männername einfallen wollte.

Dank an alle Buchhändlerinnen für Ihre Einladungen zu Lesungen und an die Kolleginnen und Kollegen für Ihre Zeitungsartikel und Fragerunden, Radiobeiträge und TV-Empfehlungen – ich bin sicher, da geht noch was.

Danke, Mama, du bist die beste PR-Agentin, die ich mir wünschen kann. Und nicht nur das.

Danke, Beate, ohne dich wäre das Leben nur halb so unterhaltsam, nur halb so sorgenfrei und halb so alles. Du bist die beste Testleserin, die es gibt.

Danijel Kresovic habe ich zu danken, weil er mich in seine Küche und sein Leben als Koch gelassen hat. Liebe Leserinnen und Leser, sollten Sie je in Berlin sein, besuchen Sie ihn und essen Sie im Restaurant 44! Und speisen Sie auch bei den ebenfalls wunderbaren Köchen Stefan Hartmann, Marco Müller und Johannes King. Ihnen allen danke ich für die Rezepte, die Sie für «Mein Leben in 80 B» zur Verfügung gestellt haben.

Danke an Bernhard Moser, der für mich in die Rolle der Elissa gesprungen ist und darin eine mehr als gute Figur gemacht hat.

Liebe Elissa Hiersemann, entschuldige noch einmal die falsche Uhrzeit und danke, dass ich deinen schönen Vornamen benutzen durfte. Ich versichere, dass die Elissa in diesem Buch keine der äußerlichen und inneren Eigenschaften mit dir gemeinsam hat.

Danke an die Kappeln-Crew, stellvertretend an Elke (ich drück dich) mit ihrer großartigen Familie, an Michael, Kay und Sandra.

Maria Hecht und Gerhart Skuppin – ohne euch zwei wäre dieses Buch wesentlich schlechter zu lesen gewesen. Danke, dass ihr über meine nicht vorhandenen Talente Stillschweigen wahrt.

Im Verlag möchte ich danken: meinen Lektorinnen Sybille Klöcker, Katharina Schlott, und vor allem Iris Homann (ja, ich habe aus guten Gründen, drei davon). Danke, Dr. Marcus Gärtner, dass ich dennoch für rororo weiterschreiben darf. Anne-Claire Kaufmann, vielen Dank, dass Sie sich um alle meine Bitten und Wünsche kümmern und immer geduldig mit mir sind. Danke auch an Tessa Martin und Jennifer Jones, die hinter den Kulissen an sehr dicken Strippen ziehen.

Danke an Mike und Holger von der Aah! Agenturalberthamburg, die aus Lesungen Erlebnisse machen.

Den Kolleginnen und Kollegen Mia Morgowski, Kerstin Gier, Frauke Scheunemann, Wiebke Lorenz, Steffi von Wolff, Jens-Stefan Hübel, Sebastian Schnoy – danke, es ist toll mit euch.

Stephan und Titus – ein schlichtes «Danke» ist für euch viel zu wenig. Ihr seid die Wichtigsten. Und das komplette Gegenteil von 80 B.

Mia Morgowski

Versteh einer die Frauen!

Kein Sex ist auch keine Lösung
Roman. rororo 24838

Auf die Größe kommt es an
Roman. rororo 25322

Die Nächste, bitte
Roman. rororo 25637

rororo 25637

Alle Titel auch als E-Book

Ro 024/1 · Rowohlt online: www.rowohlt.de · www.facebook.com/rowohlt

MIX
Papier aus verantwortungsvollen Quellen
FSC® C083411

Das für dieses Buch verwendete FSC®-zertifizierte Papier
Lux Cream liefert Stora Enso, Finnland.